LA BIBLIOTECA DE LOS SABORES

HIKA HARADA

LA BIBLIOTECA DE LOS SABORES

Traducción de Daniel Aguilar

Ǫ Plata

Argentina – Chile – Colombia – España
Estados Unidos – México – Perú – Uruguay

Título original: *Toshokan No Oyashoku*
Editor original: Poplar Publishing Co., Ltd.
Traducción: Daniel Aguilar

1.ª edición: mayo 2025

ISBN: 978-84-92919-89-5
E-ISBN: 979-13-87557-03-4
Depósito legal: M-6.025-2025

Fotocomposición: Urano World Spain, S.A.U.
Impreso por: Rodesa, S.A. – Polígono Industrial San Miguel
Parcelas E7-E8 – 31132 Villatuerta (Navarra)

Impreso en España – *Printed in Spain*

CAPÍTULO I

El curry de *Shirobanba*

No había llegado al nivel de una presentación formal, pero, tras decirle su nombre frente a la biblioteca al hombre que salió a recibirla, Otoha Higuchi sintió una mezcla de sorpresa y alivio.

Y es que, por lo general, cuando alguien escuchaba su nombre, hacía el siguiente comentario: «¿Otoha Higuchi? ¿Te pusieron ese nombre por inspiración de la escritora, Ichiyo Higuchi?»[1]. Y, si además se trataba de un amante de la literatura, añadía: «¿Cuál de todas sus novelas es tu favorita?».

Sin embargo, este hombre se limitó a contestar: «Encantado. Yo soy Yuzuru Sasai. Bien, permítame que le muestre la biblioteca». Y después se giró sobre sus talones y echó a andar.

Mediría unos 175 centímetros, era delgado y de facciones corrientes, pero su nariz presentaba una forma bastante bonita. Quizá hubiera quien lo tildase de «chico guapo», pero también quien opinara que poseía «un rostro del montón». Aun así, a diferencia de lo que pudiera parecer por su aspecto o por su manera de hablar, no era de modales secos y, cuando reparó en la maleta con ruedecillas de la que tiraba Otoha, alargó una mano y dijo: «Si me permite, se la llevaré yo».

---

1. Escritos en japonés, Ichiyo y Otoha resultan nombres muy parecidos.

—No se preocupe. Está un poco rota y hace falta cierta práctica para que ruede. Una de las ruedecillas está a punto de desprenderse, así que hay que tirar sin que esa rueda toque el suelo.

En ese momento, el rostro del hombre se iluminó.

—¿Ana la pelirroja, la de Tejas Verdes?

—¿Cómo? —contestó ella sin poder evitarlo.

Sasai sonrió como avergonzado antes de volver a su anterior expresión de seriedad.

—Nada, disculpe, cosas mías. Una vez dentro, podemos dejar la maleta detrás del mostrador de recepción.

—De acuerdo.

—¿Ha venido hoy directamente desde la región de Tohoku?

—Así es.

—Entonces se encontrará cansada... Le haré una explicación del lugar, le presentaré a los empleados y luego la guiaré hasta su alojamiento, si le parece.

—No, estoy bien. Puedo empezar a trabajar.

Lo cierto era que antes del mediodía ya despidió al camión de la mudanza y, acto seguido, con su maleta y el bolso, se subió al tren con destino a Tokio. En el correo electrónico que recibió de la biblioteca venía adjunto un enlace de Google Maps, pero, aun cuando ya sabía que se trataba de «las afueras de Tokio», se sorprendió al ver que tardaba más tiempo de lo que había pensado. Afortunadamente, consiguió llegar a las siete de la tarde, la hora pactada.

El cese, la oferta repentina, la decisión sobre el nuevo trabajo, la mudanza... Todo ello en apenas un mes, lo cual le había cansado física y psicológicamente. Pero hoy era el primer día en su nuevo lugar de trabajo. Y además, en lo que siempre había soñado trabajar, algo relacionado con los libros, un mundo que tuvo hasta hace poco y que bien podía haber perdido. Por eso, quería mostrar desde el primer momento que era una persona trabajadora.

Se abrió la puerta automática y, al pasar dentro, Otoha vio que las paredes de la entrada estaban recubiertas de mármol blanco y que, a la altura de los ojos, había un marquito de madera incrustado en una de ellas.

—El mármol de estas paredes es auténtico —explicó Sasai.

—Vaya… Impresionante.

El marco insertado era cuadrado y realmente pequeño, unos siete centímetros de lado. Dentro parecía haber una mariposa del tamaño de un dedo pulgar. Otoha pensó que nunca había visto una así y, sintiéndose atraída, se acercó.

—¿Es una mariposa? —preguntó girándose hacia Sasai.

—Una polilla.

Otoha contuvo el chillido que estuvo a punto de soltar.

—¿Po… por qué tienen aquí este bicho tan repugnante?

Efectivamente, si una se fijaba bien, aunque las alas relucían con verde berilo, el cuerpo era algo más grueso que el de una mariposa.

—Dicen que aleja los malos espíritus.

—¿Cómo?

—Según me contaron, el dueño la colocó ahí para alejar los malos espíritus —explicó Sasai con evidente desinterés.

—¿Pero se puede alejar a los malos espíritus con algo semejante?

—Claro. Porque a quien le disgusta no vuelve a acercarse.

—Bueno, eso sí.

—Es que realmente aquí solo viene la gente a quien le interesa el lugar. Por lo visto, han dejado de venir quienes lo hacían por simple curiosidad.

—Ah, ya…

—Por otra parte, esa es una polilla nocturna. Pero en el extranjero no hacen discriminaciones entre las polillas. Simplemente se habla de polillas diurnas o nocturnas.

—Yo tampoco gusto de las discriminaciones —repuso ella un tanto molesta porque le pareció que el otro la acusaba de discriminar.

No obstante, Sasai, sin mostrar ninguna emoción especial, se limitó a contestar «Ah, ¿sí?».

—¿Podría saludar al dueño? —preguntó Otoha pensando que debía darle las gracias debidamente por haberla contratado.

—Pues me temo que no.

—¿Cómo?

Pues si fue el dueño quien me llamó y por eso he venido, se dijo para sus adentros.

—Yo tampoco he visto nunca al dueño. Solo me comunico con él por teléfono o por correo electrónico.

—Pe… pero, señor Sasai, usted es aquí el gerente, ¿no?

—Sí.

—¿Y ni aun así?

—Eso es. Pero creo que ninguno de los que trabajamos en la biblioteca lo ha visto nunca.

—¿De verdad?

—Por otra parte, pasa la mayor parte del año en el extranjero.

—¿De verdad? —repitió Otoha.

—Creo que no le traerá nada bueno intentar averiguar cosas acerca del dueño.

Antes de que pudiera preguntar «¿Y eso por qué?», Sasai se le adelantó a buen paso. Al verlo de espaldas, le dio la sensación de que toda su figura emitía un aura que le decía de manera tajante: «Se acabaron las preguntas». Otoha tuvo que apretar el paso también para no quedarse atrás.

Al fondo de aquel recibidor con paredes de mármol había otra puerta automática y, al traspasarla, entraron en un espacio con un mostrador de venta de entradas a la derecha y una puerta de acceso a la izquierda. Detrás del mostrador había una mujer sentada y en la pared colgaba un letrero con los precios.

«Entrada sencilla: 1.000 yenes. Abono mensual: 10.000 yenes. Abono anual: 50.000 yenes».

Sasai presentó a Otoha a la mujer.

—Esta es Otoha Higuchi. Va a trabajar con nosotros a partir de hoy.

La mujer se puso en pie y le hizo una educada reverencia.

Al inclinar la cabeza, su largo pelo negro cayó suavemente hacia los lados desde los hombros. A Otoha le pareció una mujer muy bella.

—Encantada de trabajar juntas —se apresuró a contestar ella con otra reverencia no menos pronunciada.

—Higuchi-san, le presento a Mai Kitazato.

La mujer no dijo ni una palabra. Ni siquiera sonrió, permaneciendo inexpresiva, pero por lo visto Sasai estaba acostumbrado a ello ya que, sin que pareciera preocuparle, añadió:

—¿Podría darle un pase de visitante?

Mai Kitazato asintió levemente y le entregó un pase para colgar del cuello. Seguramente lo tenía preparado de antemano para Otoha.

—Mañana ya estará listo el pase que llevamos los empleados —explicó Sasai mientras le mostraba el suyo. Si se pone aquí, la entrada se abre.

El acceso era mediante un torno de control como el de las estaciones de tren, solo que un poco menor, con un pequeño panel para colocar el pase encima y que se abriese.

Otoha puso su pase igual que Sasai y entró.

—Esa Kitazato con la que acabamos de hablar fue, aunque no lo parezca, campeona nacional de kárate.

—¿Eh? ¿Esa mujer?

13

—Así que es mejor no hacer movimientos raros cerca de ella.

—Increíble…

—Le habrá parecido que, para ser una biblioteca, el control de entrada es muy estricto, ¿no?

En realidad, le hubiera gustado decir que sí, que había leído sus pensamientos, pero, en cambio, Otoha negó con la cabeza.

—No, nada de eso.

—¿Y tampoco le ha parecido caro que sean mil yenes por entrar una sola vez? Seguro que sí, ¿verdad?

De nuevo había dado en el blanco. Otoha, dándose por vencida, asintió con una sonrisa.

—Un poco sí…

—No se preocupe, todo el mundo dice lo mismo —murmuró Sasai mientras se adentraba en la biblioteca propiamente dicha. Antes era al modo habitual. Podía pasar todo el mundo gratuitamente. Pero, de esa manera, había robos de libros cada dos por tres y venían sujetos raros que ponían toda clase de quejas diciendo que por qué no teníamos más que libros antiguos o que no teníamos ni un solo libro que les interesase. Entonces, el dueño tomó una determinación. Puso un precio a la entrada, no por el dinero en sí, sino para evitar que viniese ese tipo de gente incómoda.

—Ah, ya…

—Como he dicho antes, queremos que vengan solo aquellos a quienes les interesa realmente el lugar.

—Sí, claro.

—Aun cuando cobrábamos la entrada, de vez en cuando seguían produciéndose robos de libros. Por eso, si alguien intenta sacar un libro no autorizado, suena la alarma en todo el edificio.

—Qué estricto…

—Todos los libros que hay aquí son ejemplares muy valiosos que no se encuentran en ninguna otra parte. Trátelos con cuidado, por favor.

—Lo haré. Ya venía hecha a la idea.

A continuación, atravesaron una puerta automática de doble hoja de cristales y por fin llegaron al espacio de los libros.

Otoha miró hacia arriba y tragó saliva.

Ya desde el quicio, el recinto carecía de techo, por lo que se veía el espacio del segundo piso a un mismo tiempo y todas las paredes de una y otra planta estaban recubiertas de estanterías donde se apretaban los volúmenes.

—Impresionante. Y muy bonito, realmente precioso.

La visión de filas y filas de libros que llegaban hasta el techo resultaba espectacular. Más sorprendente aun si se tiene en cuenta el contraste que ofrecía con las desangeladas paredes grises del exterior.

—No está mal, ¿verdad? —dijo Sasai con una voz tan serena que era justo lo opuesto del emocionado tono de Otoha.

—Es increíble. Llevaba mucho tiempo soñando con una biblioteca de este estilo.

—Pues me alegro.

Con su habitual paso ligero, Sasai se adentró por el recinto. A Otoha le hubiera gustado detenerse a mirar los libros, pero vio que no le quedaba más remedio que caminar en pos de Sasai.

Al abandonar la sala inicial sin techado, entraron en otra muy amplia. Aquí aparecía un nuevo mostrador, tras el cual se sentaban un hombre y una mujer que debían de ser empleados. Al ver a Sasai y Otoha se pusieron en pie. Ambos iban vestidos con ropa común sobre la cual llevaban idénticos delantales negros. La mujer era más o menos de la misma estatura que Otoha y el hombre era alto, de unos 180 centímetros y constitución recia.

—Esta es Otoha Higuchi. Estará con nosotros a partir de hoy —anunció Sasai.

—Yo soy Naoto Tokai.

—Y yo Minami Enokida.

A diferencia de Sasai y Mai, estos dos sí sonreían. Otoha por fin experimentó un alivio. Ya estaba pensando qué podía hacer si todos los empleados de aquella biblioteca fueran unos seres de fría belleza. Estos debían de ser apenas un poco mayores que Otoha, por lo que el hecho de pertenecer a la misma generación era un nuevo motivo de alegría.

—El nombre de Otoha Higuchi es muy parecido al de Ichiyo Higuchi, ¿verdad? ¿Tiene alguna relación con la escritora?

Minami le dirigía sonriente la pregunta de rigor. La había escuchado mil veces y ya le cansaba, pero esta vez se sintió reconfortada al oírla.

—Pues… es que a mi madre le gustaba mucho Ichiyo Higuchi. Así que, como al casarse cambió su apellido por el de Higuchi, parece que decidió que, si tenía una hija, le pondría un nombre parecido.

—Ya entiendo. ¿Y has leído muchas cosas de Ichiyo Higuchi?

—Bueno, unas cuantas, las más conocidas. Mi favorita es *Noche de plenilunio*.

—Ah, sí, es corta, pero muy conmovedora. La protagonista…

Sasai, sin importarle que la otra estuviera hablando, se dirigió a los empleados:

—De momento, el trabajo de Higuchi será clasificar los nuevos volúmenes.

—Entendido —asintió Tokai—. Es un trabajazo, mucho ánimo.

—Después iré a echarte una mano —añadió Minami.

Por lo visto, ambos la compadecían. Tokai forzaba una sonrisa y Minami había curvado levemente las cejas hacia abajo.

—Pero ¿tan difícil es ese trabajo? —preguntó Otoha un tanto preocupada.

Ambos empleados se cruzaron una mirada significativa. Entonces, por primera vez, Otoha se dio cuenta de que se parecían como hermanos gemelos. No es que el rostro fuera especialmente similar, pero la manera en que se movían o las expresiones que adoptaban, en suma, la impresión general, sí que se parecía.

—No es difícil, más bien bastante sencillo, pero, como es muy repetitivo, puede llegar a aburrir —explicó Tokai.

—A mí no es que me disguste —intervino Minami—. Y, al fin y al cabo, es un trabajo que tiene que aprender todo el que llega nuevo.

Los dos parecían sentirse culpables mientras que le prometían su ayuda. Pero aun así, la pareja tenía un cierto aire alegre, lo cual contribuyó a que Otoha se relajase.

—Vamos a cenar juntas después el menú de los empleados. Si no me equivoco, hoy toca el pulgón blanco.

¿El pulgón blanco? ¿Y qué será eso?, se preguntó Otoha. Pero, antes de que pudiera preguntar, de nuevo Sasai echó a andar y tuvo que seguirlo. Se giró hacia los dos empleados y vio que ambos alzaban la mano derecha para saludarla sonrientes. Les devolvió el saludo de la misma manera en un acto reflejo.

—Vamos, es por aquí —dijo Sasai caminando sin ruido pero a buen paso.

La siguiente sala y también la contigua tenían las paredes igualmente cubiertas por enormes librerías y en todas las estanterías no sobraba ni un resquicio. En alguna sala de las más amplias, no se hallaban tan solo pegadas a la pared, sino que había otras dispuestas en la zona central.

Así, después de atravesar varias salas, llegaron a una en la que el único acceso era la puerta por la que acababan de cruzar. Es decir, que parecía ser la última de las de la planta baja.

Sin embargo, Sasai continuó andando hacia las estanterías del fondo, hasta detenerse frente a ellas.

—Es aquí detrás. Su primer lugar de trabajo.

—¿Eh? Pero, ya no hay nada más al fondo, ¿no?

—Sí, sí lo hay.

Otoha quedó desconcertada y entonces Sasai alzó los brazos y agitó las manos de forma exagerada.

—¡Ábrete, puerta!

Pero ¿qué hace este hombre? A sus años y juega como un niño..., pensaba sorprendida Otoha mientras miraba alternativamente al hombre y a las estanterías.

Entonces, las librerías se abrieron a izquierda y derecha con un suave traqueteo y dejaron ver que, efectivamente, detrás había otra habitación.

—¡Increíble!

Esas cosas solo las había visto en las casas de los millonarios que salían en las películas extranjeras de la televisión. Al parecer, las construían a modo de guarida secreta.

—¿Verdad que pensaba que me estaba comportando como un crío?

Otoha carecía ya de ánimos para negarlo y, sin fuerzas, asintió.

—Por lo menos podría reconocerme el mérito de no haber gritado «Ábrete, Sésamo»...

Por primera vez desde que lo conoció, Sasai mostró una suave sonrisa que dejaba entrever la dentadura.

Otoha había estado empleada en una librería alojada en el edificio de una estación grande de la región de Tohoku. Quería trabajar en algo que tuviera relación con los libros. Era su sueño desde hacía tiempo.

Cursó los estudios universitarios en Tokio, escogiendo la carrera de Literatura Nacional, y, tras especializarse en Literatura Moderna y Contemporánea, se decidió por el escritor Osamu Dazai como tema de su tesis de licenciatura. Se sacó el título de profesora de lengua japonesa y el de maestra de caligrafía *shodo*. A decir verdad, quería haberse sacado también la titulación de bibliotecaria, pero en su condición de chica de provincias llegada a Tokio, donde tenía que vivir sola, ya no le daba para más. No había solicitado ninguna de esas becas que luego tenías que devolver, pero vivía con lo justo y era consciente de que sus padres le enviaban remesas de vez en cuando, por lo que hacía trabajos por horas para ganar algún dinero extra.

Suspendió las pruebas para ser profesora en su ciudad natal, así que intentó encontrar trabajo en todo lo que pareciese guardar alguna relación con el mundo de los libros. Así, probó con editoriales, distribuidoras o librerías de grandes superficies, pero en ninguna de ellas la contrataron. Gracias a la universidad, consiguió la promesa de un trabajo temporal en una empresa de manufacturas, pero, aunque estuvo yendo un tiempo a modo de prueba, no quiso renunciar a buscar un trabajo relacionado con los libros y finalmente declinó la oferta.

Por fin, de vuelta en su tierra natal, consiguió que la contratasen como empleada fija de una librería.

—Ya que has conseguido licenciarte en una universidad de Tokio, ¿no sería mejor que probases a trabajar en alguna compañía grande de allí? —le decía preocupada su madre—. Hay empresas que solo contratan recién licenciados.

—Pero si ese trabajo es casi lo mismo que uno por horas —objetaba también su padre.

Ante esas quejas, Otoha les respondía con determinación:

—Quiero trabajar en lo que me gusta. Además, por supuesto que continuaré buscando otros empleos.

En la entrevista de trabajo sostuvo apasionadamente que «Me encantan las novelas», así que tuvo la suerte de que le asignaran dicha sección.

El trabajo en la librería del edificio de la estación era entretenido, pero poco a poco se iba sintiendo más cansada, tanto física como psicológicamente. Se daba por descontado que tenía que hacer horas extra gratuitamente y el salario era más bien bajo. Pero, sobre todo, no terminaba de gustarle el jefe, un hombre de unos cuarenta y tantos años. Había sido enviado allí desde la sede central y era un hombre con ideas extrañas, que dividía a los empleados en «joviales» y «sombríos» nada más conocerlos, hablando solo con los primeros. Por suerte o por desgracia, en cuanto conoció a Otoha, le dijo: «Tienes una sonrisa muy alegre», por lo quedó clasificada en el primer grupo. Pero eso, a la postre, terminó siendo una gran fuente de estrés. Le decía cosas como «Alguien tan agradable como tú, seguro que puede» y le encargaba trabajos bastante farragosos. Pero, al mismo tiempo, Otoha sentía terror a ser clasificada como «sombría», porque entonces no le pasarían trabajo. Debido a ese miedo, tenía que estar forzándose a resultar simpática.

Encima que había muchas quejas injustificadas de los clientes, el gerente de la librería se las rebotaba todas a Otoha y a los que eran como ella. Poco a poco iban aumentando las cosas por las que no compensaba «trabajar en lo que me gusta».

Para colmo, las ventas de la sección no iban bien, el espacio destinado a las obras de creación literaria se redujo y, después de que la central impusiera su criterio, se le hizo más duro permanecer allí. Cuando le comunicó al jefe la decisión de la central éste le dijo: «Qué sombría te has vuelto, ya no pareces la misma…». Desde ese día, dejó de hablarle. Más adelante, cuando sucedió cierto incidente desagradable en el que sospecharon de ella, el jefe no la protegió en absoluto. Cada vez resultaba más difícil continuar allí.

Desde que comenzó a trabajar en la librería, Otoha publicaba comentarios en la red sobre sus experiencias laborales, utilizando una cuenta bajo pseudónimo. Al principio eran comentarios cargados de ilusión, sobre lo mucho que esperaba de ese nuevo trabajo, pero un día se dio cuenta de que cada vez con mayor frecuencia escribía sobre sus sufrimientos o se quejaba de su rutina. Cuando ya pensaba seriamente en dejar el trabajo, un día recibió un mensaje en privado.

Permítame que me presente. Llevo tiempo leyendo sus tuits. El nombre de usuario de mi cuenta es Seven Rainbow. Siempre me admira el cariño que demuestran sus comentarios hacia los libros, en particular las novelas. He leído que está pensando en cambiar de trabajo. Es una lástima que se vea en dicha situación. Si le parece bien, puedo presentarle un trabajo relacionado con los libros. ¿Le interesaría?

Para ser sinceros, por una parte se alegró, pero por otra sospechaba. Lógicamente, sería estupendo que pudiese seguir trabajando rodeada de libros. Pero el asunto resultaba sospechoso, demasiado sospechoso.

Entonces, muy poco después, le llegó la siguiente comunicación en privado.

«Soy dueño de una pequeña biblioteca en las afueras de Tokio. No tiene ningún nombre en particular. Puestos a llamarla de alguna manera, podríamos llamarla "la biblioteca nocturna". Lo cierto es que el horario de atención es desde las siete de la tarde hasta las doce de la noche. El horario de trabajo es de cuatro de la tarde a una de la madrugada. Entremedias, hay una hora de descanso. A diferencia de las bibliotecas habituales, los libros que hay no son corrientes. Solo tenemos libros que fueron propiedad de autores ya fallecidos. Nos han sido legados después de la muerte del autor y nuestra tarea principal es conservarlos y exponerlos bien clasificados. Los clientes acuden a nuestra biblioteca para poder verlos. En principio, no realizamos préstamos. La llamamos biblioteca, pero quizá sería más ajustado calificar el lugar de "Museo de libros". El salario que podemos ofrecer no es muy alto. Serían 150.000 netos al mes. No obstante, en la parte trasera de la biblioteca contamos con una pequeña casa de apartamentos para empleados y, aunque es vieja, puede vivir allí gratuitamente. Los gastos de luz, calefacción y gas los tiene que abonar por su cuenta, pero el wifi es gratis. Hay aire acondicionado instalado y un fuego de gas para cocinar. Si lo desea, le puedo enviar un boceto de la distribución de habitaciones del apartamento».

Al llegar ahí, a Otoha le dieron ganas de pellizcarse en la mejilla para comprobar si estaba soñando.

Ciertamente, no se podía decir que fuera un buen salario, pero las condiciones no eran malas. Y aunque se tratara de las afueras, se alegraría de poder volver a vivir en Tokio.

Pero, sobre todo, lo que más le atraía era aquella cuestión de las colecciones de libros de los escritores.

«Si está usted interesada, contacte conmigo».

Dudó una barbaridad, pero, finalmente, Otoha contestó. Enseguida llegó la respuesta de su interlocutor, que llevaba adjunta un enlace de Zoom para una reunión telemática con indicación del día y la hora de la entrevista en cuestión.

Otro detalle que le sorprendió fue que la entrevista sería exclusivamente de audio y que, además, las palabras serían filtradas por un cambiador de voz. Así que Otoha tuvo que hablar con algún hombre de edad provecta que se identificaba como «el dueño» como si estuviera tratando con uno de esos delincuentes que raptan a la gente y piden un rescate.

Sin embargo, si a pesar de todo no dejó de intentar conseguir ese trabajo fue porque, detrás de aquella extraña voz, se detectaba el indudable cariño de su propietario hacia los libros.

—Hábleme acerca de los libros.

—¿De los libros?

—De los libros que ha venido leyendo desde que era una niña, de en qué momento conoció qué libro o cuál está leyendo ahora. Ese tipo de cosas.

—Pues… No sé como cuánto tiempo tengo que hablar… Si empiezo a contar desde el principio, voy a tardar bastante.

—No importa, cuéntemelo todo. Desde el principio. Como si tuviera que hablarme de todos los libros que ha leído hasta ahora.

Al principio dudó. Pero aquel interlocutor de voz ahogada sabía escuchar. Ponía atención en lo que Otoha decía y de vez en cuando intercalaba algún comentario que demostraba su vivo interés.

Seguro que estoy frente a un intelectual, pensó Otoha cuando llevaban ya un buen rato hablando. *Nunca había encontrado a nadie que comprendiese tan bien mis gustos, con quien resultase tan agradable hablar, con el que aprendiese tanto.* Había leído casi todos los libros que Otoha sacaba a colación y, cuando salía alguno que no hubiera leído, decía: «Un momento, quiero apuntarlo para leerlo yo también». Entonces se producía una pausa como si tomara notas. Cuando no sabía algo, lo reconocía con sinceridad, así que a Otoha le pareció una persona muy honesta.

Cada vez le gustaba más su interlocutor y sintió un intenso deseo de trabajar a su lado. Cuando se quiso dar cuenta, llevaban tres horas hablando.

—Ha pasado usted la prueba.

—¿Cómo?

—Me gustaría mucho que trabajase en nuestra biblioteca. Si es que a usted le parece bien.

En aquel momento sintió como si por primera vez en su vida el mundo la acogiera en su seno.

Y se alegró mucho de que el dueño de la biblioteca no le preguntase ni una sola vez por qué había dejado de trabajar en la librería.

Detrás de las estanterías del fondo de la última sala, se ocultaba una cueva. O eso le pareció, dado que era una desangelada habitación de paredes negras.

Junto a una de las paredes, había una verdadera montaña de cajas de cartón y tres mesas dispuestas como un cuadrado al que le faltase uno de los lados. En cada una de ellas se veía un ordenador portátil. Detrás de dos de ellas trabajaban sendas mujeres de mediana edad, que se levantaron al verlos entrar. Al igual que el resto, ambas llevaban el delantal negro de rigor. Una de ellas, rechoncha, lucía debajo un vestido color carmesí con florecillas que le llegaba hasta los tobillos y la otra, delgada, se vestía con una camisa de camuflaje y unos pantalones. Alrededor de ambas abundaban las cajas de cartón y las pilas de libros, de manera que no se les veían los pies.

—Este lugar…

—Como he explicado antes, es el departamento de clasificación de las colecciones. Lo llamamos «Sala de clasificación».

—Entendido.

—Estas son Ako y Masako.

Las aludidas hicieron una profunda reverencia.

—Yo soy Ako —dijo la del vestido de flores.

—Y yo Masako —siguió la que iba en camisa.

—Me llamo Otoha Higuchi, encantada —se presentó ella haciendo una marcada inclinación a su vez.

Ako y Masako hablaron a un mismo tiempo, elogiando sus buenas maneras.

—Todos lo que entran a trabajar en esta biblioteca deben aprender al principio esta tarea. La clasificación de los libros que se realiza aquí es, por decirlo de alguna manera, el corazón o quizá el cerebro de la biblioteca. En cualquier caso, lo más importante. Se puede afirmar que la biblioteca se apoya sobre los hombros de estas dos mujeres.

Ako y Masako se miraron y dejaron escapar unas risitas ante el tono tan pomposo con que hablaba Sasai.

—Qué exagerado…

—Va a avergonzarnos…

Sasai hizo una leve reverencia a ambas y se giró para salir de la habitación mientras decía: «Bueno, les encargo que se ocupen de Higuchi-san». Al salir no entonó aquello de «Ábrete, puerta», pero esta se abrió igualmente. Oyó cómo a su espalda Ako se dirigía a Otoha.

—¿Has llegado hoy?

—Sí…

—Entonces estarás cansada, ¿no?

Antes de que pudiera contestar que no, les interrumpió la voz de Masako.

—¿Pero qué dices? Si es muy joven, no parece nada cansada. No te pienses que es como nosotras.

—Sí, no sé…

Lo cierto es que tanto una como la otra tenían razón. Por un lado estaba un poco cansada, pero no tanto como para no poder trabajar. Por eso, se limitó a sonreír sin contestar claramente y asintió tanto a una como a otra.

Al ver la expresión de Otoha, Masako forzó una sonrisa y dijo:

—Bueno, es igual. De todas formas, hoy te explicaremos por encima cuál es el trabajo que hacemos y tú vas imitándonos.

—¡A la orden!

Ako sacó un delantal negro de una de las taquillas de un rincón de la habitación.

—Esto, pues, es como nuestro uniforme, la ropa de trabajo. Puedes venir vestida como quieras, pero para trabajar tienes que ponerte encima el delantal.

—El único que no lo lleva es Sasai, el gerente, que se lo pone solo cuando atiende el mostrador de recepción —añadió Masako.

—Bueno, es que él tiene que verse de vez en cuando con gente de fuera —siguió Ako—. Pero el caso es que resulta una prenda práctica. Así no te manchas tu ropa.

—Sí, cierto...

—El color negro es un tanto insípido, pero va bien con cualquier otro color y, como también tenemos que tratar a veces con deudos de los escritores, así no hace falta que vayamos de luto para ofrecer un aspecto de seriedad.

Ah, ahora entiendo por qué es negro, pensó Otoha.

—Te sirve la talla normal, ¿no? —preguntó Ako.

—Sí, gracias.

Otoha se puso sobre sus ropas el delantal que le entregó la mujer. Era de un tamaño tirando a grande y, aunque se ajustara la zona del cuello con el cordón, le seguía sobrando tela por todas partes. Cuando dirigió una mirada casual a las dos compañeras que la observaban fijamente, se dio cuenta de que en su caso la talla sí se ajustaba a la perfección. Aunque Ako era más bien rechoncha, la prenda no parecía apretada y en cuanto a Masako, aunque se le podría apodar «la aguja» de lo delgada que estaba, no le sobraba tela.

Al notar el desconcierto de Otoha, Masako soltó una risita.

—Ah, te has dado cuenta, ¿no? La verdad es que, en el caso único de nosotras dos, hemos ajustado los delantales para que queden a medida. Ako, como es muy mañosa, ha conseguido ensancharlos o estrecharlos para que se ajusten a nuestra talla.

Ako también dejó escapar una risita.

—Cuando eres joven, aunque tengas el cuerpo un poco grande o un poco pequeño, en general se te ve bonita con cualquier cosa, pero, cuando ya vas acumulando años, si no es la talla justa tienes muy mala pinta...

—Jó, qué envidia... —se quejó Otoha sin poder evitarlo.

Se llevó a toda prisa las manos a la boca para tapársela, pero ya era demasiado tarde. Para estar frente a dos veteranas, había sido una manera de hablar en exceso familiar.

—Bueno, con el tiempo haré unos arreglos también en el tuyo, no te preocupes.

—¿Sí? ¿De verdad?

—Con el tiempo, ¿eh?

—Bueno, ¿empezamos? —cortó Masako.

—¡A la orden!

—Ya te ha contado el dueño qué tipo de sitio es este, ¿no? —dijo Ako abriendo una caja de cartón que había a sus pies.

—Sí, por encima.

—Bien, te lo explicaré una vez más como es debido. Esta biblioteca es un lugar donde recogemos, preservamos y exhibimos las colecciones de libros que poseían los escritores, sobre todo novelistas, que van falleciendo.

—Sí, eso más o menos me lo habían contado.

—En algunos casos, el escritor en cuestión nos los ha legado en su testamento, en otros preparó en vida el envío que nos donaría y en otros han sido los deudos quienes, tras su muerte, nos los han ofrecido al no saber qué hacer con ellos.

Masako tomó el relevo de Ako.

—Por eso, de una forma u otra, todos los meses nos llega una gran cantidad de libros, cuyo primer destino es esta sala, donde nosotras nos encargamos de clasificarlos.

—Entiendo.

—Y la verdad es que ahora mismo se han acumulado ya demasiados libros e incluso tenemos en el almacén una gran cantidad procedente de autores recién fallecidos —siguió Masako mientras cruzaba los brazos.

—Ya voy viendo la situación.

Ako escogió un sello tallado en madera de encima de la mesa y se lo mostró a Otoha.

—Este es el sello que estampamos en los libros. Lo ponemos en el interior de contraportada de cada uno. En cuanto al sello en sí, hay algunos que se fabricaron en vida del autor según sus indicaciones, otros que los hemos hecho consultando el parecer de los herederos una vez que aquel falleció y otros en que el diseño lo hemos decidido aquí. En principio, se trata de fabricar un sello que coincida con los gustos del autor en cuestión y por norma debe incluir su nombre completo y ser reconocible a primera vista para cualquiera. De no ser así, con el tiempo terminaría dando mucho trabajo.

—Al principio no existía una norma unificada, así que como eran de diseño libre verás algunos que consisten en un dibujo con el nombre de pila debajo u otros con los caracteres distorsionados. No son pocos. Pero bueno, nosotras ya los tenemos aprendidos.

—De todas formas, poner el sello es una tarea importante, así que hay que hacerlo correctamente. ¿Te parece bien que tu trabajo de hoy sea ir poniendo esos sellos?

—De acuerdo.

Así que hoy solo tendré que dedicarme a estampar sellos..., pensó. Por una parte era un alivio, pero por otra, un desencanto.

—Pero no pongas esa cara, que es un trabajo muy importante —dijo Masako al notar cómo se sentía Otoha.

—¿Eh? No, no, si no me molesta...

—Y además, no es nada fácil —añadió Masako.

Otoha se sentó frente a la mesa y comenzó a poner el sello identificador en las colecciones de libros. Ciertamente, hasta que una se acostumbraba, encerraba más dificultad de la que parecía.

El sello estaba tallado en una madera muy dura que había que apretar contra el tampón de tinta roja, pero de forma que quedase impregnado uniformemente. Sus dos compañeras eran de lo más apacibles, pero en ese detalle sí se mostraban estrictas. Si el sello no caía justo en perpendicular, luego no quedaba diáfano sobre el libro. Además, una vez sellado, no se podía cerrar el volumen de golpe, porque entonces la página contigua se manchaba de tinta. Los primeros sellos los puso todos siguiendo las instrucciones de las dos compañeras de atenta mirada. Después de poner el sello, tenía que poner encima una hojita especial hasta que se secase.

Aplicar la misma fuerza en todas las partes del sello requería mayor energía de la que pueda pensarse. Era cierto que, al final, terminaba cansando.

—Sigue poniendo sellos mientras escuchas lo que te cuento —le dijo Masako a Otoha cuando vio que ya había adquirido práctica.

—Entendido.

—Una vez que la colección completa queda identificada por su correspondiente sello, se graban los datos de cada libro para poder administrarlos. Título, autor, número de edición, fecha de la tirada, etcétera. Son datos muy básicos, pero hay que ir anotándolos, junto con algún otro que pueda resultar curioso. La gestión de los libros se lleva a cabo mediante un programa informático como el de internet, pero como, por principio, los libros no salen de aquí, digamos que es una intranet. Por tanto, si no se viene hasta aquí, no se puede ni consultar los datos ni ver los libros.

—Entiendo.

—Una vez terminamos de clasificar toda la colección de un autor, no solo metemos los datos en el ordenador, sino que encuadernamos los documentos sueltos en un volumen.

—Vaya…

—Mira, así.

Masako sacó un volumen y se lo mostró. Era una encuadernación simple, de tapas color carmesí con el título en letras doradas: *Recopilación de escritos de la colección Taeko Nagamine*. Otoha no había leído nada de aquella escritora. Pero le sonaba que había fallecido hacía cosa de un año, porque vio en el periódico un artículo al respecto. Si no recordaba mal, debutó como escritora con menos de veinte años, pero llevaba varios años sin anunciar un nuevo título.

—Esta colección está reunida en una estantería del segundo piso. Todos los textos sueltos que contenía han sido encuadernados en esta clase de volúmenes.

—Impresionante…

—Ya que tenemos la suerte de recibir estas donaciones, es lo menos que podemos hacer.

—Lo mismo hay colecciones con una cantidad inmensa de material que otras que a duras penas forman un volumen —terció Ako sonriente. Pero esos son una minoría.

—Ahora, como existe también el libro electrónico, los libros en papel van disminuyendo. Sin duda surgirán cuestiones problemáticas acerca de la gestión de los libros electrónicos, supongo.

—Ya veo —asintió Otoha sin apartar las manos de su tarea.

—Una vez metidos los datos de cada volumen en el ordenador, hay que dividir los libros entre los que irán en las estanterías de fuera y los que irán en las del almacén. Por ejemplo, no tiene sentido poner fuera varios ejemplares del mismo libro. En principio, todo título que esté repetido, va al almacén.

—Pero entonces, en el almacén, ¿no se juntan a veces diez o doce ejemplares del mismo libro?

—Pues sí —contestó Masako curvando los labios en un gesto de disgusto—. Por una parte, hay ejemplares importantes, pero por otra son una fuente de preocupaciones. En algunos casos se trata de volúmenes antiguos o agotados, auténticas rarezas, pero últimamente tenemos repetidos también muchos libros publicados hace nada. Pero el dueño insiste en preservar también todos esos.

—Vaya…

—Dice que para el escritor que lo tenía, para su familia, para los fans o para los que investigan su obra, una vez que el libro pasa a ser de su colección, se convierte en un ejemplar único, ya sea el título que sea.

—Bueno, eso es cierto, sí.

—Por lo visto el dueño dice que tratemos todos los libros como si hubieran pertenecido a un amor nuestro que falleció —terció Ako—. Pero aunque ahora quepan más o menos en el almacén, el espacio no es ilimitado.

—Eso también es verdad.

—Alguna vez estará hasta los topes. Me pregunto qué decisión tomará entonces… Imagino que, al fin y al cabo, no quedará sino deshacerse de una parte.

—Pero la opinión del dueño tiene su punto de razón, bueno, un punto no, dos o tres —volvió a intervenir Ako—. Pudiera ser que ese escritor fallecido, años más tarde, de un modo inesperado, se volviera muy popular, ¿no? Por ejemplo, si hacen una adaptación en cine de una de sus obras, y esa película gana un premio de renombre, todo el mundo volverá su atención tanto hacia el autor como hacia esa adaptación, y conseguirá otros premios aquí y allá. En ese caso, la gente acudiría aquí en tropel para ver su colección.

—Desde luego, vivimos tiempos en que nunca se sabe por dónde puede prender la llama —convino Otoha—. Por las redes sociales de algún famoso, por un programa de televisión…

Cuando trabajaba en la librería, de tanto en tanto habían surgido esa clase de conversaciones.

Pero Masako era más prosaica.

—De todas formas, eso se da en uno de cada mil… bueno, no, de cada diez mil o cien mil casos. Casi es más fácil que te toque la lotería.

—No seas tan exagerada —protestó Ako—. Además, para los fans o para los estudiosos del autor, todos sus libros son valiosos. A veces, una nota escrita en los márgenes o una página marcada con un doblez puede permitir que la investigación avance un paso.

—Eh, oye Ako, ¿por casualidad eres licenciada en Literatura japonesa? —inquirió Otoha.

—¡Efectivamente! ¿Cómo lo has sabido?

—Me pareció que ese tipo de comentarios solo se le podrían ocurrir a alguien que hubiera escrito una tesis de licenciatura sobre Literatura japonesa.

—¿No habrás hecho tú la misma carrera?

—Así es.

Otoha y Ako, espontáneamente, alzaron una mano y se dieron una palmada recíproca.

Masako se rio al ver su gesto y no le quedó más remedio que admitir a regañadientes:

—Bueno, supongo que hay muchas más probabilidades de que sirvan para una investigación que de que la película gane un premio.

Pasadas las diez de la noche, llegó Minami Enokida.

—¿Mucho trabajo? ¿Todo bien?

—Bastante. ¿Y tú? —respondió Ako.

—He venido para invitar a Otoha a cenar.

Masako alzó la vista hacia el reloj de la pared y contestó:

—Buena idea. Han pasado tres horas, así que es el momento justo de que haga una pausa.

Después, volviéndose hacia Otoha, le dijo:

—Otoha, vete a cenar y así pruebas nuestro menú.

—¿Eh? Pero…

¿Sería correcto descansar antes de que lo hicieran sus compañeras, más veteranas y además mucho mayores que ella?

—Yo he traído un *bento* —explicó Ako. Lo comeré aquí mismo en algún momento adecuado para hacer una pausa.

—Y yo siempre voy cuando han terminado los demás, porque me gusta comer sola —añadió Masako.

Ambas hablaban con naturalidad y franqueza. Por lo visto tenían sus preferencias acerca de lo que comían o de cómo hacerlo.

—Ah, y hoy te puedes marchar ya después de cenar —siguió Masako.

—¿Eh? Pero…

Otoha se desconcertó. Según le informaron, la biblioteca abría desde las siete de la tarde hasta las doce de la noche y el horario de trabajo de los empleados era desde las cuatro de la tarde hasta la una de la madrugada, con una hora para comer.

—Todavía no estás acostumbrada al trabajo y acabas de llegar hoy desde Tohoku —razonó Masako—. Esta noche vuélvete pronto a casa y descansa. Imagino que también tendrás que arreglar las cosas que te hayas traído de tu mudanza.

—Tienes razón —asintió Ako.

Otoha pensó que, ciertamente, como había acometido la tarea con ánimo, ahora apenas notaba cansancio, pero, cuando llegase a la habitación, muy probablemente le vendría todo de golpe.

—¿Seguro que puedo marcharme?

¿Estaría bien hacerlo? Miró un momento hacia Minami y esta asintió sonriente. Tanto el rostro de ella como el de Ako o Masako reflejaban una absoluta sinceridad.

Hasta entonces, Otoha siempre había trabajado poniendo atención en el humor y los gestos de sus compañeros. En una ocasión le dijeron que podía tomarse un descanso y, cuando así lo hizo, se encontró con que luego murmuraban a sus espaldas: «Qué falta de delicadeza la de esta mujer... Ni siquiera es capaz de discernir que se lo dicen por cumplir y no tiene el suficiente sentido común para decir: "No, por favor, primero descansa tú, que llevas más tiempo trabajando"». Por eso había terminado por desconfiar de si le decían esas cosas de corazón o no.

—Claro que sí, no te cohíbas —le insistió Masako asintiendo con energía una vez más.

—Bueno, entonces abusaré de vuestra amabilidad... —comenzó.

Entonces se le ocurrió algo.

—Ah, pero antes de irme, si no os importa... me basta con un minuto, de verdad, pero ¿sería posible que después de cenar me sentara un rato en el mostrador de recepción? Quiero experimentar un poco más el ambiente de esta biblioteca.

Había formulado su petición no sin cierto temor, pero Minami asintió enseguida.

—Por supuesto que sí. Además, es un buen momento. Después de cenar me turno con Tokai, así que podemos sentarnos juntas.

—Vienes con ganas de trabajar, ¿eh? —elogió Masako—. Pero no trabajes demasiado el primer día, a ver si luego te vas a deshinchar.

—Claro, no te preocupes. Bueno, con permiso.

Al salir con Minami, se giró un poco para ver aquellas estanterías que se abrían de forma natural para permitir el paso.

—Quería preguntar…

—¿Sí…?

—¿Cómo funciona esa puerta? Antes, el señor Sasai dijo «Ábrete, puerta» y se abrió. ¿Realmente funciona esa especie de conjuro?

Minami se rió a carcajadas.

—¿Eh? ¿Sasai? ¿Hizo eso? No sabía que Sasai también gastara bromas… No, nada de eso.

Minami volvió a acercarse a las estanterías. Después, agitó las manos frente a ellas. Y las estanterías se abrieron a izquierda y derecha.

Ako y Masako las miraron sorprendidas desde el interior.

—Perdón, solo quería explicarle a Otoha cómo se abre.

Las mujeres hicieron comentarios como «Ah, bueno».

—Mira. Ahí arriba hay un sensor. Cuando acercas la mano o te mueves a su lado, se abre.

—Pero el señor Sasai…

—Seguramente, mientras decía aquello de «Ábrete, puerta», acercó la mano al sensor.

Al terminar la frase, Minami echó a andar hacia el segundo piso.

—No me imaginaba que el señor Sasai fuera tan juguetón...

—Es la primera vez que hace algo así. Cuando lo vea, le soltaré algún chascarrillo.

—Por favor, no le digas que te lo he contado yo.

—No se lo diré, pero se dará cuenta enseguida.

—¿Eh?

—No te preocupes. Ese hombre no muestra a las claras su alegría ni se ríe, pero a cambio tampoco se enfada ni se entristece.

¿Sería cierto? Ladeó la cabeza dubitativa mientras acompañaba a Minami en su camino.

—¿Y qué sucede si algún visitante se acerca a ese sensor?

—Pues que se abre. Y el visitante se lleva una sorpresa.

—¿Y no importa?

—Bueno, al fin y al cabo, solo sucede un par de veces al año.

El comedor ocupaba un extremo del segundo piso. A la entrada tenía un letrero de madera que rezaba: CAFÉ DE LA BIBLIOTECA. El nombre ya no es que oliera a anticuado, es que además resultaba demasiado directo. El interior, por su parte, era de una sencillez extrema, como una vulgar cafetería. Sobre el suelo entarimado se habían dispuesto unas mesas y sillas de madera muy clara. Dentro se veían varias personas tomando un café o alguna comida ligera, y también leyendo.

Nada más entrar, había una vetusta máquina para comprar los tickets de las consumiciones, con fotos adjuntas de las opciones existentes. Otoha querría haber mirado con mayor detenimiento, pero Minami entró en el lugar a toda prisa, así que se resignó y siguió sus pasos. Minami escogió una mesa para seis que había en un rincón y se sentó.

—Si nos ponemos en esta mesa, quizá vengan otros compañeros a sentarse aquí.

—Ah, ya entiendo...

—Es que todos vienen más o menos a la misma hora. El mostrador de recepción es el único un poco diferente.

Entonces se les acercó un hombre bastante mayor.

—El menú de los empleados para las dos, ¿no?

—¡Sí! —contestó Minami muy animada—. Muchas gracias por sus atenciones, señor Kinoshita.

—No hay de qué —respondió el otro asintiendo levemente.

—Esta es Otoha Higuchi, que ha empezado a trabajar hoy.

—Encantada de conocerle —saludó Otoha poniéndose en pie y haciendo una reverencia.

—Igualmente —dijo sin más el hombre llamado Kinoshita—. Después de la cena, ¿les parece bien café con hielo?

«¿Café con hielo en invierno?», se preguntó extrañada Otoha. Pero, como acto seguido Minami le susurró: «El café con hielo del señor Kinoshita está buenísmo», asintió. Aunque de maneras abruptas, parecía un buen hombre.

—Antes de trabajar aquí, el señor Kinoshita se encargaba de preparar los cafés en una cafetería famosa de Ginza —le reveló Minami mientras miraban cómo se alejaba su figura de espaldas.

—Vaya...

—El señor Kinoshita se había convertido en una figura icónica de aquella cafetería, pero tuvo algún pequeño incidente con el dueño y lo despidieron. Cuentan que todos los clientes regulares se sorprendieron mucho al enterarse de que ya no estaba. Muchos se pensaban que era el dueño. Hasta tal punto llegaba su fama.

—Menuda historia... ¿Y eso te lo contó el propio Kinoshita?

Le hizo aquella pregunta porque le dio la impresión de que aquel hombre no era alguien que fuera por ahí contando su pasado.

—No, no, nada de eso. El señor Kinoshita nunca habla de aquel incidente. Lo que pasa es que Tokai es un enamorado del café y dice que fue varias veces a aquella cafetería. Pero es una historia tan famosa que mucha gente a la que le gustaba el local ha publicado comentarios sobre ello en la red.

—¿Y qué pasó después con la cafetería?

—Pues al principio perdió bastantes clientes, pero al fin y al cabo está en un lugar privilegiado de Ginza. Compraron una máquina de café y con eso consiguieron bajar un poco el precio. De esa manera parece que, aunque ahora es un tipo de clientela diferente, el negocio les va bien. Por lo visto queda algún cliente que sigue pensando que el café lo prepara el señor Kinoshita.

No parecía muy ético por parte de la cafetería, pero Otoha pensó que después de todo debían de existir historias similares por doquier.

Siguieron charlando hasta que llegó Kinoshita con dos platos.

—¡Wow! —se le escapó a Otoha.

En los platos, casi planos, se veía un arroz con curry de un color amarillo oscuro muy intenso.

—Hoy toca pulgón blanco. El plato de los lunes.

—El curry da muchas energías —asintió Minami.

—Ya he oído varias veces eso del pulgón blanco —dijo Otoha. ¿Por qué ese nombre?

—¿No lo sabes? —contestó Minami—. ¿No has leído ese libro? Es una novela de Yasushi Inoue que se titula *Shirobanba* («El pulgón blanco»). Uno de los personajes es una anciana llamada Nui que prepara a menudo arroz con curry. El menú de aquí intenta reproducir ese plato.

—Lo siento, no lo he leído...

—Bueno, yo tampoco lo había leído hasta que entré como cocinero aquí, así que no puedo presumir mucho, pero me pareció un buen libro.

—Lo leeré enseguida.

—Debemos de tener varios ejemplares por aquí de *Shirobanba* —terció Minami—. Puedes pedir que te le presten como caso especial. Basta con que lo trates con cuidado cuando lo leas.

—Sí, así lo haré.

—Bueno, vamos a comer.

—Que aproveche.

Y tras decir aquello, el cocinero se marchó.

Otoha agarró la cuchara y probó un bocado. Le pareció un buen curry, al igual que otros muchos. Pero lo particular de su sabor residía en que, a pesar de que la primera impresión al introducirlo en la boca era un suave tono moderado, poco a poco iba aflorando el gusto de las especias. Seguramente se trataba un sabor al que cualquiera se aficionaría.

—¿Verdad que está bueno? —susurró Minami sin perder un momento.

—Sí...

La patata y la zanahoria estaban cortadas en cuadraditos, por lo que eran fácilmente identificables, pero no conseguía saber cuál era esa otra verdura semitransparente mezclada con la salsa. Notaba su presencia cuando la trituraba en la boca.

—¿Qué será esto? Parece una verdura muy suave y esponjosa.

Nunca había visto esa clase de ingrediente en el curry.

—Nabo.

—¿Eh? ¿Nabo?

Era la primera vez que veía un curry con nabo. Pero, inesperadamente, casaba bien.

—Cuando contrataron al señor Kinoshita para trabajar aquí, el dueño de la biblioteca le puso como condición que reprodujese una serie de platos que aparecían en novelas o ensayos previamente escogidos. Porque cocina muy bien.

—¿Qué clase de carne lleva? Noto el sabor de la carne, pero no la veo.

Las verduras troceadas en dados hacían acto de presencia, pero la carne se ocultaba. Finalmente, Otoha distinguió unas hebras de carne. Tenía la impresión de que aquella carne contribuía en buena medida al sabor del plato. Recogió un poco con la cuchara y la examinó.

—¡Ah!

—Carne en conserva, *corned beef*, ¿no?

—Acertaste. Si hubieras leído *El pulgón blanco*, advertirías más detalles. El menú de los empleados cambia cada día de la semana. Los lunes toca el curry del pulgón blanco. El menú cuesta 300 yenes, incluyendo café. Y además un café que antes se servía en uno de los mejores locales de Ginza.

—Maravilloso, y me quedo corta.

Mientras comían el curry, se les acercó un hombre de mediana edad.

—Hola, yo soy Tokuda. Encantado.

Era un hombre regordete, que usaba gafas redondas.

—El señor Tokuda también trabajaba antes en una librería. Vino aquí hace cosa de medio año.

—Hola, yo me llamo Otoha Higuchi.

—Yo soy unos diez años mayor que Sasai, pero él es el gerente y yo un simple empleado. El trabajo de la librería me dejó destrozado y después de dejarlo estuve un tiempo sin hacer nada, solo recuperándome. Realmente he empezado aquí hace muy poco. El dueño me dijo que no forzase demasiado la salud.

Tokuda hablaba un poco deprisa.

—Ya veo. Encantada.

Tokuda pidió a Kinoshita el mismo menú de los empleados y se fue a por un vaso de agua. Minami aprovechó para hablar en voz baja a Otoha.

—Tokuda es buena persona, pero un poco nervioso y se obsesiona con la cuestión de la edad y la antigüedad en el puesto... Por eso, no sabe bien cómo tratar con Sasai, que está por encima de él. Dejando eso aparte, es un hombre amable y trabaja bien. Una buena persona, aunque tenga sus cosas. Si ha entrado después, me parece a mí que no tiene remedio que esté en un puesto más bajo, aunque sea mayor, y además no tiene ninguna importancia. Para empezar, aquí las edades de todos son muy diferentes y también hay personas como Ako y Masako.

—Sí, tienes razón.

—Pero bueno, como ahora has entrado tú y con eso ya hay por debajo alguien más joven que él, seguramente le supondrá un alivio.

—No sé, puede ser...

Tokuda regresó como si tuviera prisa. Aparte del suyo, traía otros dos vasos de agua, uno para Otoha y otro para Minami.

Mientras bebía el agua que le había traído, Otoha pensó que, a pesar de lo relatado por Minami, quizá ese hombre solo estuviera inquieto por no tener un cargo concreto y, por lo demás, no tenía mayor problema en su relación con los compañeros. Al principio pensó que podía ser complicado tratar con alguien así, pero viendo que tenía la amabilidad de traer agua a alguien más joven y más nuevo en el trabajo, se tranquilizó.

41

Al terminar de comer, conforme a lo anunciado, les trajeron el café con hielo. Exhalaba un intenso aroma, pero no era amargo.

—Yo creo que después del curry el café combina muy bien —explicó Kinoshita—. Aunque a lo mejor es solo mi impresión.

—Ciertamente casa muy bien y está delicioso —opinó Tokuda.

—Es lo que llaman café infusionado en frío —terció Minami—. El señor Kinoshita comienza a prepararlo desde la noche anterior, ¿verdad?

—Ah, pues no lo conocía. Para mí, es la primera vez.

—¿El café en frío? —preguntó Kinoshita.

—Sí. Bueno, el nombre lo había oído. Pero no sabía que estuviera tan bueno.

La verdad es que Otoha no se había podido dar el lujo hasta entonces de disfrutar de un café como es debido de forma relajada. Ni en los tiempos de la universidad ni cuando se puso a trabajar. Andaba mal de dinero y, cuando quedaba con alguna amiga para charlar, se conformaban con una cafetería de las cadenas baratas.

—Quizá sea el mejor café con hielo que he tomado hasta ahora —añadió.

—¿Y el segundo mejor? —preguntó Kinoshita.

—El que venden para llevar en los 7 Eleven.

Kinoshita se rió a carcajadas.

—Bueno, ya tengo una razón de más para preparar este café. Aunque también es verdad que el de los 7 Eleven está bueno.

—La verdad es que yo tampoco era muy aficionado al café hasta que entré a trabajar aquí —confesó Tokuda—. Nunca pensé que pudiera estar tan rico.

—Ah, ¿sí? Bueno, pero la opinión de los hombres me da igual.

Y acto seguido, Kinoshita volvió a reírse a carcajadas, con lo que todos los presentes, excepto Tokuda, se rieron también.

Después de cenar, tal y como le anunció, Minami la dejó sentarse tras el mostrador de recepción.

—¿Seguro que no te importa? Si te cansas, dímelo enseguida, ¿eh?

—Sí, no te preocupes.

Tras un tiempo sentadas una al lado de la otra, entró una mujer bastante mayor. La canosa cabellera lucía un bonito peinado y vestía un abrigo color granate, ayudándose con un bastón. Llevaba puestas unas gafas de sol grandes y de tono claro, que le cubrían gran parte del rostro. Se acercó despacio al mostrador.

—Buenas noches —saludó con voz temblorosa.

—Buenas noches, señora Ninomiya —contestó Minami al instante. Hace frío afuera, ¿verdad? ¿Está usted bien?

—Sí. Como he venido en taxi…

—¿Quiere que llamemos otro para la vuelta?

—Sí, luego les aviso.

Mientras la señora Ninomiya hablaba, Minami pareció caer en la cuenta y miró hacia Otoha.

—Ah, esta es Otoha Higuchi. Ha empezado a trabajar hoy.

—Encantada de conocerla —dijo la aludida poniéndose en pie y haciendo una reverencia.

—Vaya, qué jovencita eres. Encantada igualmente. Otoha Higuchi… Solo hay un ideograma de diferencia con Ichiyo Higuchi, ¿verdad?

—Sí, es que a mi madre le gustaba mucho. Mi novela favorita de ella es *Noche de plenilunio*.

Optó por decir lo de costumbre antes de que le preguntasen.

—Qué gusto tan sobrio…

Tras ese comentario, la mujer se apartó del mostrador y se dirigió a su lento paso hacia el interior.

—Esa señora tenía un pase anual, ¿verdad?

—Ah, ¿te has dado cuenta?

Otoha se había dado cuenta enseguida de que lo que llevaba colgando aquella mujer del cuello en una funda de plástico era ese pase.

—Esa mujer se llama Kimiko Ninomiya y es una de nuestras usuarias más frecuentes. Vive a unos quince minutos andando desde aquí. Hace ya años que viene casi a diario y está siempre donde las estanterías de Konosuke Takagi. El resto de los libros, ni los mira.

Konosuke Takagi era un famoso autor de novelas de época. Ya habían pasado más de veinte años desde su fallecimiento, pero sus libros continuaban vendiéndose bien y algunos se habían adaptado al cine o a la televisión.

—Es algo que sabe todo el mundo y seguro que algún día la propia Ninomiya te lo contará, así que supongo que no importa que te lo diga yo, pero… era la amante de Takagi.

—¿Eeeeeh? ¡La amante!

No llegó a gritar, pero había levantado demasiado la voz. Minami, con una sonrisa, se puso un dedo en los labios y murmuró: *Chissst*.

—Perdón. Pero es que, ¿no es increíble?

—Cualquiera se sorprendería. Yo misma, la primera vez que lo oí, no me lo podía creer.

—He leído algunos libros de Konosuke Takagi. De la serie *Llega el shogun*, y eran muy entretenidos.

Llega el shogun era su obra más famosa y se había filmado dos veces como serie de televisión. Como puede intuirse por el título, trataba de un *shogun* que llegaba a Edo y una vez allí se mezclaba con el pueblo llano para resolver un caso criminal tras otro.

—Cierto. Esa mujer dice que en tiempos Takagi le puso un pequeño bar en Ginza para que le sacara beneficio.

—¡Wow! La trataba como a una amante en toda regla. ¿Eso aparece en la Wikipedia? ¿O salió algo en revistas de cotilleo como *Friday*?

—Por supuesto que no. Era un autor muy popular y antes esa clase de cosas eran tabú. Pero, según ella, una única vez publicaron algo en *Uwasa no shinso* («La verdad de los rumores»).

—¿Qué es eso de *La verdad de los rumores*?

—Ah, claro, tú eres muy joven y por eso no la conoces… —dijo Minami a pesar de que ella también era joven.

—Ya ha dejado de publicarse, pero hasta no hace mucho era una revista famosa por no respetar ningún tabú. Se dedicaba a destapar escándalos de políticos, escritores y demás. Yo la conozco porque de vez en cuando aparece algún ejemplar entre las colecciones de los escritores. Creo que en nuestra biblioteca debemos de tener casi todos los ejemplares. Es una revista de hace veinte años, así que solo contiene historias de gente del pasado, pero de vez en cuando encuentras ahí cosas interesantes.

—Qué curioso…

Otra vez se le había escapado una voz fuerte.

—En cualquier caso, esa mujer era la amante de Takagi y casi todas las noches viene a contemplar la colección del escritor. Dice que si se sienta allí tiene la sensación de estar junto a él.

—Tiene su lado romántico, ¿no?

—Dice que, como Takagi tenía esposa e hijos, en vida de él nunca se dejaban ver juntos. Pero, dada la edad de la señora Ninomiya, la relación debió de comenzar cuando Takagi era ya bastante mayor.

—Vaya…

—De todos modos, creo que ella te lo contará a ti también, así que, aunque se enrolle mucho, tú pon cara de que no sabes nada.

—Entendido.

Mientras hablaban, otra persona entró silenciosamente en la biblioteca. Era una anciana menuda y delgada, que se vestía con un chaquetón azul claro. Se cubría con un sombrero de lana, tenía la mitad inferior de la cara tapada por una mascarilla bastante grande y llevaba guantes de cinco dedos abiertos en las puntas. En suma, el rostro no se veía demasiado bien, pero la parte del peinado de tazón que sobresalía bajo el sombrero era completamente cana, por lo que estaba claro que era ya muy mayor. Pero, a pesar de la edad, caminaba con paso firme y, sin mirar a las dos jóvenes de la recepción, atravesó la sala. Desde la habitación en que había entrado ella, llegó el sonido de una aspiradora. Seguramente había empezado a pasarla por la alfombra.

—¿Y esa mujer de ahora? —preguntó Otoha aprovechando un momento en que se cortó la conversación.

—¿Cómo?

—Que quién es la mujer que acaba de pasar.

—Ah, ¿te refieres a la señora Kobayashi?

—¿Esa mujer se apellida Kobayashi?

—Sí, es la señora de la limpieza.

—¿La encargada de la limpieza?

—Eso es. Siempre llega más o menos a esta hora.

—Ya veo. ¿No es mejor que vaya a presentarme?

Minami negó con la cabeza.

—Ella casi nunca habla con nadie. Nunca se dirige a nosotros y, si le hablamos nosotros a ella, pocas veces contesta. Así que no te preocupes.

A Otoha le pareció un poco raro que Minami, con lo amable que era, mostrara ahora semejante frialdad. Quizá estuviera molesta porque la anciana la hubiera ignorado varias veces.

—Eso sí, limpiando es excelente y no es mala persona —se apresuró Minami a añadir al ver la expresión de Otoha—. También se encarga de la limpieza de los espacios comunes de los apartamentos donde vivimos. Por eso, a lo mejor la ves alguna vez por allí.

—Ah, ya... —contestó Otoha.

—Creo que, en principio, está contratada como empleada de limpieza en la biblioteca y encargada de gestionar los apartamentos. Por ejemplo, cuando se estropea algo de los espacios comunes o hay algún problema con los buzones, tenemos que decírselo a ella. Aun cuando no conteste casi nada.

Minami forzó una sonrisa.

—Pero al día siguiente está arreglado —añadió.

—Entiendo...

—Por eso, aunque sea un poco seca, no hay que tenérselo en cuenta.

Se diría que Minami estaba intentando convencerse a sí misma.

—Higuchi-san...

De pronto, se oyó una voz por encima de sus cabezas y alzaron su vista a un tiempo.

Era Sasai.

—Creo que es hora de que vaya a ver el apartamento. ¿No cree que por hoy ya está bien y debería descansar?

—Sí, muchas gracias.

La verdad es que en este primer día en la empresa (bueno, en la biblioteca) se encontraba muy emocionada y no sentía sueño para nada. De hecho, estaba disfrutando mucho, pero ya que todos se lo aconsejaban, decidió que era hora de descansar.

—Bien, entonces le guiaré hasta allí.

Sasai ya debía de albergar dicha intención desde un principio, dado que se había puesto un abrigo ligero.

—Se lo agradezco mucho. Una cosa...

—¿Sí, de qué se trata?

—Es que he dejado el abrigo y el bolso donde Ako y Masako, así que me gustaría ir a recogerlos. Y también quiero despedirme de ellas.

—Aquí la espero.

Otoha salió de la recepción alejándose en una carrerita. Entonces, oyó la voz de Sasai a su espalda:

—No hace falta que corra, tómese el tiempo que necesite.

Se giró hacia él de modo reflejo y entonces el hombre añadió:

—No corra dentro de la biblioteca, por favor. Además, las jóvenes con clase no corren. Para correr, ya se bastan los niños y los deportistas.

No esperaba que el hombre fuera capaz de decir esas cosas. Sintiéndose observada por Sasai y Minami, Otoha redujo el paso hasta casi ir de puntillas.

Murmuró en voz baja «Ábrete, Sésamo» y se introdujo en la habitación de Ako y Masako.

—Perdonad que me marche ya hoy. Con permiso.

Ako se puso en pie y le dijo con tono alegre:

—Anda, ¿has venido solo para despedirte? Pero si no hacía falta...

—Es que también tenía aquí el bolso y el abrigo...

—Ah, bueno.

—Hasta mañana —le dijo Masako medio enterrada en libros y agitando una mano.

—Que descanses.

Otoha salió de la habitación tras hacer reverencias a una y a otra.

El edificio de apartamentos se hallaba en los mismos terrenos de la biblioteca. También se veía por allí un buen número de árboles, por lo que casi parecía un parque. Al dar la vuelta hacia la cara trasera de la biblioteca, llegaron frente a los apartamentos. En la primera comunicación que recibió Otoha, ya le informaron de la existencia de esas viviendas para empleados. Era un edificio de tejado azul y paredes blancas.

Mientras caminaba con Sasai se giró una vez hacia atrás y miró el grisáceo edificio rectangular de la biblioteca que asomaba entre los árboles. Pensó en lo inusitado que resultaba que aquella construcción de aspecto tan vulgar albergase un contenido tan maravilloso.

—La vivienda consta de ocho apartamentos. Ahora que ha llegado usted, quedarán todos ocupados. En los otros viven Ako, Masako, Tokai, Enokida, Kitazato y Kinoshita. El suyo queda en el segundo piso.

—Entonces, ¿usted no vive aquí? —preguntó mientras caminaba tras él tirando de la maleta.

—Yo vivo en otro lugar por aquí cerca.

—Ah, ya…

—Bueno, queda un poco raro que lo diga yo, pero, en principio, como soy el gerente, creo que es mejor que viva separado de los demás y, de todas formas, los apartamentos ya están ocupados.

—Sí, entiendo…

Sasai introdujo la llave en la puerta del segundo apartamento por la derecha del segundo piso. Cuando subieron las escaleras, llevó la maleta de Otoha.

—En la planta baja viven Tokai, Kinoshita, Ako y Masako. La idea es que en esa planta, que siempre es más desprotegida, estuvieran los hombres y luego Ako y Masako por si pasa algo, dada su edad.

Al terminar de abrir, entregó la llave a Otoha.

—¿Si pasa algo?

—Pues un terremoto o un incendio. Para evitarles las escaleras.

—Ah, claro.

Sasai encendió la luz del recibidor.

—El edificio tiene ya cuarenta y ocho años. Es viejo, pero se va reparando cuando hace falta. He dado de alta la luz y el agua a su nombre.

Eso también se lo habían comunicado con antelación.

—Muchas gracias.

—El gas puede darlo de alta mañana usted misma.

Ciertamente, por fuera el edificio se veía viejo, pero las blancas paredes estaban impolutas y los pasillos exteriores habían sido entarimados. En cuanto al interior, constaba de poco más que una cocina y una habitación de ocho tatamis, además del retrete y el cuarto de la bañera, separados. Era antiguo, pero no especialmente pequeño. Al fondo de la habitación se veía un armario bastante amplio, de como un metro y medio de anchura. Posiblemente había sido un armario empotrado que luego se modificó.

La cocina tendría unos cuatro metros cuadrados y, aunque también antiguo, contaba con fogón de gas. En la habitación de ocho tatamis se veía un aparato de aire acondicionado. Todo era tal y como le explicó el dueño en aquella reunión telemática. Se alivió al ver que enseguida podría comenzar su vida allí.

—Mañana llega la mudanza, ¿verdad?

—Sí. Tiene que traérmela el transportista por la mañana. Aunque no hay gran cosa.

—He informado a todos de que mañana llega su mudanza. Pero intente no armar demasiado ruido, porque seguramente los demás estén durmiendo. No son gente que se suela enfadar, pero, en principio…

—Lo entiendo, no se preocupe.

—Ah… —exclamó Sasai rascándose un poco la cabeza—. Esta noche todavía no tiene futón, ¿verdad?

—No pasa nada. Me acostaré de cualquier manera. Además, la mudanza llegará a las nueve y terminará pronto, así que puedo echarme otra vez hasta que llegue la hora de trabajar.

Sasai parecía compungido.

—Lo siento. Ni se me pasó por la cabeza. Discúlpeme, por favor.

—No, de verdad, no se preocupe. Estoy bien.

—Pero es que no puedo dejar el asunto así… Terminará con el cuerpo dolorido y además hace frío.

Sasai se fue a abrir el armario mientras murmuraba: «A lo mejor hay algo aquí…». Entonces apareció allí una caja grande de cartón.

—Ah, se me olvidaba también mencionar esto. Esta caja se la dejó olvidada la inquilina anterior, no sé cómo. Ya la he avisado y dijo que vendría un día a por ella.

—Pues vaya…

—Lo siento mucho, pero ¿le importaría dejarla aquí hasta entonces? Es una mujer llamada Saho Oda.

—De acuerdo.

¿Qué clase de mujer sería para dejar aquí esas cosas?

Sin embargo, más que eso, a Sasai parecía preocuparle cómo iba a pasar la noche Otoha y no dejaba de murmurar: «¿Cómo podríamos hacer?».

—No se moleste más. Esta noche dormiré de cualquier manera.

Esta vez Otoha empleó un tono más duro, por lo que Sasai dejó de dar vueltas por la habitación.

—Bueno, tenga cuidado de no resfriarse. Ponga el aire caliente del aparato por favor.

Y tras decir aquello, se marchó.

Una vez a solas, Otoha sintió como si de repente se esfumaran sus energías y se sentó en cuclillas en la cocina. Después, dejó escapar un enorme suspiro.

Realmente había pasado por un buen montón de experiencias en un solo día. La salida de su tierra natal, toda la gente que le presentaron, su primera degustación del menú para empleados… Estaba cansada. Pero, por el momento, no era un cansancio que conllevara disgusto.

Como le entró sueño enseguida, decidió acostarse tal cual estaba vestida. Se quitó el abrigo y lo usó para taparse.

En cuanto cerró los ojos, se quedó dormida.

Un tiempo después se despertó porque oyó que alguien llamaba con los nudillos a la puerta. Abrió los ojos en medio de la oscuridad. Durante unos instantes no supo dónde se encontraba. Tras pensar un rato recordó que había sido su primer día en el nuevo trabajo.

La llamada en la puerta se repitió. Consultó su reloj de pulsera y vio que solo habían pasado veinte minutos desde que se marchara Sasai.

—¿Quién es? —preguntó con voz temblorosa.

Pero no obtuvo respuesta.

Se levantó sigilosamente, fue hasta la puerta y escrutó por la mirilla. No había nadie. Tembló de frío y pensó en acostarse otra vez ignorando la llamada pero, reuniendo valor, probó a abrir la puerta. Entonces vio que a los pies de la puerta le habían dejado un saco de dormir.

—Ah…

Seguramente se lo habría traído Sasai o alguien de la biblioteca. Se apresuró a salir, aunque estaba descalza, y se asomó por la barandilla del segundo piso justo a tiempo de ver cómo Sasai se alejaba a buen paso del edificio.

Dudó si llamarlo o no para darle las gracias, pero recordó que eran las tantas de la noche y abandonó la idea. *Mejor le doy las gracias cuando lo vea en la biblioteca mañana, bueno en realidad ya es hoy*, pensó. Así que recogió el saco y volvió a la habitación.

Dio un último vistazo a la distante figura del hombre y murmuró:

—Muchas gracias.

Envuelta por el cálido saco, Otoha tuvo un breve sueño.

O quizá, más que un sueño, fue como si rebobinase dormida sus recuerdos, convirtiendo sus pensamientos en imágenes.

El día en que fue a informar a sus padres que había dejado de trabajar en la librería.

—¿Estás segura? —preguntó su madre frunciendo el ceño—. Irte a trabajar a esa rara biblioteca perdida en un pueblo de las afueras. Y encima viviendo allí.

Para pueblo, este, pensó Otoha. Aunque, ciertamente, había bastantes posibilidades de que un pueblo de Musashino junto a las montañas fuera más atrasado que el lugar actual donde vivía.

Tras un momento de silencio, intervino el padre.

—Se haga lo que se haga, al menos hay que aguantar tres años.

Y tras tan lapidaria frase, se puso en pie y se marchó a la habitación del fondo.

Era un padre muy estricto. Otoha sabía que estaba chapado a la antigua. Sentía ganas de responderle: «¿Quieres decir que aunque sea una empresa donde te exploten o donde sufras acoso sexual hay que aguantar?». Pero fue incapaz de decir nada. Y no es que nadie le hubiera acosado sexualmente.

—Lo que pasa es que nos preocupamos por ti, Otoha —dijo aquella madre entusiasta de Ichiyo Higuchi.

En la sala de estar había una librería con las novelas favoritas de su madre. Estaban, por supuesto, las de Ichiyo Higuchi, pero también otras muchas de autores muy variados. Fue su madre quien más se alegró cuando ella dijo que quería trabajar en algo relacionado con los libros, y sin embargo ahora...

—El trabajo no tiene por qué coincidir con aquello que más te guste, Otoha. Por ejemplo, puedes trabajar de funcionaria mientras sigues leyendo tus libros favoritos y llevar una vida excelente.

Lo que decía su madre no era mentira, pero le parecía una forma de huida y no podía aceptarlo sin más. De entrada, no se veía capaz de aprobar a esas alturas unas oposiciones para convertirse en funcionaria.

—No quiero renunciar a mi ilusión.

—¿Qué quieres decir? ¿Que tu padre o yo hemos renunciado a nuestras ilusiones para salir adelante? ¿Que nuestra lucha por mantener una familia ha sido una renuncia?

La expresión de su madre se había transformado y de pronto revelaba auténtico enfado.

Viendo ahora a su padre nadie lo diría, pero antes tocaba en un grupo musical. Su madre, ni qué decir, era una apasionada de la literatura desde niña. ¿Habían abandonado todo aquello por sacar adelante a su hija?

—Solo se es joven una vez... Déjame que lo intente.

—Pues haz lo que te dé la gana —concluyó su madre como si escupiera.

O al menos eso recordaba. Sentía que se había portado mal con ellos. Que no había hecho más que ocasionarles molestias y gastos, sin responder ni una sola vez a sus expectativas. Probablemente fuera ella misma quien siempre estaba huyendo.

A las nueve en punto de la mañana siguiente, llegó la empresa de mudanzas. Sonó el timbre y, cuando Otoha abrió la puerta, se encontró con un hombre bastante mayor y rostro redondeado.

—Buenos días, vengo de la empresa Akabo…

—Muchas gracias.

Bajó las escaleras junto con el hombre y vio que había parado un camión pintado de rojo frente al edificio.

El hombre parecía tener mucha práctica y fue sacando del camión a buen ritmo la mesa, las sillas, los cajones de plástico y demás. Después, comenzó a llevar las cosas al segundo piso, empezando por las más grandes. Otoha cargó por sí misma con una caja y fue detrás del hombre.

—No se moleste, lo puedo llevar todo yo solo.

Pero, a pesar del ofrecimiento del hombre, le sabía mal estar mirando sin hacer nada.

Después de dejar aquella caja y volver a bajar, vio que Tokuda y Masako estaban de pie junto al camión.

Otoha se apresuró a disculparse.

—Perdón, ¿os ha despertado el ruido?

—No, es que hemos venido a ver si hacía falta echar una mano —contestó Tokuda medio murmurando.

—No, está bien. Incluso me han dicho que tampoco hace falta que ayude yo.

Pero, aunque rechazase su ayuda, Tokuda ayudó cuando se trató de llevar algunas cosas grandes, como la nevera o el televisor. Tal y como imaginaba, era un hombre más amable de lo que la primera impresión dejaba suponer.

Masako no podía ayudar a llevar bultos, pero cuando el encargado terminó de bajar las pocas cosas que había, le llevó una botella de té.

—Muchas gracias por su trabajo. Si le apetece, tómese este té.

—¿Para mí? Muchas gracias.

El hombre parecía muy contento con el obsequio.

Miientras miraba, Otoha pensó que Masako era como una madre o una abuela.

Después de que se marchara el transportista, Otoha volvió a dar la gracias a sus compañeros.

—Perdón por las molestias, Tokuda-san y Masako-san.

—Nada de eso, no te preocupes —contestó Masako—. Me desperté a las cinco de la mañana y desde entonces no podía dormir. Además, el té que le he dado a ese hombre me lo regalaron un día que estaba de oferta en el supermercado. Yo no lo tomo, así que me estaba ocupando sitio en la nevera.

—Yo también suelo levantarme temprano por las mañanas —terció Tokuda.

—Si os apetece, podríais venir a tomar café a mi apartamento. Acabo de prepararlo.

Tokuda miró a Otoha para ver cómo reaccionaba a la invitación de Masako. Parecía un tanto dubitativo.

—Pues… si no es molestia… acepto.

—¿Puedo ir yo también?

A juzgar por la situación, Tokuda, que deseaba ir pero se estaba conteniendo, aprovechó que Otoha aceptaba.

El apartamento de Masako estaba construido con el mismo patrón que el de Otoha, pero ofrecía una sensación por completo diferente.

En el centro de la habitación había una mesita baja con brasero incorporado y se veía también una pequeña librería. Después, en la cocina, un mueble de cajones grande para guardar ropa y otro con estanterías para la vajilla. Ambos eran de color marrón oscuro y de buena factura, ocupando buena parte de la cocina. El suelo de la misma estaba cubierto por una alfombra verde y roja de aire asiático.

Otoha sintió como si hubiera acudido a visitar a su abuela. De hecho, la edad no debía de ser muy diferente.

—Cuando era joven me lo compraron mis padres, así que me resisto a tirarlo —explicó Masako como disculpándose al darse cuenta de que Tokuda miraba el mueble de la vajilla.

—No, si me parece bien. Es que en casa de mis padres había también uno parecido.

—Pero sentaos donde el brasero, que hace frío.

Esperaron unos momentos con las piernas metidas junto al brasero y Masako les trajo los cafés. Los de ellos venían en unas tazas de la casa Wedgewood de aspecto realmente antiguo. Pero Masako había servido el suyo en una vulgar taza *mug* sin dibujos.

Con el primer sorbo Otoha sintió que un rico aroma a café inundaba su boca.

—Está muy bueno.

—¿Sí? Me alegro. Compro los granos de café en la cafetería que hay frente a la estación. Me gusta tomar por las mañanas un buen café. Es el único lujo que me doy.

—Perdón por las molestias. Además de la ayuda con la mudanza, ahora un café.

—Gracias por invitarme a mí también, que no he hecho casi nada —añadió Tokuda en voz baja, como cohibido.

—Nada de eso. Solo con la fuerza de dos mujeres llevar peso tiene sus límites. ¿Verdad, Otoha?

—Claro que sí. Muchas gracias.

—No hay de qué —contestó Tokuda con una débil sonrisa.

—Oye, si os parece, podéis pasaros de vez en cuando por las mañanas a tomar un café. Yo me levanto a las cinco. Tomo un café y luego me acuesto otra vez. Más o menos hasta las tres de la tarde, cuando ya me preparo para ir al trabajo.

Miró por turnos a Otoha y Tokuda.

—Tú también, Tokuda-san.

—De acuerdo… —asintió el otro con formalidad—. Si no es molestia…

—Nada de eso.

—Es muy de agradecer —aceptó también Otoha.

Tras terminar el café, Otoha regresó a su apartamento. Sacó en primer lugar el futón que habían subido entre Tokuda y el transportista, que extendió junto al saco de dormir de Sasai. Después, sin poner siquiera las sábanas, se tumbó encima.

Por fin podía relajarse. Había experimentado su primer día de trabajo, conociendo a los compañeros, y había llegado la mudanza, intimando con los vecinos.

Creo que voy a trabajar a gusto. Y, tras cruzar esta idea por su cabeza, soltó un profundo suspiro de alivio.

Nadie le había hecho comentarios sobre si resultaba lúgubre o alegre. Nadie le había preguntado el motivo por el que dejó la librería.

Junto al saco de dormir había un ejemplar de *El pulgón blanco*. Lo había olvidado por completo, pero por lo visto Minami lo buscó para ella y le pidió a Sasai que se lo llevara también. Tumbada en el futón, comenzó a pasar las páginas.

Fue leyendo en diagonal y advirtió que hablaban en varias partes del arroz con curry:

«El curry que preparó la abuela Nui estaba muy bueno. Tenía cortadas en cubitos verduras como zanahoria, nabo y patatas, que había mezclado con harina y polvos de curry para después añadirle un poco de ternera enlatada y cocerlo todo a fuego lento, lo cual le daba un sabor muy especial».

Ah, este es el curry que comí anoche, sin duda.

Se vio invadida por una extraña felicidad que terminó de relajarla y, a pesar de haberse tomado un café muy intenso, el sueño la venció.

CAPÍTULO II

El arroz con zanahoria de *Mamaya*

Terminó de arreglar las cosas de la mudanza, durmió un poco más y a eso de las tres salió hacia la biblioteca.

Junto a la entrada había estacionado un gran coche de color negro. Pero no solamente destacaba por su tamaño, sino que también por su reluciente carrocería saltaba a primera vista que se trataba de un vehículo caro. Sin poder evitarlo, echó un ojo a su interior y vio que el chófer, un hombre mayor vestido de traje y con guantes negros, estaba leyendo un semanario.

¿Quién habrá venido en este coche tan lujoso?, pensó Otoha. Entonces, le dio un vuelco el corazón con una idea. *¿Y si fuera el dueño?*

Recordaba lo que le dijo Sasai, pero quizá por alguna circunstancia el dueño se había visto obligado a venir y, si se cruzaba con él, quizá surgiera la ocasión de saludarlo.

Otoha se apresuró a entrar en el edificio.

Sasai estaba en la recepción de la entrada, hablando por teléfono con alguien. Su rostro expresaba cierta gravedad. A su lado estaba de pie un hombre de edad provecta vestido con traje azul marino.

Otoha se acercó pensando si acaso ese hombre sería el dueño.

El hombre reparó en ella y la saludó con una ligera reverencia.

Otoha esperó a que Sasai cortara la llamada y entonces saludó a su vez.

—¡Buenos días! Quiero decir, buenas tardes...

Se había dado cuenta de repente de la hora.

—Mejor «¿Qué hay?».

—¿Cómo?

—¿Qué hay?

Pero ¿por qué aquí, o mejor dicho, por qué este hombre me saluda así?

—¿Ves? Si saludas así, no tienes que preocuparte de la hora.

—Sí, bueno, eso sí...

—Bueno, es igual —terció Sasai—. Este es el señor Kuroiwa, detective de la biblioteca. Imagino que será la primera vez que conozca a alguien así...

—¿Eh?

No se trataba del dueño, sino del detective de la biblioteca... Por lo visto, en este lugar iba a ir de sorpresa en sorpresa. Otoha se olvidó de las presentaciones y miró al hombre de hito en hito.

—Encantado. Mi nombre es Tetsuji Kuroiwa, detective de la biblioteca.

—Ah, disculpe. Encantada igualmente. Yo soy Otoha Higuchi.

—El señor Kuroiwa antes era policía. En principio, le pedimos que venga durante el horario de apertura. Ayer usted estuvo casi todo el tiempo en la sala de clasificación y por eso no lo vio, ¿verdad?

—No, no lo vi.

—Mi cargo es el de detective, pero más bien me dedico a vigilar —aclaró Kuroiwa.

Hablaba con voz serena y de tono grave.

—Hoy le hemos avisado para que venga un poco antes. Ha visto el coche parado ahí delante, ¿no?

—Eh… Sí.

—Acaba de llegar cierto visitante…

—¿Por casualidad, el dueño?

—¿Pero qué dice?

Por primera vez Sasai se mostraba sorprendido.

—Pues que he pensado que quizá ese sería el coche del dueño…

Sasai sonrió.

—Cómo iba a ser… El dueño nunca viene por aquí. Bueno, por lo menos a mí me gustaría que siguiera siendo así.

—Qué desilusión… —murmuró Otoha agachando la cabeza—. Me hubiera gustado conocerlo.

—Por desgracia, el visitante es una persona un poco difícil. Bueno, tengo que ir a verle. Señor Kuroiwa, por favor, venga conmigo.

Sasai y Kuroiwa se marcharon hacia la sala de clasificación de las colecciones.

Otoha se había traído el saco de dormir que le prestó Sasai la noche pasada, pero no encontró ocasión de devolvérselo. Él también tenía que haberse dado cuenta, pero no lo mencionó. ¿Tan especial sería el visitante al que se fue a atender? Dada la situación, dejó el saco de dormir a los pies del mostrador de recepción.

Apenas se habían marchado los dos hombres cuando salió Minami del cuarto de empleados para instalarse en su puesto del mostrador. Traía una bandeja con unas tazas de té.

—Buenos días, Minami. Quiero decir, ¿qué hay?

—Hola, Otoha. ¿Qué hay?

—Parece que ha venido un visitante especial, ¿no?

Se sintió con ánimos para preguntarle a Minami porque ella no parecía tan alterada como Sasai.

—Sí. Ha llegado de repente. Hace nada…

Minami le había respondido en voz baja.

—¿Y quién es? Sasai ha dicho que era alguien complicado de tratar…

—¿Sasai ha dicho eso? Entonces, supongo que puedo contártelo…

Minami llamó a Otoha con un gesto de la mano. Después, le susurró al oído:

—Es el maestro Junichiro Tamura.

—¿Pero cómo? ¿Junichiro Tamura?

Junichiro Tamura era un escritor muy famoso, que conocía cualquiera que tuviera interés en los libros. Según recordaba Otoha, debía de tener unos setenta años y desde sus tiempos jóvenes publicaba un éxito tras otro. Todavía hoy, cada vez que sacaba un libro, en un par de semanas se colocaba entre los más vendidos.

Pero… hasta alguien como Otoha, cuya única experiencia consistía en su empleo de una librería de provincias, sabía que el hombre era famoso por su mal carácter.

Cuando aparecía por televisión o concedía entrevistas a otros medios de comunicación, se mostraba como un hombre abierto y magnánimo, un anciano entrañable y generoso, pero cuando trataba con los editores se comportaba como un autor irritable y presuntuoso, que no paraba de imponer sus caprichos.

—Pero… ¿por qué ha venido a nuestra biblioteca?

Nada más lo dijo, Otoha se dio cuenta de que, a pesar de que era solo su segundo día, ya hablaba de su lugar de trabajo como «nuestra». Le dio un poco de vergüenza, pero Minami ni siquiera parecía haberlo notado.

—No sé. Por lo visto ha llegado muy pronto, antes que nosotros. Le han recibido entre Kitazato y Sasai y le han conducido a la sala de visitas. Después Sasai ha telefoneado a algún lado. De momento, voy a llevarles el té que me han pedido.

—Bueno, voy a cambiarme cuanto antes —dijo Otoha.

—Sí, por favor. ¿Puedes ayudarme con la recepción?

—Claro. Por cierto, ¿dónde queda la sala de visitas?

—En el segundo piso, junto a la cafetería. Si estuviéramos en el horario de la cafetería, le habríamos podido pedir al señor Kinoshita que llevara unos cafés…

—Ah, ya. Creo que sé dónde es.

Otoha echó una mirada a Minami, que ya subía las escaleras, y se fue a toda prisa hacia la sala de clasificación de colecciones. El día anterior, Ako y Masako le dijeron que utilizara las taquillas de esa habitación.

Un personaje importante tras otro. Cada dos por tres se veía cuchicheando en voz baja. Al abrir las estanterías del fondo y entrar en su sala de trabajo, se encontró con que adentro estaban Ako, Masako, Sasai y el detective Kuroiwa, todos hablando de pie.

—Pero es que así, de pronto… —decía Masako ladeando la cabeza—. Todavía no hemos conseguido clasificar todas las cajas. Apenas han transcurrido unas semanas desde que falleció. De hecho, pocas veces nos llegan tan deprisa.

—¿Y por qué ese hombre…? —comenzó Ako de espaldas a la puerta cuando Sasai la interrumpió con un gesto negativo de su cabeza.

Posiblemente intentaba que la otra se diera cuenta de que acababa de entrar Otoha. Ako se giró hacia ella.

—Uy, pero si es Otoha. Buenos días.

—Lo siento. He interrumpido la conversación.

Otoha se envaró al percibir la anómala atmósfera reinante.

—No te preocupes —contestó Masako enseguida adoptando una actitud de normalidad.

—Solo quería dejar mis cosas y ponerme el delantal... Es que me han pedido que me siente un rato en la recepción.

Como los cuatro se habían vuelto hacia ella para mirarla, se sentía turbada y sin saber cómo reaccionar.

—Señor Sasai, creo que no pasa nada porque ella lo oiga también —dijo Masako—. Incluso sería mejor. Ella ya trabaja en este departamento y, al fin y al cabo, se va a encargar de clasificar los libros.

—Sí, creo que tiene razón. Bien, escuche mientras se cambia.

—Entendido.

Otoha se fue a un rincón de la habitación, guardó sus cosas en la taquilla y sacó el delantal.

—Verá, el coche que está ahora frente a la biblioteca es el del maestro Junichiro Tamura.

—Sí, eso me lo acaba de decir Minami.

Mientras contestaba, Otoha intentaba anudarse el cordón del delantal que quedaba a su espalda. Como no terminaba de conseguirlo, Ako se le acercó con toda naturalidad y lo ató. Cuando finalizó, le dio unos suaves golpecitos a Otoha en la espalda. Igual que si le estuviera diciendo: «Ya está listo». Después, añadió:

—El maestro Tamura, sin ningún aviso previo, se ha presentado aquí de pronto... Y dice que le enseñemos los libros.

—¿Los... libros?

Puesto que esto era una biblioteca, en principio no tenía nada de extraño que el hombre pidiera ver libros...

—Pero es que no son unos libros cualquiera —aclaró Ako—. Dice que quiere ver los libros de Tadasuke Shirakawa.

—¿Tadasuke Shirakawa? ¿Y quién es?

—Ah, claro, es que a tu edad, supongo que es normal que no lo conozcas.

Realmente, esto es como vivir en el pasado, pensó Otoha. *¿Cúanta gente me habrá dicho desde ayer eso de que con lo joven que soy es normal que no conozca esto o aquello? Me están dando ganas de cumplir más años. Cumplir más años, acumular más experiencias y ser parte del grupo.*

Recordó que sus padres le solían decir: «Si no te decides pronto, irás haciéndote cada vez más mayor y te será más difícil encontrar un buen trabajo». Y eso a pesar de que ella misma lo tenía siempre muy presente.

Dejando aparte la búsqueda de trabajo, desde que cumplió los veinticinco, como suele suceder a todas las mujeres, ya comenzó a sentirse agobiada pensando: *Dentro de nada, tendré treinta años.*

Y en cambio ahora, aunque hubiera sido por unos pocos segundos, había pensado que le gustaría cumplir más años… Quién lo iba a decir.

—Tanto el maestro Tamura como Shirakawa ganaron el Premio de Literatura de la Región de Kanto. Y además, al mismo tiempo, como ex-aequo.

—Ah, el Premio de Kanto…

El de Kanto era un Premio de Literatura para escritores noveles, patrocinado por cierta editorial de tamaño intermedio. Existía todavía en la actualidad.

—Pero el Premio de Kanto es para literatura de alto contenido artístico, ¿no?

—Así es —contestó Sasai. Pero es que en aquella época el maestro Tamura estaba considerado como uno de esos autores de estilo refinado.

—Vaya… No lo sabía.

—La novela de Shirakawa, tras ganar aquel premio, fue candidata también al Premio Akutagawa. Le faltó poco para recibir también ese premio, pero en cualquier caso gozó de muy buena acogida y, gracias a eso, el autor pudo seguir publicando un libro tras otro.

—Ya entiendo.

—El maestro Tamura, en cambio, pasó por unos momentos realmente difíciles. Por más que escribiera, la editorial que patrocina ese premio no le publicaba en sus revistas y, según he oído, tuvo que enfrentarse muchas veces al triste destino de ver cómo le rechazaban sus originales.

Ako se encogió de hombros y murmuró:

—A lo mejor por eso ha criado un carácter tan retorcido…

Masako se llevó un dedo a los labios y susurró: *Chisst*.

—Nada de eso —prosiguió Sasai—. Por lo visto, entonces era un hombre de buen carácter y, según dicen, muy formal. En cualquier caso, se esforzó mucho. Pero entonces se dejó convencer por el redactor jefe de cierta editorial y comenzó a escribir novela ligera de entretenimiento, con la cual alcanzó el éxito. Esa primera novela de entretenimiento suya llamó enseguida la atención de un crítico famoso que la puso por las nubes y entonces se vendió bastante bien. Su carrera en adelante fue tal y como ya todo el mundo conoce. Y también fue a partir de entonces cuando comenzó a volverse de carácter caprichoso.

—Así que hasta usted lo dice, señor Sasai —observó Masako frunciendo el ceño.

—Supongo que tiene cierta lógica que alguien que ha pasado por muchas penurias luego se vuelva un poco engreído cuando todo el mundo de pronto se pone amable con él...

—Eso también es verdad.

—Hay una historia muy conocida que dice que Tamura, al que le gusta mucho subir a la montaña, invitó una vez a varios editores y les dijo que confiaría su próximo original al primero que llegase a la cima. Entonces comenzaron a competir entre ellos de forma desaforada y uno terminó con graves heridas. Otra versión dice que el sombrero de Tamura salió volando por el viento y él dijo que confiaría su original a quien se lo recuperase; entonces, el editor en cuestión se cayó de unas rocas y se partió una pierna. Bueno, cualquiera sabe si todo eso es verdad o no, pero el caso es que alrededor de él circulan historias de semejante cariz.

—Los rumores no dejan de ser rumores —concluyó Masako tajantemente—. Lo que tenemos que pensar ahora es qué vamos a hacer.

—Pero ¿por qué quiere ver los libros de Shirakawa? —preguntó Otoha, aún temerosa de intervenir—. ¿Se llevaban bien los dos escritores?

—La verdad es que esa cuestión también es muy complicada —contestó Ako frunciendo el ceño—. En los tiempos en que Tamura triunfaba como autor de novela de entretenimiento, Shirakawa escribió cierto ensayo en un periódico. Con un contenido impresionante. El título era *Que no te alcance la muerte*. Bueno, supongo que lo puso como homenaje a ese famoso poema de Akiko Yosano.

—Un poco exagerado, ¿no?

—En ese ensayo escribía que aquel que fuera su rival ahora se dedicaba a publicar como rosquillas novelas, a cuál más vulgar, y que le había decepcionado. Que antes pensaba que algún día le gustaría llegar a superarlo, pero que había perdido la oportunidad porque ya era lo mismo que si el otro hubiera muerto. Y finalizaba diciendo algo así como no te mueras más de lo que ya estás.

—Ah, por eso el título de *Que no te alcance la muerte*...

—Después de aquello, se decía que ambos se llevaban como el perro y el gato. Aunque más justo es decir que no mantenían relación alguna, por lo que ni perro ni gato. Vivían en mundos por completo diferentes. Tamura se convirtió en un autor de moda, mientras que Shirakawa, por desgracia, como después de todo no consiguió el Premio Akutagawa, aunque iba publicando cosas en revistas culturales de prestigio, fue perdiendo lectores y hacía ya más de diez años que no sacaba ningún libro. Sus obras no se vendían, por mucho prestigio crítico que mantuviese.

—A mí me gusta mucho. Esa mezcla de serenidad y orgullo que revelan sus escritos sumada a la sensación novedosa que siempre produce y a lo mucho que consigue sorprenderte... Cada vez que lo leo me asombra ver cuántas realidades ocultas pueden existir todavía en la vida de la gente. Cuando Shirakawa publicaba algo en las revistas literarias, siempre lo leía.

En ese momento, se abrió la puerta y entró Minami.

—Por favor, señor Sasai. Venga usted, o quien sea. El señor Tamura está muy enfadado y dice que hasta cuándo pensamos tenerlo esperando. Yo ya no puedo más con él.

—Sí, perdón. Ahora mismo voy.

Minami y Sasai salieron juntos. Kuroiwa les siguió unos pasos después. Si Tamura se ponía violento, era precisamente él quien debía intervenir.

—Bueno, entonces me voy a ayudar a Minami con la recepción —anunció Otoha.

—Sí, por favor.

—Pero ¿dónde estarán ahora los libros del maestro Shirakawa? —se preguntó Masako meneando la cabeza—. Ni siquiera han llegado todavía a esta habitación. Andarán por alguna parte del almacén. Y hay una cantidad enorme. Eso sin contar los de otros autores. Probablemente pasarán un par de meses hasta que estén clasificados.

—Ya veo. Bueno, yo me voy ya.

Y diciendo esto, Otoha salió del cuarto para dirigirse a la recepción.

Al llegar a la recepción, vio que Minami, con la bandeja vacía pendiendo junto a un costado, estaba cuchicheando con Tokai, que parecía haber llegado en ese momento. Seguramente le estaría contando lo de Tamura.

Cuando Minami reparó en Otoha, asintió para que se acercara.

—¿Todo bien? —preguntó Otoha.

—Más o menos. Cuando le llevé el té, me dijo aquello de «¿Hasta cuándo piensan tenerme esperando?». Pero además lo dijo de una forma rara, que daba miedo. Con voz grave.

Otoha recordó que Tamura era un especialista en novelas de *yakuzas* y policíacas.

Tokai meneó la cabeza.

—Yo creo que me estremecería si alguien como Tamura me dice algo así.

—¿De qué manera se comportó cuando llegó? —preguntó Otoha.

—La primera persona que habló con él fue Kitazato, que estaba en la puerta. Ella siempre llega a las tres y media, media hora antes de la apertura, y se encarga de abrir. Dice que cuando llegó ya estaba ese coche negro parado a la puerta.

—Vaya...

—Entonces salió el maestro Tamura hecho toda una furia y diciendo: «¿Se puede saber qué están haciendo? ¿Hasta cuándo me van a hacer esperar?».

—¿Pero es que había avisado de que iba a venir?

—No. Pero como esto es una biblioteca, dice que deberíamos estar abiertos durante el día. Bueno, supongo que decía todo aquello para disimular la vergüenza que le daba no haber averiguado el horario con antelación.

—Ah, ya...

Podía entenderse el enfado. Había venido llevado de un impulso repentino y se encontraba el lugar cerrado.

—Intentó entrar por la fuerza, pero Kitazato consiguió frenarlo y, mientras estaban discutiendo en la puerta, llegó Sasai.

—Tiene mérito lo de Kitazato. Contenerlo con las fuerzas de una sola mujer.

—Sí, pero recuerda que es karateka, y con algún *dan*.

—Es verdad, se me olvidaba.

—Y además, es una mujer que nunca da su brazo a torcer.

—¿Eso también tiene que ver con el kárate?

—No, pero esa mujer, aunque normalmente no habla mucho, cuando lo hace siempre tiene su gracia. Una de sus frases favoritas es: «Es que yo conozco los puntos débiles de la gente».

—¡Qué miedo!

—Bueno, en cualquier caso, a Sasai no le quedó más remedio que llevarlo a la sala de visitas y entonces es cuando empezamos a llegar los demás.

—¿Y dónde están ahora los libros de Shirakawa? —preguntó Tokai, hasta entonces callado.

—Por lo visto están todavía en el almacén y tiene que haber una auténtica montaña —explicó Otoha tal cual había escuchado.

—Ah, pues vaya —respondió Minami. ¿Y qué pensará hacer Sasai?

Justo entonces el aludido apareció bajando las escaleras con rostro preocupado. Quizá ni él mismo se diera cuenta, pero, al llegar a la planta baja, suspiró. Entonces, al advertir que los tres empleados lo miraban, dio un respingo y se dirigió al mostrador.

—¿Qué ha pasado? —preguntó Minami con tono apremiante.

—Le he explicado que los libros del maestro Shirakawa todavía no han sido clasificados y que eso probablemente llevará unos meses. Después le he dicho que en cuanto finalicemos le avisaremos a él primero, pero... como era de esperar, ha insistido en que tiene que ver hoy esos libros sea como sea, y no hay quien le haga desistir.

—Ay... qué lata —dijo Minami con hastío—. Vaya un tipo tan caprichoso.

—Por supuesto que entiendo que es una persona muy ocupada y que no puede venir cada dos por tres a un sitio tan apartado, por lo que su actitud puede ser comprensible —prosiguió Sasai justificando en parte la postura del otro—. Entonces le he dicho que aunque vayásemos ahora al almacén para sacarlos, traerlos aquí y colocarlos frente a él, tardaríamos varias horas y que, como además son muchos, él a su vez también necesitaría una gran cantidad de tiempo para mirarlos.

—¿Dónde queda el almacén?

Al oír la pregunta de Otoha, Sasai, Minami y Tokai se miraron y el primero volvió a suspirar antes de contestar.

—Pues es que, encima, está lejos. Es un antiguo caserón de una zona apartada en Ome, que usamos a modo de almacén. Yendo en coche, supone más o menos una hora desde aquí. Saliendo ahora, con el tiempo que supone cargar los libros y luego regresar...

—Mínimo, dos horas y media —afirmó Tokai.

—Pero el maestro Tamura dice que aun así no le importa y que vayamos a por ellos.

—Entiendo —murmuró Otoha.

—El trabajo de clasificación de libros es cosa de Masako y Ako, pero no tiene sentido que vayan ellas. Está lejos y es una tarea que requiere fuerzas. Iré yo mismo, con Tokai, Tokuda y...

Sasai hizo una pausa y se quedó mirando a Otoha.

¿Cómo? ¿Yo?, se preguntó mentalmente Otoha mientras en un gesto involuntario se señalaba el rostro.

—Sí, Higuchi-san. ¿Le importaría acompañarnos? No ha visto todavía el almacén y sería una buena ocasión.

—¿No es mejor que vaya Kuroiwa? —preguntó Tokai como compadeciéndose de ella.

—No, Kuroiwa es mejor que se quede aquí por si acaso. Si el hombre se pone otra vez pesado, él podría manejarlo. Esa clase de personas, si ve que solo hay mujeres a su alrededor, se crece.

—Eso sí... —reconoció Tokai.

Ciertamente, con frecuencia la gente como aquel hombre, los protestones de primera clase, se volvían todavía más fatuos si solo tenían mujeres delante. Otoha ya lo había visto cuando trabajaba en la librería.

—De hecho, he pedido a Kuroiwa que se quede en las cercanías de la sala de visitas.

—Comprendido —dijo Otoha—. Iré al almacén. Además, siento curiosidad por verlo.

—Hace un día muy frío y el almacén está bastante más frío que esto, porque apenas tiene aparatos de calefacción. Mejor que nos abriguemos bien. Si lo cree necesario, vaya al apartamento y tráigase algo más para vestirse.

—He venido con un abrigo de plumas. Es suficiente.

—Bien, entonces vámonos —dijo Sasai. Me pregunto si bastará con un solo coche...

Ladeó la cabeza dubitativo.

—El coche de la biblioteca es un HIAC... —murmuró Tokai. Voy a traer el mío, aunque sea uno corriente.

—Con eso debería de ser suficiente —opinó Sasai. Vamos a traer los dos coches a la puerta. ¿Podría usted avisar a Tokuda?

Acto seguido, Sasai se volvió hacia Minami.

—De vez en cuando, vaya a llevarle otro té. Más tarde, cuando llegue Kinoshita, pregúntele al maestro si no preferiría un café.

—A la orden —bromeó Minami imitando un saludo militar.

—Si surge algún problema, hable con Ako y Masako a ver si pueden solucionarlo. Si no, puede llamarme al móvil.

—*Yes, sir* —contestó Minami con un nuevo saludo militar.

Otoha esperó con Tokuda a la puerta hasta que llegaron los dos vehículos. Como si fuera lo más natural del mundo, Tokuda se sentó sin preguntar en el asiento del copiloto de Tokai, así que Otoha se fue al asiento del copiloto del HIAC.

—¿Ponemos la radio mismo? —preguntó Sasai mientras Otoha se quitaba el abrigo y lo echaba al asiento de atrás.

—Sí, por favor.

Pensando en que tenía que estar en el coche con Sasai una hora de ida y otra de vuelta, le costaba relajarse.

—¿Qué clase de música suele escuchar?

—Me gusta cualquier tipo de música.

—Bien, pues entonces pondré algo a voleo.

Sasai escogió un canal de la NHK, con lo que de pronto comenzó una pieza de música clásica con un cuarteto de cuerda. Otoha se sorprendió, pero como Sasai parecía estar a gusto con eso, no dijo nada.

Pasado un tiempo, Otoha se sintió incapaz de aguantar la falta de conversación.

—¿Es normal que sucedan estas cosas? Que se presente así un escritor de pronto...

—No, nada de eso. Como mucho, dos o tres veces al año. Mi impresión es que la mayoría de los autores vienen sin decir nada, simulando ser visitantes corrientes para ver los libros que sean y luego se marchan. Seguramente muchas veces ni nos damos cuenta.

—Sí, puede ser...

—Alguna vez nos avisan con antelación. Vienen para consultar cosas que les puedan ser útiles para sus próximas novelas y también vienen aspirantes a novelistas que buscan inspiración en las colecciones que atesoraban otros autores. También acuden los fans sin más de los autores fallecidos. Y también autores que desean ver cómo tratamos los libros de alguien después de su muerte, por si un día ellos decidieran legarlos. Pero un caso como el de hoy es raro.

—Ya... Me lo suponía.

Después se produjo otro largo intervalo de silencio.

Otoha decidió hacer otra pregunta, no sin cierto temor.

—Perdone, pero... ¿Puedo hacer una pregunta un poco rara?

—Lo que sea. Siempre que se trate de algo que yo pueda contestar.

—Esta biblioteca... ¿cómo se sostiene? Bueno, no es que me preocupe a mí, pero es que mis padres me preguntan que cómo puede mantenerse una biblioteca privada y que de dónde saca los fondos para gestionarse, y se preocupan.

—Ah, ya —asintió Sasai—. Imagino que debe de parecer raro, sí. Comprendo que sus padres se preocupen.

—De verdad que a mí no me preocupa. Si en el peor de los casos sucediera algo, siempre podría volver a mi tierra y buscar trabajo en otro lugar.

Entonces cayó en la cuenta de que el otro podría malinterpretarla y se apresuró a explicarse.

—No quiero decir que me dé igual y vaya a trabajar sin interés. No hubiera venido hasta aquí a la ligera si no me importase realmente. Mi única experiencia es el trabajo de ayer, pero me ha parecido un lugar tan maravilloso que, si fuera posible, me gustaría de verdad trabajar por siempre aquí. Precisamente por eso, a mí también me interesa un poco la cuestión...

Habló tan deprisa que casi se quedó sin aliento.

—Sí, sí, lo entiendo. Por supuesto que lo entiendo.

Dado que miraba al frente, no se distinguía con claridad, pero Sasai parecía estar forzando una sonrisa.

—Creo, Higuchi-san, que se preocupa demasiado por los sentimientos de las personas a su alrededor. Se comporta de una manera muy delicada. Creo que debería relajarse un poco más y expresar sin temor su parecer. Por lo menos en nuestra biblioteca, no será un problema.

—Muy delicada... Muchas gracias.

Era la primera vez que alguien le decía eso en el trabajo.

—Bueno, yo a veces soy un poco insensible y despistado. No es el caso de Ako o Masako, pero, cuando uno cumple ya cierta edad, a veces peca de arrogancia. En fin, creo que basta con que haga su trabajo sin preocuparse demasiado por esas cosas.

Otoha no pudo evitar una risita.

—¿Insensible, usted? Ni por un momento lo he pensado. Aunque, bueno, yo acabo de llegar ayer y todavía hay muchas cosas que no sé.

—Entre mis parientes hay quien me dice: «¿Pero cómo eres tan torpe que no te das cuenta de las cosas?».

—¿De verdaaad?

—Bah, es igual, dejémoslo. Sea como sea, no se preocupe demasiado de los otros. Vamos a pasar largo tiempo trabajando juntos, así que mejor estar relajado.

—Muchas gracias, de verdad —contestó con una reverencia automática desde el asiento del copiloto.

—Entonces, sobre lo que me preguntó antes...

—Ah, sí.

—Según lo que a mí me dijeron, el edificio en sí de la biblioteca, antiguamente... en lo que se llamaron «los tiempos de la burbuja económica», fue construido como mero capricho por alguien que se enriqueció con negocios inmobiliarios. Después, junto con el reventón de la burbuja, su compañía fue a la quiebra y el edificio salió a subasta pública. Después de aquello, y sin que realmente llegase a ser utilizado para nada, el inmueble fue cambiando de manos, deteriorándose progresivamente. Y, cuando ya estaba hecho casi una ruina, el propietario actual lo adquirió bastante barato y lo reformó. Al menos, eso es lo que escuché. Lo mismo sucede con el edificio de apartamentos de detrás. Después, el dueño comenzó a comprar colecciones de escritores y los fue clasificando por su cuenta, hasta que hace unos años llegó el caso de Ryoichi Kaito...

Sasai se refería a un escritor que, desde que fue traducido al inglés, pasó a ser de los más vendidos e incluso consiguió ser candidato al Premio Nobel de Literatura, a partir de lo cual se hizo todavía más famoso. Había fallecido unos cinco años atrás.

—Puesto que legó su colección a nuestra biblioteca al fallecer, por fin los visitantes comenzaron a acudir de manera regular. Kaito era un autor muy conocido también el extranjero y, como también tenía muchos libros en inglés, venían incluso visitantes de otros países, día sí, día también. Creo que fue un fenómeno muy de agradecer. Pero bueno, también nos robaron muchos libros suyos que luego aparecían subastados y aquello también se convirtió en noticia.

—No sabía nada de ello...

—A partir de entonces reforzamos la seguridad de la entrada, poniendo un vigilante, y así es como Kuroiwa entró a trabajar aquí. Pero esa clase de incidentes también nos dieron publicidad. Se convirtieron en lo que se llama «heridas gloriosas». Con eso, el rumbo de la biblioteca se fue encarrilando. Aumentó también el número de escritores, o de sus familias, que nos regalaban libros. E incluso el de algunos autores que nos legaban en su testamento parte de su capital para que la biblioteca pudiera continuar. Además, desde hace un tiempo, también recibimos una subvención estatal en concepto de preservación de la propiedad cultural.

—Qué interesante...

—Pero así y todo, lo cierto es que todavía hoy la mayor parte del capital necesario para gestionar la biblioteca la pone el dueño de su bolsillo.

—¿Eh? ¿De verdad?

¿Todo ese dineral salía del propio bolsillo del dueño?

—En realidad...

—¿Sí?

—El maestro Tamura me ha prometido que si le dejábamos ver hoy la colección del maestro Shirakawa, él también nos legaría sus libros a su muerte. Además de un considerable donativo.

—Vaya, así que era eso...

—A ver, al fin y al cabo, yo tampoco me muevo gratis —dijo Sasai mostrando una de sus infrecuentes sonrisas—. Al parecer entre sus libros se encuentra el *Nippon kokugo daijiten* («El gran diccionario del idioma japonés»). Están todos los volúmenes y prácticamente sin usar.

—He oído hablar de esa obra. Es el diccionario más grande y más lujoso de Japón, ¿verdad? Veo que no se duerme usted, a pesar de las apariencias.

Otoha se dio cuenta de que había vuelto a hablar de más y repitió su habitual gesto de taparse la boca con la mano.

—Perdón. Se me ha escapado.

—Ya me he dado cuenta. Pero, después de todo, es un cumplido, ¿no? Esas son las cosas a las que no debe darle importancia. Me alegra que lo haya dicho.

—Pues... muchas gracias.

De nuevo el vehículo avanzó un buen rato con el único sonido de la música clásica.

—Si quiere, puede dormir un poco. Todavía estará cansada por el ajetreo de ayer, ¿no? Y ordenar toda la mudanza hoy.

—No, estoy bien. Después de colocar la mudanza, me eché a dormir otra vez.

—Como quiera, pero todavía queda un buen trecho y, cuando lleguemos, tendrá que echarnos una mano con el trabajo.

Otoha estaba dispuesta a no dormirse de ninguna manera, pero, quizá por el amable tono de Sasai, antes de darse cuenta ya estaba dormida.

Yo no soy una persona especialmente buena, ni tampoco de carácter firme. Pero, sobre todo, no soy una persona jovial.

Mientras Sasai, Otoha y Tokai salían a toda prisa, Minami los miraba alejarse con ese pensamiento rondándole la cabeza.

¿De dónde me habrá salido ese «Yes, sir» de antes? Sin darse cuenta, le había salido del alma. Después de haber despedido a los demás de manera tan «jovial», le entró un profundo cansancio. Exhaló un profundo suspiro y se sentó tras el mostrador de la recepción como si se desplomara.

—Minami Enokida *san*... —llamó una voz a su espalda haciendo que se girase sobresaltada.

Masako y Ako estaban de pie frente a ella.

—¿Puedes arreglártelas tú sola? —se preocupó Masako.

—Sí, sin problemas —contestó enérgicamente y con una sonrisa mientras levantaba el pulgar.

—¿De verdad? Es que parecías un poco abatida... Si estás cansada, dínoslo, ¿eh?

Después, Masako hizo una pausa para señalar hacia el segundo piso y continuó:

—Y si el maestro Tamura te regaña o algo, avísanos sin falta.

—¿De verdad te encuentras bien? —se preocupó también Ako.

—Sí...

La verdad es que no quería que la dejaran sola. Le gustaría tener a alguien a su lado. Ese hombre... Mejor dicho, ese anciano, Junichiro Tamura, le daba mucho miedo. Si volvía a gritar, seguramente se echaría a llorar. Y por mucho que le dijeran: «Si te regaña o algo, avísanos», si no había alguien al lado cuando eso sucediera, de momento tendría que hacerle frente sola...

Tengo miedo, no puedo yo sola. Y encima Tokai se ha ido también al almacén.

—¡No hay problema! —repitió con una sonrisa a pesar de lo que sentía, alzando esta vez los pulgares de ambas manos para juntar después las puntas—. Puedo acabar yo sola con un vejestorio como ese.

—No hace falta que acabes con él —contestó Masako sin poder evitar una carcajada.

—Sí, es verdad. En cualquier caso, no me dejaré vencer.

—Y si te vence, tampoco pasa nada —le tranquilizó Ako.

—También —contestó más relajada.

—Bueno, estaremos en la sala de clasificación.

De esta manera, las dos se marcharon sin advertir el verdadero estado de ánimo de Minami.

¿Qué habría querido decir Ako con eso de «Y si te vence, tampoco pasa nada»? Minami pensó en ello mientras preparaba el mostrador para comenzar a trabajar. Ya viniera una tormenta, una nevada o un escritor complicado, la biblioteca tenía que abrir.

Encendió el ordenador y colocó las cosas en la mesa. Comenzó a contestar los correos electrónicos sobre diversas consultas recibidos en la cuenta oficial de la biblioteca. Por lo general eran preguntas sobre los libros que tenían o acerca de cuáles eran los autores.

Estoy realizando una investigación acerca del autor Kiyotaka Ishikawa, nacido en la prefectura de Saitama. ¿Habrá entre su colección de libros algún volumen especializado sobre tratamientos médicos? Si lo hubiera, me gustaría saber qué clase de libro es y si pudieran enviarme un índice, o una lista si son varios.

Debía de ser algún estudio sobre los personajes históricos de la tierra natal de quien preguntaba. Seguro que algún profesor de Ciencias Sociales ya retirado que ahora quería pasar por «investigador».

¿Y yo qué sé, maldito pesado?, se dijo Minami para sus adentros. *Esta no es una biblioteca pública y los que trabajamos aquí no lo hacemos como voluntariado. ¿Por qué tengo que ponerme a redactar un índice para enviárselo por correo electrónico a alguien que se hace llamar «investigador» y que no conozco de nada? Claro que sé que ofrecer esa clase de referencias, es uno de los trabajos del bibliotecario, pero me pregunto si, en un caso como el nuestro, es necesario llegar hasta ahí.*

Siguió leyendo el correo.

Si dentro de esa lista hay algún título de gran interés, estoy dispuesto a acudir allí y consultarlo en persona.

¿Cómo? ¿Pues no dice que, si hay algún texto interesante, no le importaría venir? Tal y como pensaba, seguro que es un profesor retirado, de colegio o de universidad. A juzgar por lo que pone, no hay duda.

Con todo, no cabía ignorar aquel correo. Minami buscó la lista de la colección de libros de Kiyotaka Ishikawa, e hizo con ella un archivo adjunto para el correo de respuesta. El texto de contestación lo redactó de una manera cortés, pero lo más fría posible.

Gracias por contactar con nuestra biblioteca. He intentado determinar entre la colección de libros de Kiyotaka Ishikawa cuáles eran aquellos que guardaban relación con la medicina, pero a mitad de la tarea he advertido que a alguien por completo lego en esa materia como soy yo se le podrían pasar varios títulos por alto. Por tanto, creo que es mejor que los identifique usted mismo en la lista completa que le adjunto.

Por supuesto que todos los libros de la biblioteca contaban con un índice temático y un código clasificador según el tipo de libros que fueran, por lo que, si usaba la función de búsqueda, podía confeccionar un índice más o menos de acuerdo con lo que el otro pedía. Pero, por algún motivo, el remitente en cuestión le irritaba. No podía aguantar a los que con todo descaro pensaban que bastaba con pedir para que al momento lo tuvieras todo hecho.

Escribía el correo con fastidio, pensando que, una vez enviado, se quedaría a gusto. Sin embargo, tras el casi imperceptible sonido que salió del ordenador al darle al botón de envío, se sintió todavía más irritada que antes.

En momentos como ese, Minami pensaba que quizá a ella no le gustaba tanto como creía trabajar en algo relacionado con los libros.

De niña había sido muy tranquila. No le gustaban los parques ni el patio de la escuela. Era torpe para todo y también se le daban mal los deportes, con una coordinación de movimientos tan mala que, si echaba a correr, se caía y, si lanzaba una pelota, se torcía el meñique. Se caía de todos los aparatos de los parques: escaleras gimnásticas horizontales o en forma de arco, junglas de tubos metálicos, etcétera. La única forma que tenía de no hacerse daño era quedarse en casa quietecita leyendo. Por suerte o por desgracia, sus padres también eran amantes de la lectura.

«Te gustan mucho los libros, ¿verdad Minami?»; «Se te da bien la asignatura de Lengua, ¿verdad?»; «Estaría bien que trabajaras en algún colegio o biblioteca». Había pasado tantos años sintiéndose empujada por esa clase de frases que, sin ser muy consciente de ello, optó por la carrera de Literatura Inglesa y se sacó el título de profesora y el de bibliotecaria. Pero, aunque con ese primer título hubiera podido hacerlo, no quería ser profesora. Solo con pensar que volvería a un colegio, donde tan mal lo había pasado, le entraban escalofríos.

Pero, a pesar de haberse licenciado en una universidad de mediana importancia de Tokio, no había muchas ofertas de trabajo como bibliotecaria. Al final, Minami solicitó un trabajo temporal en la biblioteca de su ciudad natal. Como trabajo por horas que era, en principio tenía un límite de tres meses. Dado que en su ciudad existía una biblioteca en cada distrito, fue rebotando de biblioteca en biblioteca cada tres meses, como es natural. Conoció a varias personas que estaban haciendo lo mismo que ella y gracias a esos trabajadores las bibliotecas locales podían funcionar, pero nadie se planteaba mejorar el sistema.

En las entrevistas le advertían que no se trataba de un verdadero trabajo de bibliotecaria, sino de contratos por horas para echar una mano. En suma, ni siquiera hacía falta tener una especialización, sino que la contrataban a ella como podían contratar a cualquier otro. Pero, como no encontraba otra cosa, no era cuestión de que le gustase o no.

A decir verdad, tampoco es que la propia Minami se esforzara demasiado por mejorar. Recibía por hora el salario mínimo estipulado. Y, como ya le habían dicho que no podían pagarle una gran cantidad al mes, el número de días y de horas que podía trabajar era limitado y, si trabajaba más allá de eso, no le pagaban lo que correspondería. Como además le descontaban el porcentaje correspondiente a la pensión y el seguro médico, el importe de la transferencia que le entraba mensualmente andaba en torno a los ciento veinte mil yenes. Dado que iba a trabajar con la cajita *bento* de almuerzo que le preparaba su madre, pues más o menos le daba para vivir. Del dinero que ganaba, treinta mil yenes los entregaba a sus padres para contribuir a la economía familiar y el resto lo gastaba en sus caprichos o lo ahorraba. Al parecer, a sus padres no les disgustaba ir diciendo por ahí: «Nuestra hija trabaja en la biblioteca municipal». Continuaba con esa forma de vida pensando que algún día conocería a alguien y se casaría.

En el perfil de sus redes sociales se definía como «bibliotecaria de provincias a tiempo parcial» y el nombre de usuario que utilizaba era «South». En realidad vivía en las afueras de Kanto, pero, como le daba miedo ponerlo así, simulaba ser una persona de regiones más alejadas. No es que escribiera muchas entradas, solo colgaba de vez en cuando comentarios sobre algún pastel que hubiera comido o alguna foto de cafeterías donde hubiera estado. Pero sí escribía en alguna ocasión comentarios sobre algún libro que hubiera leído y, tras dos o tres años, alcanzó unos pocos cientos de seguidores, igual que ella seguía a otros. En general, puede decirse que su actividad en redes era el promedio, algo muy discreto.

Cierto día, sin mayor intención, colgó un comentario acerca de su situación personal. Contó todo aquello de que por la normativa municipal no podía permanecer más de tres meses contratada como temporal en el mismo lugar, y que por eso apenas podía tener dos o tres días de vacaciones mientras cambiaba de un trabajo a otro. Y que llevaba unos años en esa situación sin visos de que esas transferencias de ciento veinte mil yenes mensuales pudieran aumentar alguna vez. Pero, a pesar de que era un comentario escrito con cierto tono de autoironía, se extendió en un abrir y cerrar de ojos.

Se difundió todavía más cuando cierto *influencer* retuiteó su comentario añadiendo: «Aquí se refleja el problema estructural del Japón actual. Una bibliotecaria licenciada en la universidad y con título de profesora, en suma una "mujer intelectual", que se ve abocada a esta situación».

A decir verdad, nunca tuvo intención de criticar nada con sus comentarios, por lo que la propia Minami quedó desconcertada ante la repercusión. Pensó que, si el asunto continuaba extendiéndose todavía más y llegaba a recibir atención como un problema social, quizá lo mejor sería borrarlo, incluso cancelando su cuenta. Sin embargo, tras recibir un par de miles de «me gusta» y ser retuiteado algunos cientos de veces, en tres o cuatro días el tema se fue apagando y casi nadie volvió a mencionarlo.

Cuando ya respiraba aliviada, recibió un correo directo que fue la invitación para venir a trabajar a esta biblioteca.

Permítame que me presente.

Leo con regularidad sus comentarios de Twitter.

Soy el usuario que firma como Seven Rainbow.

He leído con sorpresa el comentario que ha subido usted con el nombre de South acerca de su trabajo como bibliotecaria.

Si tiene interés, creo que podría hablarle de un trabajo relacionado con los libros. ¿Le parecería bien?

Lo que atrajo a Minami de esta oferta no fue que se tratara de trabajar en una biblioteca, ni tampoco la particularidad de que allí se reunieran las colecciones de varios escritores, sino las condiciones laborales. Le pagarían treinta mil yenes más que ahora, pero además le daban alojamiento gratuito. Por otro lado, sus padres empezaban a ponerse pesados repitiéndole: «Cásate de una vez». Resultaba deprimente y, aun cuando no le disgustaba la idea de casarse algún día, quería probar al menos una vez la experiencia de vivir sola.

Es decir, que Minami había venido a trabajar a la biblioteca por unos motivos un tanto endebles.

Con todo, trabajar en este lugar había resultado más cómodo de lo que pensaba. Se podía cumplir la tarea sin agobios y los compañeros eran todos gente amable.

Hasta que llegó Otoha, Minami era la más joven del lugar. Se había acostumbrado a ser «la pequeña» de la biblioteca y a comportarse como tal. Como el resto era gente como Ako y Masako, mucho mayores, el tranquilo Sasai, o ese Tokai que parecía un hermano mayor (Tokuda no estaba todavía cuando entró Minami), tenía la sensación de que todos la necesitaban en calidad de «hermanita encantadora y jovial». Más que pensarlo, era como si el cuerpo respondiera automáticamente para interpretar ese papel.

Sin embargo, en momentos como este, cuando tenía que contestar el correo de algún usuario caprichoso, afloraba su verdadera personalidad y eso la asustaba.

Sentía que ella era por completo diferente al resto de los compañeros que trabajaban allí…

También los que entraron a trabajar después de ella, Tokuda y Otoha, decían con toda franqueza cosas como «Me encantan los libros» o «Las novelas son lo que más me gusta en este mundo».

Lo cierto es que Minami solo leía lo que necesitaba leer por trabajo y tampoco estudiaba. Lo que sucedía es que, como lo que necesitaba leer por trabajo era mucho, daba la impresión de ser una amante de la lectura.

Quizá me descubran alguna vez…

Aquello era lo que más temía Minami.

—Higuchi-san, ya estamos llegando.

Cuando Otoha se despertó con la voz de Sasai, se hallaban en una carreterita de montaña inmersa en la más completa negrura. Se giró hacia atrás maquinalmente y vio que el otro vehículo, el de Tokai, les seguía a corta distancia. Pero, aparte de eso, la oscuridad impedía ver nada más.

—Perdón, me he quedado dormida.

—No pasa nada. Además, fui yo quien lo sugirió.

—Impresiona este lugar tan solitario…

—Aunque no lo parezca, sigue siendo Tokio.

Al salir de la arboleda se vio un grupo de casas y Sasai detuvo el vehículo delante de una de ellas, hecha de madera. Era de dos pisos y presentaba el aspecto de una casa campesina, rodeada de un bosquecillo de bambúes. Tenía un amplio jardín, parte del cual parecía destinado a ejercer de huerto.

—Espere un poco aquí, por favor —dijo Sasai mientras se bajaba del asiento del conductor.

Después, fue a la parte trasera del vehículo y, tras abrir el maletero, sacó dos linternas. Entregó una a Tokai, encendió la otra y la apuntó hacia Otoha, abriendo después la puerta para que viera dónde pisar.

—Muchas gracias.

Una corriente de aire frío penetró en el coche y, en un acto reflejo, Otoha encogió el cuello. Ya de por sí la biblioteca estaba en un enclave de las afueras y por la noche hacía frío, pero le pareció que aquí debía de haber un par de grados menos.

—Vayan con cuidado. Está muy oscuro.

Guiándose por la luz de las linternas, los cuatro llegaron junto a la puerta del caserón campestre. Sasai sacó las llaves y, tras un chasquido metálico, descorrió la puerta hacia un lado.

Por lo visto estamos en Tokio, pero esto recuerda más a mi pueblo, pensó Otoha.

La casa de los padres de Otoha era un piso en mitad del pueblo, pero tenía varias amigas que vivían en casas como esta donde entraban ahora.

—¿Este es el almacén?

—Sí. Esta es otra de las casas que le gustaron al dueño de la biblioteca y la compró. Detrás tiene anejo un viejo almacén de gruesas paredes de piedra y por eso pensó que podría dedicarlo a guardar libros.

—Entiendo.

—A primera vista parece una simple casa de madera y, como es antigua, uno podría pensar que tiene mucha humedad o que puede presentar otros problemas, pero es de buena madera y está muy bien construida. Aun así, el jefe dice que está pensando en comprar con el tiempo un edificio más adecuado como almacén y trasladar todo allí.

—Lo que es seguro es que hace frío aquí —comentó Tokai.

Tokuda asintió.

Sasai encendió el interruptor de la entrada y, junto con un chasquido, de pronto la luz inundó el lugar. Se oyó algún suspiro de alivio. Solo por haber luz parecía que hacía menos frío.

El recibidor era de tierra apisonada y de una amplitud más o menos igual que la del apartamento de Otoha. Había un halcón tallado en madera a modo de decoración, quizá del anterior dueño.

Sasai descorrió una nueva puerta, que daba acceso al interior de la casa, y apareció una amplia estancia en cuyo centro había un fogón cuadrado enmarcado en madera.

—Qué casa tan impresionante —dijo Tokuda abriendo la boca por primera vez—. Aquí se podría hacer un *ryokan* para viajeros.

—¿Usted tampoco había venido nunca? —preguntó Otoha.

—Había estado una vez ya, pero solo para recoger unos libros que había en la construcción secundaria.

—¿Hay una casa más?

—Sí, por detrás de esta, un poco separada.

Junto a la habitación del fogón se veía también una cocina y, más allá, dos habitaciones amplias con suelo de esteras de tatami donde se apilaban las cajas de cartón.

—La colección del maestro Shirakawa es esta —anunció Sasai al llegar frente a una de las habitaciones.

—¿Eh? ¿Todo esto? —se sorprendió Otoha.

—Bueno, venga. Empecemos a cargar.

—Pero ¿en estas condiciones? —protestó Tokuda—. ¿No hace demasiado frío?

—De acuerdo —concedió Sasai—. Vamos a poner el aire caliente. Pero advierto que estos acondicionadores los instalaron como un mínimo imprescindible cuando se reformó la casa, por lo que son pequeños y no calientan demasiado. De hecho, tardan tanto en calentar que quizá comiencen a hacer efecto cuando llegue la hora de marcharnos.

Aun así, Sasai buscó dónde se conectaban y los encendió. Se oyó un ruido un tanto cómico, algo así como un *boo* y el acondicionador que se veía en un extremo de la habitación comenzó a funcionar. Sin embargo, tal y como había dicho él, aunque salía aire, todavía no era caliente y más bien daba la sensación de que, por el contrario, enfriaba el ambiente.

—Pregunté a Masako y Ako y me dijeron que en total eran veintitrés cajas, todas con el nombre del maestro Shirakawa en el costado y en la tapa —explicó Sasai.

—Ah, son como estas, ¿no? —dijo Otoha señalando una que encontró cerca.

—Estas de aquí parece que también.

—Hay unas cuantas, ¿eh?

—Bueno, es la cantidad habitual en un escritor.

A partir de ahí, todos comenzaron a cargar cajas en silencio. A Otoha le dijeron que cargara con las más pequeñas, pero aun así las cajas iban llenas de libros sin dejar un resquicio, por lo que pesaban lo suyo.

La habitación continuaba sin calentarse y sentían el relente ascendiendo desde los pies, enfriándoles todo el cuerpo. Como se habían quitado los zapatos a la entrada, cuando caminaban por el pasillo entarimado, les parecía estar haciendo patinaje sobre hielo descalzos. Se arrepintieron de no haberse puesto doble calcetín.

Con todo, después de varios viajes de ida y vuelta entre la habitación y los coches, en unos treinta minutos terminaron con las cajas. Por entonces ya comenzaban a sentir que la habitación se había calentado un poco, pero seguramente influía también el ejercicio físico, que los había hecho entrar en calor. La casa, de todas formas, era un témpano.

El viaje de vuelta transcurrió en un silencio todavía mayor que el de ida. Otoha se ofreció a turnarse para conducir, pero Sasai insistió en que lo haría él y no quiso hablar más del tema.

—Aunque se trate de las afueras, no deja de ser Tokio y, para alguien que acaba de llegar ayer, es demasiado complicado. Además, no me disgusta conducir, ni mucho menos.

Otoha también conducía cuando estaba en su tierra natal y varias veces se había adentrado en carreteras de montaña, así que tenía confianza en el control del volante, pero decidió no insistir.

Pararon una sola vez, frente a una tienda veinticuatro horas para ir por turnos a los lavabos y comprarse un café caliente.

—¿Hacemos una pausa en algún restaurante sencillo y cenamos algo rápido? —propuso Tokai.

Sasai negó con la cabeza y sacó su teléfono móvil. Vio que tenía varias llamadas perdidas de Masako y un par de SMS de Minami.

—Antes devolví una llamada a Masako y me dijo que por lo visto Tamura estaba ya al límite de su paciencia.

—Sí, claro…

Los SMS de Minami decían: «¿Les va a llevar mucho tiempo más?» y «Me ha dicho que odia el café». Aparte, había otros sin texto, solo con un icono de un rostro llorando.

Se miraron los cuatro y suspiraron todos a una.

—Iremos con cuidado de no tener un accidente ni que nos paren por ninguna infracción, pero hay que ir lo más deprisa posible —anunció Sasai.

Todos asintieron.

Una vez dentro del coche, un silencio incluso mayor que antes. Cuando apareció el letrero de señalización con el nombre del pueblo donde estaba la biblioteca, Otoha suspiró de alivio.

—Ah, sí, hay algo que me gustaría decirle… —comenzó Sasai cuando se divisó el edificio de la biblioteca.

—Sí, ¿de qué se trata?

—Esa casa donde hemos estado antes, la que usamos como almacén, en realidad es un edificio maravilloso. Por desgracia esta noche no hacía buen tiempo y, dadas las circunstancias, quizá no guarde más que un recuerdo desagradable del lugar, pero creo que debería volver otro día allí cuando haga mejor tiempo.

—¿De verdad? Así lo haré.

Desde luego, no se sentía precisamente con ganas de ello.

A la entrada de la biblioteca había tres mujeres esperando con sendas carretillas de plataforma con ruedas. Masako, Ako y Minami.

—Gracias por el esfuerzo —dijo Masako—. No veíamos la hora…

—El hombre ese, en vez de quedarse en la sala de visitas, comenzó a dar vueltas por la biblioteca —explicó Minami con expresión de hartazgo. Iba farfullando comentarios despectivos como «Vaya porquería de libros que leía el tipo este» o «Este tío, cuyos libros ni se vendían, se ponía a leer estos otros tan complejos». Entró en la cafetería y comenzó a poner pegas al menú del señor Kinoshita y poco faltó para que se peleasen.

—Perdón por la tardanza, ya veo que ha sido bastante duro. Me he arrepentido varias veces de no haber rechazado su petición.

—Bueno, por lo menos Kuroiwa no se ha apartado de él. Gracias a eso todavía se ha podido soportar.

—Lo siento de veras —se excusó Sasai con una ostentosa reverencia.

—Tampoco es culpa suya, señor Sasai —dijo Ako, que parecía la única de semblante alegre—. Venga, vamos a cargar las cajas.

En primer lugar, los hombres fueron sacando las cajas de los coches y poniéndolas sobre las carretillas.

Todos intentaron convencer a Otoha de que podía descansar ya, pero las dos cajas que colocaron en la carretilla de Ako se bamboleaban bastante, así que decidió echar una mano para que fueran bien sujetas.

—Yo empujo la carretilla, Ako, y tú sujeta las cajas, ¿vale?

—En esta caja se han metido demasiados libros y se ha deformado. Por eso no se sostiene bien.

Subieron con las cajas en el ascensor hasta el segundo piso y, cuando entraron en la sala de visitas, vieron a Tamura con aspecto fatigado sentado en un sofá.

—Hombre, ¿por fin han llegado?

Ni una palabra de agradecimiento. Otoha se sintió irritada ante aquella manera de hablar, pero, pensándolo bien, ese anciano llevaba esperando ahí desde primera hora de la tarde, por lo que tenía su lógica que estuviera cansado.

Ako y las demás iban descargando en silencio las cajas de las carretillas para luego despegar la cinta engomada e ir abriéndolas.

—Eh, eh —se impacientó Tamura al ver que Ako no podía despegar la tira de una de las cajas—. ¿No pueden traer unas tijeras o algo que corte? Quizá un cuchillo…

—¿Una trincheta mejor? —sugirió Minami inexpresiva.

—Sí, eso, una trincheta. Con algo así, se abriría en un segundo.

—Pero a lo mejor se hace un corte en un libro —protestó Masako tajante—. Son muy valiosos. No podemos arriesgarnos.

Incluso Tamura se vio incapaz de objetar nada.

Con todas las prisas que había mostrado, Tamura no quiso empezar a mirar nada hasta que no estuvieron todas las cajas juntas. Se limitaba a estar de pie junto a ellas.

—Pues con esto está todo… —dijo Sasai mientras abría la última caja.

—De acuerdo. Bien, hagan el favor de salir todos. Quiero examinar los libros a solas.

Como de costumbre, seguía sin dar las gracias y hablaba como si fueran los demás quienes tuvieran que estarle agradecidos.

Justo entonces comenzaba a flotar en el ambiente un sentimiento de alivio, como si todos pensaran: *Buf, por fin hemos terminado*, pero…

—Eso no lo podemos permitir —dijo Masako con voz firme—. Todavía no hemos empezado a clasificar los libros del maestro Shirakawa. No hemos contado siquiera cuántos hay, ni hecho los índices temáticos ni los listados. Si se pierde algún libro ahora, no tendríamos modo de saberlo.

—Insinúa que yo podría robar algún libro, ¿no?

—He dicho «perdido». Si por alguna circunstancia se confunde entre otros o se deja por cualquier sitio, para nosotros sería un problema.

—Sospecha de mí, ¿verdad? Cree que soy un hombre capaz de robar algún estúpido libro de tan estúpido escritor…

—Lo que le digo es que, ya sea hombre o mujer, no podemos arriesgarnos a que se pierda algo. Entienda que tiene que quedarse al menos una persona con usted.

—En suma, quieren vigilarme para que no robe ningún libro. ¿Por qué no lo dice claramente?

Con cada nueva frase que decía, Tamura hablaba con voz más alta, más gruesa y más grave. Las últimas palabras ya parecían pronunciadas por un *yakuza* como los que salen en las películas.

Pero Masako no se dejaba arredrar. Por mucho que un hombretón con tono amenazador como Tamura pareciera que iba a abalanzarse sobre la frágil mujer.

—Le repito que no he hablado para nada de robar. Y además, estos libros no son nuestros. Todos los libros que se guardan en esta biblioteca son propiedades culturales que nos han legado los escritores y son un tesoro de todos los japoneses o, mejor dicho, de toda la humanidad. Por supuesto que si algún día nos deja usted sus libros, los consideraremos igual y serán tratados de la misma manera. Porque aquí nos gustan los escritores.

De pronto, el rostro de Tamura, que parecía a punto de estallar de furia, se deshinchó.

—Bueno, entonces usted —dijo señalando a Masako—. Si es usted quien se queda, de acuerdo. Pero de los demás, ninguno.

—Comprendido.

Sasai se adelantó como para decir algo, pero Masako lo contuvo con un gesto negativo de la cabeza.

—Yo me quedaré ayudando al maestro. Los demás váyanse, por favor.

Todos menos Masako salieron de la sala de visitas como abrumados.

—Masako ha estado impresionante, ¿verdad? —dijo Otoha.

—Se nota que lleva trabajando como bibliotecaria desde los tiempos en que no había ordenadores —comentó Tokai—. Está hecha de otra pasta.

—¿Y eso tiene algo que ver? —preguntó Tokuda.

—Claro que sí. En la época de Masako, las bibliotecarias como ella tenían que recordar los títulos, el contenido y el lugar de colocación de cerca de cinco mil libros.

—Increíble…

En ese momento, Kuroiwa regresó desde el exterior. Se acercó a donde estaban Otoha y los demás y señaló con el pulgar hacia fuera.

—El conductor del coche ese, el del escritor famoso, me ha contado alguna cosa…

Otoha cayó en la cuenta de que, aunque Kuroiwa les había ayudado a bajar las cajas, en algún momento se había apartado del grupo, ya que al final no estaba.

—¿Has averiguado algo interesante? —le preguntó Sasai.

—Le he llevado en una botella un café que pedí a Kinoshita. Entonces me ha dicho que no es un chófer exclusivo de Tamura. Lo que pasa es que Tamura tiene un contrato con una empresa que alquila coches de lujo con chófer y cuando necesita uno, lo pide. Al parecer el maestro solicita que, en lo posible, el chófer, sea él, y por eso lo conoce bastante.

—Ah, curioso… —comentó Otoha.

—Pero se nota que es una empresa seria de coches de alquiler, porque no me ha querido contar casi nada. Solo con comprarle un café no se le puede sacar mucho. Pero sí me ha dicho que, por lo general, cuando el maestro Tamura sale, lo hace acompañado de algún empleado de ventas de cierta editorial o de algún redactor, a los que trata como si fueran sus secretarios.

Otoha se preguntó a dónde quería ir a parar Kuroiwa con todo aquello.

—Arrogante, dando órdenes con un gesto de su mentón, haciendo que los demás le lleven el maletín y gruñendo que si hagas esto que si hagas aquello, no es de extrañar que a todo el mundo le caiga mal. Por añadidura, me ha dicho que si uno se descuida, intenta que sea la editorial quien pague sus comidas o los coches que usa, por lo que realmente es un tipo de lo más rácano. Y eso que el importe de los vehículos podría usarlo para desgravar de los impuestos.

Otoha se quedó admirada. Kuroiwa acababa de decir que el otro no le había contado casi nada, pero parecía no poca información. Se notaba que Kuroiwa había sido policía.

—Y entonces ha añadido que le sorprendía que esta vez no se trajese a nadie de la editorial. Por tanto, supone que o bien se trata de un asunto muy importante, o bien de algo que no quiere que sepa nadie. O las dos cosas.

—Tiene sentido, sí —comentó Sasai.

Todos asintieron.

—En cualquier caso, lo que está claro es que los libros del maestro Shirakawa son muy importantes —prosiguió Sasai.

—Pero ¿por qué será? —preguntó Otoha como hablando para sí misma y sin esperar que nadie contestara.

—Más allá de esto, yo tampoco sé nada —finalizó Kuroiwa dando unas palmaditas en el hombro de Sasai—. Creo que eso es ya trabajo vuestro.

—Bueno, supongo que sí.

—Por si acaso, voy a quedarme otra vez junto a la puerta de la sala de visitas.

—Sí, será mejor. Haz el favor.

Se quedaron mirando cómo Kuroiwa subía hacia el segundo piso.

—Bueno, no sabemos cuántas horas tardará ese hombre, así que volvamos a nuestro trabajo habitual —terció Ako—. Otoha y yo nos vamos a la sala de clasificación. Los demás, hagan los preparativos para recibir a los clientes que vengan.

El resto asintió y se dirigió cada cual a su lugar con paso lento.

Una vez se metió con Ako en la sala de clasificación, Otoha reanudó la tarea del día anterior. Estampaba los sellos con todo cuidado en los libros y se los pasaba a Ako para que hiciera los registros pertinentes.

Lo único que se oía en la habitación era el sonido que levantaba Otoha al estampar un sello tras otro y los de Ako al tomar notas o teclear en el ordenador. Pero eso creaba una curiosa sensación de paz, en absoluto despreciable.

Cerca de una hora después, Otoha alzó la vista recordando que habían dejado en aquella sala de visitas a Masako con Tamura.

Ako, al ver que Otoha miraba el reloj, adivinó lo que la chica estaba pensando y dijo:

—¿Qué habrá pasado entre aquellos dos?

—¿Se habrá enfadado otra vez aquel hombre con Masako?

—Bah, esa mujer no es alguien que se deprima porque le griten un poco.

Las dos dejaron escapar una risita a la vez.

—¿Conoces desde hace mucho tiempo a Masako?

—No, no, la conocí cuando empecé a trabajar aquí.

—Vaya… ¿De veras? Se os ve tan compenetradas que estaba segura de que erais amigas desde hace un montón de tiempo.

—Nada de eso. Para empezar, Masako era empleada fija de una biblioteca grande y yo todo lo contrario. Yo trabajaba en una pequeña librería frente a la estación de Shizuoka.

—Ah, no tenía ni idea…

—Masako trabaja como una máquina. Es lo que ahora se llama… ¿Cómo era? ¿Mujer ejecutiva? Pero yo estaba empleada en una tienda que, aparte de libros, vendía de todo: tabaco, periódicos, artículos de papelería…

—Ya, pero, por otra parte, vendiendo una variedad tan grande de cosas, seguro que llegaste a conocer los gustos de todo el vecindario.

—Eso sí. Has acertado. Además, porque eran unos tiempos en que todavía no existían las tiendas veinticuatro horas. Sabía qué tabaco fumaba el padre de esta o aquella familia o a qué curso iban los hijos de este o aquel. Y, por supuesto, qué libros le gustaban a cada cual.

—Esa librería… ¿era un negocio de tu propia familia?

—Pues sí.

Estaba a punto de preguntar si de sus padres o de su esposo, pero Otoha se contuvo. Le dio la sensación de que era adentrarse demasiado en cuestiones privadas. Fuera como fuera, el hecho es que Ako vivía ahora sola en los apartamentos de empleados, por lo que sin duda alguna historia existiría detrás en cuanto a las circunstancias de por qué no seguía en aquel lugar.

Otoha tragó saliva y entonces se abrió la puerta de la sala de clasificación.

Al alzar la vista, vio que era Masako quien entraba.

—¡Masako! —exclamó.

—¿Todo bien? —se interesó Ako.

Masako hizo un leve asentimiento y las invitó a acercarse con un gesto de su mano.

—El maestro Tamura dice que desea que vayamos todos a la sala de visitas.

—¿Cómo dices? —se sorprendió Otoha.

—No te preocupes. Dice que solo quiere dar las gracias.

Otoha y Ako se miraron y esta última dijo: «Menos mal».

—Yo voy a avisar a los demás, así que id primero vosotras a la sala de visitas.

Cuando Otoha y Ako entraron en la sala, ya se encontraba allí Sasai y Tamura estaba estrechándole las manos efusivamente.

—¡Gracias! Se lo agradezco mucho, de verdad.

—No hay de qué, no es para tanto...

Era un apretón de manos al estilo occidental, pero de esos exagerados, donde las manos suben y bajan como una batidora. Otoha pensó que parecían dos políticos.

—Y también a todos ustedes, muchas gracias. Perdónenme. Siento mucho mi comportamiento tan maleducado.

En las mejillas de Tamura se veía el rastro de unas lágrimas.

Otoha pensó que estaba bien eso de que se disculpara por su descortesía, pero estaría mejor que abandonara esas maneras tan abruptas, como ahora, que seguía sacudiendo tan violentamente la mano de Sasai... Otoha, casi sin darse cuenta, se parapetó detrás de Ako.

—¡Gracias de verdad! ¡Muy agradecido!

Ahora lo decía acercándose hacia ellas. Otoha encogió el cuello cohibida y Ako, interponiéndose entre la chica y él, contestó:

—Muchas gracias. Para nosotras es suficiente recompensa ese sentimiento de gratitud.

Las palabras de Ako eran amables, pero la actitud de rechazo era evidente.

—Ah, bueno...

—No hay por qué disculparse tanto —siguió Ako—. Nosotras solo hemos hecho lo que era normal hacer. No se preocupe más, de verdad.

Entre unas cosas y otras, llegaron también Minami, Tokai y Tokuda. Tamura le dio también las gracias a todos ellos mientras hacía profundas reverencias.

Puede que no sea mala persona, pensó Otoha. *Pero, por decirlo de alguna manera, tanto para lo bueno como para lo malo, es demasiado radical. Más le valdría cambiar de carácter, en vez de esos cambios tan bruscos.*

—Bueno, ¿ya están todos? —preguntó Tamura paseando la vista por la sala. Quiero pedir disculpas por todo lo sucedido hoy. Siento mucho haber armado este revuelo. No obstante, me gustaría que lo entendieran como la consecuencia de mi pasión por la Literatura. No sé si llamarlo una muestra de agradecimiento, pero me comprometo a ayudar en adelante a esta biblioteca y así se lo he hecho saber ya a mi querido Sasai...

Tamura hizo una pausa para mirar a Sasai.

—Por supuesto, tengo intención de donar todos mis libros, pero realizar una donación económica. Además, aunque no sea mucha cantidad, le he pedido que me permita aportar un donativo anual.

Sasai, de pie a su lado, asintió.

—Bien, pues eso es todo. Si algún día surge alguna cuestión donde pueda ayudar, que nadie dude en contactar.

—Perdone, maestro —dijo Masako con voz amable pero firme—. ¿No le parece que debería explicar el motivo de su visita de hoy?

—Bueno, es que eso...

—Si usted se marcha ahora sin más, seré yo quien tenga que dar una explicación. El alboroto de hoy no es para menos... Siendo así, creo que es mejor que lo explique usted con sus propias palabras.

—Entiendo...

Tamura pareció dudar unos segundos, pero enseguida se recuperó, porque comenzó a relatar la historia.

—Sí, tiene toda la razón. Quizá alguno de los presentes lo sepa ya, pero el buen Shirakawa era mi único rival. De joven, escribió unos libros maravillosos y en aquella época nos veíamos de vez en cuando para hablar de trabajo o de las novelas de otros... Realmente, sentía mucha envidia de él. Envidia del gran talento que tenía. Pero, sin que eso apenas influyera, él siempre se comportaba con amabilidad y pasábamos muchas horas juntos hablando mientras compartíamos sake barato. Es el único colega con quien he podido hablar de forma tan relajada en toda mi vida.

Tamura sonrió como recordando con nostalgia aquellos tiempos.

—Pero, por una pequeña desavenencia, cada uno tiró por su lado. Desde entonces, no volvimos a mantener contacto. «Total, el tipo ese debe de estar riéndose de mí con desprecio», me daba por pensar. Sin embargo...

En ese momento, Tamura cruzó una mirada con Masako y, tras asentir, prosiguió su historia.

—El motivo de haber venido hoy aquí es porque escuché que sus libros habían sido donados a esta biblioteca. Quería resolver de una vez la cuestión que tenía pendiente con él. He pasado toda mi vida sintiendo complejo hacia él, pensando que era mucho mejor escritor que yo y que quizá por eso me despreciara, y quería acabar con esa situación. Le había regalado los primeros libros míos que se publicaron. Dedicados por mí. Desde que nos enfadamos, ya no volví a enviarle nada. Si en esta colección no quedaba ningún libro mío, es que el hombre era un mezquino, me guardaba rencor y se había deshecho de los libros de cualquier manera. Por eso quería comprobarlo.

—¿Y entonces? —preguntó Sasai dirigiendo luego la mirada a Masako.

Masako negó con la cabeza. El gesto podía entenderse como que emplazaba a Sasai a esperar la respuesta de Tamura o como que no había ningún libro.

—Estaban los libros. Y además todos, no solo los que yo le envié, sino todos los que he escrito hasta ahora. Me seguía leyendo…

El escritor comenzó a llorar. Su rostro quedó oculto unos momentos por el brazo que alzó para restregarse las lágrimas.

—Resulta que el mezquino era yo… Me entristecí mucho. Me arrepentí de no haberle vuelto a contactar…

En la sala ya solo se oían los sollozos de Tamura.

Eran más o menos las diez de la noche cuando Tamura, una vez comprobados todos los libros de Shirakawa, se subió al coche y se marchó.

—Muchas gracias a todos, buen trabajo —dijo Sasai a los empleados dándose media vuelta una vez vio que el vehículo atravesaba la verja de salida.

—Igualmente —respondieron los demás haciendo una reverencia.

Comenzaron a oírse todo tipo de comentarios. «He terminado agotada»; «Me imagino, yo también»; «Vaya noche…»; «Por fin…».

—Por favor, váyanse todos a la cafetería a cenar —dijo Sasai—. Yo me quedaré atendiendo la recepción.

—No, nos quedaremos Ako y yo en la recepción —ofreció Masako—. Usted vaya a cenar con los demás que fueron hasta el almacén. Ustedes cuatro deben ir los primeros.

—Nada de eso —rechazó con firmeza Sasai—. Yo estoy bien. Descansen ustedes dos.

—Coma usted algo, señor Sasai —insistió Ako—. Esta noche se nos ha hecho tarde a todos y seguro que el señor Kinoshita está retorciéndose de impaciencia porque no viene nadie. Yo me traído el *bento* de costumbre y puedo comerlo después.

Ante la insistencia de la mujer, se fueron los cuatro, Sasai, Tokuda, Tokai y Otoha, a la cafetería.

—Creo que es la primera vez que veo comer con los demás a Sasai —susurró Tokai a Otoha mientras subían las escaleras hacia el segundo piso.

—No me digas…

—Desde luego, un caso raro es. Ese hombre siempre se mueve solo.

—¿Será porque ha insistido Masako?

—Eso también, pero además creo que realmente está cansado.

Tal y como suponía Ako, el señor Kinoshita parecía irritado y ardiendo de impaciencia.

—Hoy toca *Mamaya*, pero como nadie venía temprano, sobraba un montón de arroz y ya no sabía qué hacer con él. Me hubiera gustado que lo tomaseis recién hervido.

—¿*Mamaya*? —preguntó Otoha.

Sin embargo, Kinoshita la ignoró y regresó a la cocina.

Se sentaron los cuatro a la misma mesa y se miraron las caras. Otoha pensó que parecía que estuvieran en una de esas tabernas *izakaya*. Pero, a diferencia de una reunión de amigos o compañeros para beber, aquí todos guardaban silencio. Advirtió que Sasai, sentado justo enfrente, parecía bastante pálido, y se imaginó que probablemente a ella le pasaba lo mismo.

—Bueno, aquí lo traigo —anunció Kinoshita comenzando a colocar una bandeja con la cena delante de cada uno.

El menú consistía en una sopa, dos platitos con cosas para picar y... ¿un arroz naranja?

—¿Esto qué es? —preguntó Otoha.

—Arroz con zanahoria. Puede repetir cuantas veces quiera.

Ciertamente, parecía haber tanta zanahoria que apenas se distinguía del arroz con que se mezclaba.

Otoha probó primero la sopa. Era más bien un potaje, con patata machacada en trocitos irregulares. Su aspecto no tenía nada de especial, pero su intenso sabor se calaba por todo el cuerpo. A Otoha se le escapó un suspiro, pero muy diferente al que le salió delante de Tamura. El de ahora se debía a la placentera sensación de calidez que experimentaba.

A continuación probó el arroz con zanahoria.

—Hmm... Qué rico —murmuró inconscientemente tras el primer bocado.

El sabor un tanto dulce de la zanahoria mezclado con el aroma de la salsa de soja... Qué arroz de gusto tan suave, tan delicioso...

—*Mamaya* es el nombre de un pequeño restaurante que Kuniko Mukoda abrió para que lo gestionase su hermana menor —explicó Sasai mientras comía el arroz con zanahoria.

Lo hacía cogiendo porciones muy pequeñas con los palillos, que deglutía casi sin masticar, de modo que apenas movía la boca y apenas le cambiaba la expresión del rostro mientras hablaba. La impresión resultante, más que elegancia, sugería meticulosidad.

—Nunca lo había oído...

—¿Ha leído algún libro de Mukoda?

—Solo algún ensayo suelto. No me gusta demasiado leer piezas para teatro o guiones radiofónicos. Los ensayos que leí me parecieron muy interesantes y me hubiera gustado leer más, pero no tuve ocasión...

—Trabajando en la sección de novedades de una librería supongo que no debía de ser fácil, es lógico... —terció Tokai asintiendo con cara de «así es la vida».

—Entre todas esas novedades, había muchas que me apetecía leer y otras que tenía que leer por trabajo, no paraban de salir...

Se dio cuenta de que había sonado como una excusa.

—Tengo que reconocer que por más que coma este plato me sigue pareciendo buenísimo —opinó Tokuda.

—Completamente de acuerdo —asintió Tokai—. Parece increíble que llevando solo zanahoria y tiras de tofu frito tenga tanto sabor.

—Y debe de ser muy sano —añadió Otoha.

—Ideal para cuando uno está cansado —convino Tokuda.

Los platillos adjuntos a modo de acompañamiento tenían, en un caso, rizomas de loto fritos y, en el otro, pez limón cocido. Ambos cocinados con sabor suave, combinaban muy bien con el arroz.

Mientras seguían conversando entre bocado y bocado, apareció Kinoshita.

—Parece que hoy hemos tenido un cliente difícil, ¿no? —comentó forzando una sonrisa.

—Según hemos oído, vino también por aquí y empezó a decir de todo, ¿eh? —dijo Sasai—. Perdón por las molestias.

—El tipo ese... Comenzó a decir que, si en esta cafetería preparábamos menúes que salieran en los libros, por qué no teníamos esto o por qué no servíamos aquello. Venía en plan de provocar.

—Increíble... —dijo Otoha.

—Seguramente le molestó que ninguno de los platos se refiriera a comidas que aparecen en sus libros.

—Ah, claro...

—Me dijo que en esta biblioteca no había más que libros antiguos de autores antiguos que ya no leía nadie y que así no se iba a ninguna parte.

—Realmente, vaya un sujeto más impertinente —dijo Tokai.

—En fin, si fuera una cafetería de mi propiedad lo hubiera echado, pero aquí no quedaba más remedio que aguantar —concluyó Kinoshita pesaroso.

—Lo siento mucho, de verdad —se disculpó una vez más Sasai poniéndose en pie y haciendo una reverencia.

—Que no, que ya ha pasado todo y además no ha sido culpa suya —dijo Kinoshita—. Pero, dejando eso aparte, hoy ha sido un día muy cansado para todos, ¿no? Y ya solo queda algo más de una hora para cerrar. Tengo una cerveza muy buena que hacen en cierta región del país. ¿Qué tal si se toman una botellita cada uno?

El hombre sonrió con aire travieso después de decirlo.

—¿Eh? —exclamó Tokai entre sorprendido e interesado, mirando enseguida a Sasai para ver cómo reaccionaba.

Kinoshita aprovechó para insistir.

—Por si alguien no lo sabe, el concepto del *Mamaya* consistía en un lugar donde pudiera entrar una mujer sola a tomar unas tapas, como esos rizomas de loto frito de antes o carne con patatas, junto con algo de alcohol. Y para terminar, un plato de arroz con curry. Así era el restaurante.

—No lo sabía… —dijo Otoha.

—Bueno, es que en aquella época era muy difícil encontrar un establecimiento donde una mujer sola pudiera entrar a comer unas tapas y beber algo de alcohol —prosiguió Kinoshita—. Así que, si queremos reproducir con fidelidad el ambiente del *Mamaya*, es necesario tomar un vasito de alcohol.

Todos miraron a Sasai.

—Bien, de acuerdo —concedió forzando una sonrisa—. Yo no voy a beber, porque además tampoco aguanto mucho el alcohol. Pero reconozco que hoy han tenido un día muy duro, así que por una vez no pasa nada. Adelante.

—¡Viva!

—¡Muchas gracias!

Kinoshita trajo de la cocina las cervezas que tenía guardadas para una ocasión especial. Eran botellines de color marrón con unas etiquetas de diseño muy elaborado. Después trajo tres vasos y sirvió la cerveza.

—La verdad es que ya me llamaba la atención que al final del menú pusiera: «Cervezas locales variadas, precio según marca» —confesó Otoha.

—Bueno, es que es una biblioteca nocturna. Si en la cafetería no tuviéramos al menos cerveza, nuestro prestigio se hundiría.

—Cierto.

—Esta cerveza de ahora la fabrican unas mujeres jóvenes que trabajan en una destilería de sake de la costa del Mar del Japón. Dijeron que querían probar a fabricar por sí mismas algo nuevo y entonces hicieron esta cerveza regional. Empezaron hace un par de años y la verdad es que ya les sale bastante buena.

—Así que fabricada por mujeres…

—Tiene un toquecillo ácido que me parece que va muy bien con el arroz con zanahoria de antes.

La cerveza tenía un color pardo claro y era ligeramente turbia. Apenas hacía espuma.

—Voy a probar yo también —dijo Tokai.

Se tomó el primer vasito de un trago y le pareció que, a pesar de su sabor ligero, un agradable regusto entre amargo y ácido se extendía por su boca. Como si la sensación le sacudiera todo el cuerpo, añadió:

—No veas cómo relaja esto también…

—Sí, está muy buena —convino Otoha.

—Después del trabajazo de hoy, creo que se lo merecen —asintió Kinoshita.

—Pensándolo mejor, creo que voy a tomarme una yo también —murmuró Sasai.

—Hombre, Sasai-san, ¿pero no decía que no podía beber?

—Solo he dicho que no aguantaba mucho. No que no pudiera beber en absoluto.

—Así se habla —dijo Kinoshita yendo a por otra cerveza y otro vaso.

—Hoy estoy derrengado —murmuró Tokai tras acabar el primero su cerveza.

—El escritor ese sacaba un poco de quicio…

—Pues sí….

—Pero al final, no se le puede guardar rencor.

—Lo comprendo —afirmó Sasai asintiendo.

—Cuando vi cómo lloraba, me alegré de trabajar en un sitio así.

—Cierto.

—Esta biblioteca está para ese tipo de casos. Lo de hoy me ha hecho pensar que el dueño concibió el lugar con esa misma idea.

Una vieja biblioteca. Una biblioteca donde solo se guardan los libros que atesoraban diversos autores. Un lugar en extremo inusual, extraño…

—No sé hasta cuándo conseguirá esta biblioteca continuar funcionando —dijo Sasai—. Pero sigamos esforzándonos hasta el final.

A pesar de que no había comenzado a beber, tenía los ojos enrojecidos.

CAPÍTULO III

El pan con mantequilla y pepinos de *Ana la de Tejas Verdes*

Había transcurrido más o menos un mes desde que Otoha Higuchi comenzó a trabajar en la «Biblioteca nocturna».

Entre unas cosas y otras, yendo siempre de acá para allá, se le había pasado en un abrir y cerrar de ojos. Pero, mientras trabajaba, los momentos que pasaba hablando con Ako y Masako o cenando en la cafetería con Tokuda y demás, o viendo películas con Minami en el apartamento de ella constituyeron experiencias muy importantes para ella que le hacían sentir que ya llevaba trabajando allí varios años.

En cuanto a las películas, Ako y Masako también estuvieron cuando Minami descargó de una plataforma de pago la versión de 2019 de *Mujercitas*, basada en la antigua novela de Alcott. Como, lógicamente, todas habían leído tanto aquella novela como su continuación, la sesión fue bastante bulliciosa, con continuos comentarios del tipo de «Esto es diferente de la novela original» o «¿Este diálogo estaba en la novela?».

—Pero creo que, de todas las adaptaciones de *Mujercitas*, quizá esta sea la mejor —elogió Masako al terminar la película, a pesar de haberse pasado todo el metraje criticándola.

Aquel día, Masako aportó su famoso café y Ako trajo una tarta casera de manzana. Habían acordado que, puesto que Minami ponía la casa y la película, no necesitaba contribuir más. A Otoha le dijeron también que no se preocupase, pero insistió en que al menos quería ir a comprar unas bolsas de patatas fritas. Para ella, las películas había que verlas comiendo patatas fritas.

Masako y Ako eran muy hábiles a la hora de distribuir el papel de cada cual. Otoha pensó que seguramente ambas contaban con mucha experiencia a la hora de organizar lo que se llamaba «reuniones de mujeres». Y no solo eso, sino también reuniones de madres o fiestas familiares. Eran veteranas en esas lides. Su manera de repartir las responsabilidades lo demostraba.

—Masako, tú dices que esta es la mejor, pero es porque la comparas con esa otra, ¿no? —dijo Ako riendo—. En la que sale Elizabeth Taylor haciendo de Amy.

—¿Quieres decir que solo cuentan esas dos?

—Pues claro. Pero, es verdad que la parte de interpretación libre de *Aquellas mujercitas* está más conseguida aquí que en la otra versión.

—Me ha hecho recordar mis tiempos infantiles. Lo que sentí la primera vez que leí *Mujercitas*. Me entristeció mucho que Jo y Laurie no se casaran. Mientras lo leía deseaba de todo corazón que consiguieran casarse.

—Claro —dijeron a una Minami y Otoha.

—«¿Por qué no se casarán?», pensaba yo. Con lo que nos gustan ellas dos a las lectoras. No entendía bien los sentimientos de ambas ni tampoco por qué en la segunda parte Jo escoge a ese hombre.

—Sí, es cierto. Pero la explicación de la película de hoy me parece plausible y me ha dejado conforme.

—Sí, en la película sí puede entenderse. Pero, aun así, resulta doloroso. Por eso me ha hecho volver a mis tiempos de niña.

Entonces, como Masako comenzó a derramar unas lágrimas, Otoha se sorprendió. Sintió que estaba contemplando una faceta desconocida de Masako, que parecía comportarse siempre de manera pragmática, sucediera lo que sucediera.

—¿Qué tal si la próxima vez vemos la serie de *Ana la de Tejas Verdes*? —propuso Minami cuando decayó la conversación sobre el tema anterior.

—Yo vi la adaptación al cine —contestó Masako—. ¿Te refieres a una versión diferente?

—Pues... la película es del 2015, ¿no? —dijo Minami mientras consultaba su teléfono móvil—. Ah, no, es anterior. Estaba bastante bien, ¿verdad?

—Ah, ¿no sería una de 1985, más o menos?

—Sí, sí, por ahí debía de ser.

Las otras tres miraron la pantalla del móvil de Minami y asintieron.

—Esta es, esta —dijo Masako—. La vi en el cine[2] y cuando apareció Ana en aquella escena de la estación donde está esperando a Matthew, sentí como si me estrujaran el corazón y empecé a derramar lagrimones. Y después seguí toda la película sin parar de llorar. Ante mis ojos iba desfilando todo aquel mundo de Ana que me había imaginado con la novela. Me pareció una película realmente buena.

De pronto, Otoha recordó que el primer día que llegó a la biblioteca, al ver que llevaba una maleta rota, Sasai le dijo: «¿Ana la pelirroja, la de Tejas Verdes?». En aquel momento la sorpresa le impidió darle una respuesta adecuada, pero en el

---

2. En realidad, se trata de una serie de televisión, pero en Japón se estrenó una versión condensada en cines.

fondo del corazón sintió que parecía ser un hombre en quien se podía confiar y aquello relajó un poco su tensión. Pero a los pocos días descubrió que en aquella biblioteca había otras muchas personas de plena confianza. En suma, gente que había leído los mismos libros que ella, o que habían tenido experiencias similares en su juventud. Y no solo entre los empleados, sino también entre los visitantes.

—Seguro que era una buena película —convino Minami—. Pero la nueva serie de televisión que han hecho también está muy bien. Estoy convencida de que os gustará. Tenéis que verla al menos una vez.

Así que la reunión de ese día finalizó con el acuerdo de «Bueno, entonces vemos esa el mes que viene».

Otoha también se encontró con una amiga.

Era una chica llamada Mana Sato, conocida desde la infancia, que ahora trabajada en Tokio, empleada en una compañía del barrio de Otemachi. Mana se tomó la molestia de hacer el largo viaje de tren y autobús para visitarla en el apartamento.

—Vaya, pues tu casa está bien, aunque por fuera nadie lo diría —comentó al pasar a la habitación y echar un vistazo por el interior.

—¿Cómo que está bien? ¿Pues en qué clase de lugar crees que vivía? —preguntó Otoha mientras comenzaba a servir a su amiga el café que tenía preparado en un termo.

En realidad, el café se lo había hecho Masako, que se lo trajo un poco antes. El día anterior, durante el trabajo, Otoha le comentó: «Mañana va a venir una amiga a casa y no tengo ni vajilla decente». Entonces, Masako le dijo: «Bueno, entonces te llevaré yo algo, no hace falta que luego me des nada a cambio». Y le trajo unas tazas *mug* y, además, café.

—Oye, este café está muy bueno… —elogió Mana mientras sorbía el primer trago.

Entonces, Otoha se sintió obligada a explicar que fue Masako quien lo preparó.

—Así que trabajas en un sitio como es debido...

—¿Otra vez? Pero, bueno, ¿dónde te creías que trabajaba?

—Pero entiéndeme... Es que oí que tu tía le dijo a mi madre: «Otoha se ha puesto a trabajar de noche en un sitio donde también duerme; ¿pero qué se le ha pasado por la cabeza a esa chica?». Y que luego se echó a llorar... Estaba segura de que...

—¿De que qué? Vamos, anda...

—Pues qué quieres... Es que donde viven nuestros padres, cuando oyen hablar de que una chica vive en el lugar de trabajo, pues se imaginan algún negocio como los billares del *pachinko*. O algún trabajo nocturno de la clase que ya sabes...

—Por eso mismo les dije claramente que trabajaba en una biblioteca.

—Me da la impresión de que, quizá, no se lo creyeron...

Otoha exhaló un profundo suspiro.

—Es que tu tía se preocupa mucho por ti. Cuéntale algo para que se tranquilice.

—Que se tranquilice... ¿Y cómo?

—No sé... Invítale a que venga y de paso le enseñas algo de Tokio.

—¿Y qué iba a ver aquí de Tokio? ¡Estamos en medio del monte!

Sin querer, se cruzaron sus miradas y entonces estallaron en una carcajada.

—Bueno, tanto como paseo turístico por Tokio, no, pero al menos podrías enseñarle el lugar donde trabajas.

—Sí, supongo que sí...

Con todo, sabiendo lo que su tía andaba por ahí diciendo de ella, le resultaba un tanto difícil decirle: «Vente a pasar un par de días».

—Preocúpate un poco de tus padres. Que eres hija única…

—Tú también, ¿no?

Después de licenciarse en una universidad de su prefectura, Mana había encontrado trabajo en una empresa mercantil de Tokio. En donde vivía Otoha estaba considerada como una mujer que había triunfado. Por eso podía permitirse decir de forma tan directa algo tan anticuado como «Preocúpate un poco de tus padres».

—Vente un día también a mi casa.

Mana no vivía en nada parecido a un apartamento de la empresa, sino en un piso como es debido que alquiló ella misma.

—Es que la gran ciudad me da un poco de miedo y no me decido a ir…

Otoha aparentó decirlo medio en broma, pero, en el fondo, algo de verdad había.

—¿Pero qué dices? ¿Qué clase de barrio te crees que es Kinshicho, donde vivo yo? Si vienes a verlo, entenderás lo que digo. Mi casa tiene más o menos la misma superficie que la tuya.

Según avanzaba la conversación, ambas se iban sintiendo cada vez más a gusto y, al final, Otoha se comprometió a ir a ver a Mana a su casa el próximo mes.

Al día siguiente, mientras trabajaba con Ako y Masako en la clasificación de libros, entró Sasai en la sala.

—Perdón, pero es que este ejemplar… —dijo el hombre mostrando un libro de bolsillo que traía en la mano.

—¿Qué sucede?

Ako y Masako estaban sentadas frente a sus respectivos ordenadores tecleando los datos de los nuevos libros. Otoha estaba sacando de las cajas los ejemplares recién llegados y colocándolos delante de las otras dos.

Las tres se quedaron mirando el ejemplar que traía Sasai en la mano.

—Pero ¿qué es lo que pasa?

—Mírenlo bien, por favor.

Cuando el hombre abrió el interior de contraportada y se lo mostró, las tres soltaron una exclamación al mismo tiempo.

—¡Ah!

No había nada allí. Estaba en blanco.

—¿Y el sello del libro? —preguntó Masako azorada.

—Eso mismo. Falta el sello.

—¿De dónde ha salido ese libro? —siguió ella.

—Lo ha encontrado un cliente. Estaba en alguna parte de la planta baja, pero dice que, como luego estuvo recorriendo varias salas, no recuerda de dónde lo sacó. Y que, cuando lo miró para ver en qué estantería estaba clasificado y devolverlo, se dio cuenta de que le faltaba el sello.

—¿Y dónde está ese cliente?

—Ya se marchó. Por lo visto, al salir dijo en el mostrador de recepción: «Este libro estaba en la planta baja. No lleva sello». Y después se marchó sin más. Enokida y Tokai quedaron tan sorprendidos que, antes de que se les ocurriera averiguar más, el otro ya se había ido.

—Vaya…

—Pero ¿seguro que estaba en la planta baja?

—¿Cómo es posible? —preguntó Otoha mirando los rostros de los otros tres—. ¿Por qué no tendrá sello?

—No tengo la menor idea —contestó Ako—. Quizá simplemente se nos olvidó poner el sello.

Sasai ladeó la cabeza pensativo y luego dijo:

—Pero en el proceso de clasificación, primero se pone el sello, luego se registra el libro y por último se coloca en la estantería. Como mínimo, pasa por tres manos diferentes que lo verifican. Creo que, en una situación normal, es imposible que se produzca ese olvido.

—Aunque también es verdad que el error humano existe —opinó Masako con tono no muy convencido.

—¿A pesar de que una vez al año reordenamos y revisamos todos los libros de la biblioteca?

—Entonces quizá sea un libro que lleve menos de un año aquí —concluyó Masako como para convencerse a sí misma.

—¿Opina que sería un libro relativamente nuevo? —le preguntó Sasai.

—Eso es.

—Hay otra posibilidad en la que querría no pensar, pero es posible que alguien haya robado un libro y a cambio haya dejado este, quizá para que se note el hueco…

—Es posible, sí —asintió Masako.

—Para la mayoría de la gente, lo que tenemos aquí no son más que libros viejos sin ningún valor, pero para los fans de determinado autor, son ejemplares únicos…

—Cierto… —asintió Otoha.

Pero acto seguido cayó en la cuenta de algo y añadió:

—Ahora que recuerdo, ¿no me dijo que era imposible sacar libros de aquí sin permiso? Que si se daba un paso fuera con uno de esos libros saltaban las alarmas… Hay un cartel bien grande en la puerta avisando.

Entonces Sasai, Ako y Masako se miraron con rostro contrito.

—¿Todavía no le ha contado nada de ello a Otoha, señor Sasai? —inquirió Masako.

—Pues… no. Pero no es que pretendiera ocultárselo, simplemente se me olvidó.

—¿De qué se trata?

—Pues que en realidad, eso es mentira.

—¡No me diga!

—Piénsalo y lo entenderás —dijo Masako—. Lo único que hacemos con estos libros es estamparles un sello de goma y ponerlos en las estanterías. No hacemos como en las bibliotecas modernas, que les ponen una etiqueta magnética y luego los plastifican.

—Es verdad….

—Si hiciéramos esa clase de añadidos, los libros perderían su encanto —explicó Masako—. Desaparecería el sabor que les da el haber estado en manos de tal o cual autor. Y eso es algo que el dueño odia.

—Aparte del trabajo que da y el dinero que cuesta —añadió pragmático Sasai.

—Ya me parecía extraño. Me preguntaba con qué sistema se custodiarían si no se veía nada de particular en ellos.

—Por eso colocamos el cartel y controlamos bastante la entrada para que ejerza un efecto disuasorio, además de contratar un «detective de biblioteca». Decidimos ver qué pasaba y, si continuasen los robos, pensaríamos otras medidas.

—Ahora lo entiendo.

Otoha sentía cierta insatisfacción por el hecho de que no le hubiesen contado nada hasta entonces, pero la explicación le convenció.

—En cualquier caso, ahora lo prioritario es pensar por qué está este libro aquí.

—Con todo, creo que tampoco hay que dar por sentado que nos hayan robado algo —terció Ako mirando fijamente el volumen en cuestión—. Si alguien quiere robar un libro, basta con que se lo lleve y no entiendo por qué hay que tomarse la molestia de traer un sustituto. Además, una persona corriente, al leer que no está permitido sacar libros, pensará que así es, por lo que, si no se trata de alguien que ya sabe que no pasa nada…

Al llegar aquí, Ako se interrumpió y negó con la cabeza. Seguramente se negaba a sospechar de sus compañeros.

—Si se coloca otro libro donde estaba el anterior, resulta más difícil darse cuenta de que falta uno.

—Aun así, con la revisión anual termina descubriéndose.

—Pero solo unas pocas personas sabemos que se hace esa revisión anual. Los que trabajamos aquí.

—Bueno, ¿por dónde empezamos a mirar?

—Primero vamos a hacer la revisión. Cuántos ejemplares hay de ese mismo título. Y ver si falta alguno.

Otoha miró la portada del libro. Era *Colegiala*, de Osamu Dazai.

—Creo que tenemos un montón de ejemplares de este libro, ¿no? —dijo.

—A decir verdad, creo que, sin exagerar, es un libro que han leído casi todos los escritores que tenemos aquí.

—En cualquier caso, vamos a comprobar los ejemplares que tenía cada autor, empezando por la A —decidió Sasai—. Se puede ver en nuestra intranet quiénes son esos autores, así que basta con ir mirando uno por uno.

Después miró a Otoha.

—Higuchi-san, ¿puede encargarse de ello junto con Masako-san?

—También puedo hacerlo sola —contestó Otoha.

—Sí, pero es más seguro que las comprobaciones se hagan entre dos, por si acaso.

—Entendido.

—Yo voy a informar a nuestro detective Kuroiwa, a ver qué se le ocurre a él. Si hace falta, le diré que nos acompañe.

—Sí, gracias.

Otoha y Masako se fueron al segundo piso.

No puedo leer libros, pensó Masako mientras, de pie al lado de Otoha, iba verificando todos los ejemplares de *Colegiala* de Osamu Dazai.

Sujetando el ordenador portátil con una mano, Otoha buscaba el nombre de los autores que tuvieran un ejemplar de *Colegiala* y le decía, por ejemplo: «El siguiente es Natsuo Ayukawa». Entonces, lo único que tenía que hacer Masako era ir a las estanterías de dicho autor y sacar el correspondiente volumen de Dazai. Debía de resultar bastante pesado para Otoha realizar la tarea cargando todo el tiempo con el ordenador. Se ofreció varias veces a sustituirla, pero la chica lo rechaza con una sonrisa acompañada de un «No hay problema». Realmente era una gran ayuda que cuando hubiese que realizar algún trabajo un poco pesado, ella se ofreciera a hacerlo. Pensó en lo muy de agradecer que resultaba que hubiese entrado a trabajar alguien como ella.

Sin embargo, al mismo tiempo que ese sentimiento de gratitud, en otro rincón de su cabeza seguía circulando la frase anterior.

No puedo leer libros.

Y no solo cuando, como ahora, se encontraba trabajando.

Cuando se despertaba por las mañanas, cuando estaba preparando el café, cuando lo bebía, cuando se reía en el trabajo mientras charlaba con otras compañeras más jóvenes.

No puedo leer libros. No puedo leer libros. Ya no puedo leer. Para siempre, no puedo leer.

No podía olvidarlo ni un instante.

El hecho de que ya no fuera capaz de leer libros.

La sensación de enfrascarse en la lectura olvidando todo lo demás, apasionarse hasta no oír los sonidos circundantes, dejar que te llevasen a un mundo diferente y, varias horas después, cuando finalizabas la lectura, encontrarte de vuelta en el mundo de antes como si te hubieran arrojado allí... Ese momento de tristeza pero, a la vez, de plenitud.

Ya no podré volver a disfrutar de esa sensación.

No es que no pudiera leer las letras. Leer, podía. Podía leer las letras debidamente y comprender el significado de las palabras. Pero ya no era capaz, como antes, de entregarse en cuerpo y alma a la lectura de un libro hasta apasionarse con ello. Cuando lo intentaba, apenas podía pasar de las primeras páginas.

Si dedicaba a ello muchos días, no es que no pudiera leerse un libro entero a duras penas. Pero apenas le producía alegría. Solo fatiga. Y la confianza que le daba saber que, si se esforzaba, todavía podría leerse un libro.

Fue más o menos cuando cumplió sesenta años que por primera vez se dio cuenta de que ya no podía leer. Es decir, hacía unos diez años.

Al principio no quería admitirlo o, mejor dicho, no quería notarlo.

Aunque llevaba muchos años trabajando como bibliotecaria y vivía siempre rodeada de una montaña de libros, no era cuestión de no comprar ninguno. De hecho, compraba más que la mayoría de la gente. Había muchos libros que quería tener a mano en casa y leía muchas novedades. También le encantaba releer sus libros favoritos.

Pero un día se dio cuenta de que se amontonaban en casa los libros que no había leído. Cuando los veía en las librerías u oía hablar de ellos a los demás o los mencionaban por televisión, enseguida le entraban ganas de comprarlos. Pero después, tras haber leído unas pocas páginas, abandonaba su lectura y se iban amontonando por la casa.

Se decía a sí misma que era porque estaba cansada o porque no tenía tiempo o porque había muchas otras cosas que hacer. Pero, tras varios años, tuvo que reconocer la realidad.

Esto no es normal. Sucede algo que antes no pasaba. No se trata de que, cuando tenga un poco o un mucho de tiempo, pueda volver a leer. Se trata de que ya no soy capaz de leer libros.

Masako había nacido en un barrio humilde de Tokio. Su padre era un empleado ordinario y su madre, ama de casa. Tenía también un hermano mayor y una hermana menor. El primero estudió en una universidad pública y Masako y su hermana hicieron carreras de corta duración. Como Masako sacaba buenas notas, hubiera podido también hacer una carrera de cuatro años, pero en aquella época lo normal era que las mujeres hicieran solo las carreras cortas. De hecho, solo por haber ido a la universidad, ya podía considerarse afortunada. Se sacó el título de bibliotecaria, hizo los exámenes necesarios y se empleó como tal en una biblioteca pública de Tokio. Es decir, fue contratada en calidad de empleada del gobierno metropolitano. Pero, como era habitual en aquella época, aquello se consideraba un «asiento temporal» para las mujeres y tanto la propia Masako como la gente de alrededor daba por sentado que en unos años, en cualquier caso antes de cumplir los treinta, se casaría y dejaría el empleo. Y con tal espíritu trabajaba.

Su padre era un hombre severo e incluso en el hogar se comportaba con aires de grandeza, pero no llegaba a la situación tan frecuente en nuestros días de ejercer violencia doméstica ni era un padre que insultara o amenazara. Por las noches, la cena de su padre consistía por lo general en un platillo a modo de tapa para acompañar el sake, un poco de *sashimi* o algún alimento a la plancha, y el ambiente no invitaba a llevarle la contraria en nada. Era hombre de pocas palabras y le costaba expresar su cariño hacia los hijos, pero aun así en los días de descanso los llevaba de vez en cuando al parque de atracciones o al centro o a algunos baños termales. Para ser la época que era, quizá puede considerarse un padre que atendía a sus hijos.

Ahora bien, más o menos coincidiendo con la época en que Masako comenzó a trabajar, aquel padre, de pronto se convirtió en un adúltero. Había conocido a la mujer en cuestión en un bar y el motivo por el que se destapó la relación fue que él estaba tan embebido por aquella mujer que a partir de cierta noche dejó de regresar a casa. El hecho en sí del adulterio ya fue una sorpresa para Masako, pero un golpe todavía mayor fue que sus padres, que ya rondaban los sesenta años, se divorciaran. El padre, sin motivo alguno, pensaba que, a pesar de su infidelidad, la madre seguramente se aguantaría. Pero en cosa de un año se divorciaron. El padre dijo que quería divorciarse y, por lo visto, la madre, curiosamente, apenas se opuso. El motivo de este «por lo visto» es que las conversaciones sobre el particular se llevaron a cabo casi en su totalidad entre los dos esposos, y los hijos solo escucharon un «nos divorciamos» cuando ya todo estaba decidido.

En aquellos días, el hermano mayor estaba empleado en un ayuntamiento de provincias y ya estaba casado, de manera que el matrimonio vivía fuera de Tokio. El discurrir natural llevó a que Masako y su hermana menor se quedaran a vivir con su madre. El hermano mayor, por su parte, fue cambiando de el lugar de residencia y trabajo por varias prefecturas. Además, el hermano tenía hijos pequeños de los que cuidar, por lo que Masako continuó viviendo con su madre hasta que esta falleció a los setenta años de edad.

Masako mantenía a su madre mientras que su hermana menor, tras terminar la carrera de corta duración, se casó. Así, cuando se quiso dar cuenta, Masako había dejado escapar su época de buscar esposo. El hermano le enviaba alguna aportación económica para mantener a su madre, pero más allá de eso no se podía esperar mayor ayuda. Todavía más porque su madre no quería. La madre se sentía avergonzada por el divorcio y se sentía cohibida ante el hijo mayor y la nuera, así como ante los padres de ella. A pesar de que el divorcio no había sido culpa suya, el mero hecho de haberse producido le daba vergüenza. Quizá el hecho de que aceptase tan rápido el divorcio se debiera también a que le avergonzaba que su marido hubiese dejado de quererla. Y, como se daba cuenta de los sentimientos de su madre, a Masako le resultaba más difícil todavía pedir a su hermano una ayuda mayor.

Después de que falleciera su madre, quien tuvo que cuidar del padre, que para entonces se había separado de su amante, fue, una vez más, Masako. Aun pensando lo injusto que resultaba, se resignó, porque sabía que no existía nadie más que pudiera hacerse cargo. Visto ahora, al menos tuvo la suerte de poder seguir con su trabajo de bibliotecaria.

Poco antes de fallecer, su padre dejó caer este comentario:

—Ojalá tu madre se hubiera opuesto con más fuerza en aquella ocasión...

Pensó que seguramente se refería al divorcio, pero hizo como si no lo hubiera oído. En su interior se decía: *¡Qué hombre tan inconsistente!*

La biblioteca donde estaba empleada Masako ejercía un papel central dentro de las bibliotecas de Tokio. Cuando comenzó a trabajar allí, todavía no contaban con computadores y los libros eran clasificados mediante tarjetas de papel, donde se marcaba el grupo al que pertenecían.

El departamento donde se encuadró a Masako y donde pasó media vida, llegando al final a ser nombrada responsable de sección, fue el de «Consultas». En suma, el departamento donde pedir referencias de los libros.

En los tiempos de mayor personal, llegó a haber hasta veinte empleados en aquel departamento y el trabajo consistía en estar respondiendo de la mañana a la noche consultas de los usuarios. En aquella época el modo de consulta consistía básicamente en el teléfono o en la ventanilla.

El contenido de las preguntas podía ser muy variado. En una ocasión, la persona que llamaba por teléfono farfulló un párrafo de una poesía y le preguntó a qué autor pertenecía; en otra, le consultaron sobre si había algún libro que hablase de los medios anticonceptivos que se usaban en los prostíbulos del Periodo Edo; otro más quería saber qué día de la semana fue el diez de mayo de 1924 y qué tiempo hacía ese día; y no faltaba quien preguntaba si en la biblioteca había algún ejemplar del Informe Económico del último año.

Efectivamente. Las bibliotecas se encargaban de una gran cantidad de cuestiones a las que ahora contestaríamos: «Eso ponlo en el buscador de Google y averígualo tú». Pero en aquella época podía llegar a haber cien consultas diarias en ventanilla y el doble por vía telefónica, por lo que, al acabar el día, la cabeza te daba vueltas y acababas extenuado.

A partir de mediados de la década de los ochenta, poco a poco se fue informatizando el sistema, comenzando con el tratamiento digital de la información. Masako se encontraba justo en el momento de mayor rendimiento laboral y pasó aquella época de transformación nadando entre dos aguas, con las tarjetas de cartulina por un lado y los ordenadores por otro, buscando información de ambos modos.

Cuando entró a trabajar en la biblioteca, un compañero veterano le dijo: «Normalmente, uno puede recordar hasta cinco mil libros; los que trabajamos aquí, tenemos que recordar diez mil». Le recalcó que si algún usuario preguntaba: «¿Dónde está el libro que trata de tal o cual?», tenía que ser capaz de contestar al instante: «Está en xxxx» y que se entrenara en consecuencia.

Trabajó con toda su alma, memorizó con toda su alma y leyó libros con toda su alma.

Y cuando pensó que por fin había llegado el momento en que podría dedicarse con calma a la lectura, cuando podría leer solo por gusto... se encontró con que ya no era capaz de leer.

Hace unas semanas, cuando vino aquel novelista llamado Junichiro Tamura insistiendo en que quería ver los libros de Tadasuke Shirakawa, no mintió al decir que había leído novelas de Shirakawa. Las obras de Shirakawa eran creaciones artísticas que solo aparecían de manera muy espaciada, más o menos a razón de una por año en revistas literarias y no solían exceder de las cien páginas. Por eso, cuando se publicaban, le dedicaba tiempo a ello y las leía. Aun así, no conseguía emocionarse con la lectura como le sucedía antaño.

Indigno de ser humano, se titulaba cierto libro de Dazai... En su caso, *Indigna de ser lectora*. Se le ocurrió sobre la marcha al ver que ese era el libro que estaba colocado junto a *Colegiala*.

—¿Qué, Masako? ¿Lo has encontrado?

Masako volvió al presente al oír que Otoha le hablaba.

—El ejemplar de *Colegiala* que tenía el maestro Ayukawa está aquí, sí —contestó mientras verificaba el sello estampado en el interior de contraportada.

—Estupendo. Vamos a por el siguiente. Oye, se me ha ocurrido una cosa.

Otoha pareció dudar un momento y luego prosiguió.

—¿Será suficiente con que nos limitemos a verificar los ejemplares de *Colegiala*?

—¿Eh? ¿Qué quieres decir?

—Pues que, si alguien ha robado el libro de algún escritor y ha dejado este en su lugar, lo más fácil sería, bueno fácil tampoco, escoger para la sustitución uno más o menos del mismo grosor y del mismo autor, para que sea más difícil de descubrir. Entonces, ¿no crees que deberíamos revisar todas las ediciones de bolsillo de los libros de Dazai?

—Pues tienes razón...

—Y, en el peor de los casos, ni siquiera tiene por qué ser un libro de Dazai. Quizá han robado cualquier otro libro y han dejado este que no guarda ninguna relación...

—Pero también puede ser que simplemente se nos haya olvidado sellarlo o que alguien haya dejado el libro aquí como una travesura...

—Sí, también es posible. Quizá incluso hayan dejado este por error sin ninguna mala intención...

—Ay...

—Alguien que lo trajo consigo de casa con intención de leerlo por el camino, que encontró aquí otro ejemplar, lo estuvo ojeando y al final se llevó uno en vez del otro. Puede ser, ¿no?

—Eso se me ocurrió a mí también —dijo Masako—. Si lo que quería era robar, basta con que se lo hubiera llevado, sin romperse la cabeza pensando algo como traerse un sustituto.

Cuando alguien salía de la biblioteca, se comprobaba el contenido del bolso o del maletín. Pero el trámite consistía simplemente en pedir que lo abriera y Kuroiwa o Nakazato echaban un vistazo al contenido. Si alguien quería realmente robar un libro y lo escondía, por ejemplo, entre la ropa interior, no existía un método seguro para evitar que se lo llevase.

Con todo, cuando se trataba de la sala de escritores famosos, donde se alojaban, por ejemplo, los volúmenes de la colección de Ryoichi Kaito donados, desde hace unos años los libros se guardaban de manera muy estricta y además en ese recinto no se permitía entrar con abrigos, bolsos o cualquier tipo de cartera o maletín. Al igual que en los museos de arte, había algún empleado que se sentaba durante ese tiempo en la misma sala. Resultaba bastante difícil robar algo de ahí.

—Pero yo creo que, a pesar de todo, más que aquí, tenemos mayores posibilidades de encontrar algo en la sala de escritores famosos —dijo Masako—. En estas otras salas, aunque no dejes ningún libro de recambio, las posibilidades de

que te descubran son muy pocas, por lo que creo que no necesitamos perder más tiempo aquí.

—Es verdad...

—Aun así, vamos a terminar lo que hemos empezado.

—¿Hasta dónde hacemos?

—De momento, vamos a verificar solo los ejemplares de
Colegiala —resolvió Masako.

Otoha asintió dócilmente y volvió a su labor de antes.

Masako recordó que en sus tiempos de la otra biblioteca
alguien le habló de que la cantidad de información que recibe
una persona del mundo actual en una semana era más o menos la que recibía un habitante de los tiempos de la Reina
Victoria en toda su vida. Aunque esta clase de historias presentaban infinidad de variantes. Otra de ellas decía que la
información que recibimos en un día era la misma que recibía
la gente del Periodo Edo en un año. O la de la gente del Periodo Heian en toda su vida. Etcétera, etcétera.

Si eso fuera así, significaría que para escribir una buena
novela no era necesario contar con un gran volumen de información. No, más bien parece una actitud de soberbia por parte de la gente actual pensar que la dama Murasaki no Shikibu
contaba con un volumen de información menor que el nuestro. Seguro que las mujeres de aquella época habían leído una
gran cantidad de literatura china y que en el interior del Pa-
lacio Imperial hablaban sobre lo que hacía este o aquel o inter-
cambiaban opiniones sobre las poesías que escribía cada cual.

*¿Quién fue el que me habló de aquello del volumen de informa-
ción? Ah, sí, el hombre aquel. Ese que durante un tiempo estuvo
viniendo casi todas las semanas.*

El primer contacto fue por teléfono. Preguntaba por si había algún libro sobre encuestas de gastos familiares de antes
de la guerra. Parecía muy irritado desde un principio y cuando le Masako le dijo: «¿Ha probado usted a consultar con la

Biblioteca del Parlamento?», el otro le espetó: «Evidentemente. Y, como me dijeron que no había, por eso les llamo a ustedes». A decir verdad, Masako también se enfureció pero, a pesar de ello, le explicó con tono reposado la clase de libros que ellos tenían y poco a poco el hombre se fue calmando. Al final se despidió con un «Gracias».

Al día siguiente acudió en persona a la ventanilla, preguntó por ella y le volvió a dar las gracias. Le pidió disculpas y le explicó que se había comportado así porque el catedrático que dirigía su investigación le había pedido buscar esa documentación y entonces se puso nervioso y le entraron las prisas. El hombre era un joven investigador de sociología. Después de aquel incidente, volvió varias veces a la ventanilla y siempre preguntaba por ella. Si veía a Masako muy ocupada con algún otro asunto, no se le acercaba y, cuando notaba que había quedado libre, iba hacia ella con expresión de felicidad. Vestía unas camisas azules con las bocamangas desgastadas, pero siempre estaban limpias y planchadas. A Masako le parecía un joven pulcro.

Una única vez la invitó a salir a tomar un café. Si no recordaba mal, le dijo algo así como «Me gustaría invitarla a un café en agradecimiento». Masako lo pensó unos segundos y contestó: «No, gracias. Estoy muy ocupada». Desde entonces, ya no volvió a venir.

Todavía hoy se acordaba de vez en cuando de ese incidente. ¿Habría cambiado su vida si hubiera aceptado ir a tomar aquel café?

Cuando buscaba libros frente a unas estanterías junto a ese hombre del café, fue cuando le sacó el tema del volumen de información. «¿Sabía usted que...?». Después le dijo algo así como «Me pregunto a cuántas personas del Periodo Heian equivaldrá la cantidad de información que maneja usted al cabo del día...».

Desde que rechazó la invitación a tomar café, las visitas del hombre se cortaron en seco, pero cierto día, como un año después, se alegró al ver que volvía. Y entonces le dijo:

—He conseguido convertirme en profesor adjunto. Se lo debo a usted.

—Enhorabuena —le contestó alegrándose de todo corazón.

Sin embargo, fue incapaz de decirle nada más. Si en aquella ocasión le hubiera dicho: «Si le parece bien, le invito a un café para celebrarlo»...

Pensó en ello infinidad de veces. Un año tras otro. Una y otra vez.

Aquel encuentro se convirtió en la segunda cosa que lamentaba de su vida. El segundo café. Los cafés que no bebió. Quizá por eso se aficionó al café.

Poco antes de dejar su trabajo en aquella biblioteca sucedió lo siguiente. Escribió en Threads un comentario acerca de la biblioteca. La mayoría de los participantes de aquel foro era gente que trabajaba en bibliotecas y su contenido resultaba comparativamente apacible. Su entrada la escribió a las tantas de la madrugada cuando ya apenas había participantes.

Masako escribió allí que se había vuelto incapaz de leer libros y que dudaba si alguien así debía seguir trabajando en una biblioteca. Después añadió que se sentía insegura en cuanto a su futuro. Entonces le llegó una extraña comunicación.

Permítame que me presente. Llevo tiempo leyendo sus threads. *El nombre de usuario de mi cuenta es Seven Rainbow. He quedado admirado al leer los comentarios que siempre hace acerca de los libros. Hay un trabajo para el que busco la ayuda de personas como usted. Si le interesa,*

¿podría hacer el favor de contactar conmigo? La dirección de correo electrónico que le pongo es una de usar y tirar, que cancelaré mañana por la mañana.

¿Por qué ella, que tan precavida era siempre para todo, contestaría a aquel correo tan sospechoso tal y como le indicaban? Y, por si fuera poco, aceptó una entrevista por Skype en la que, para colmo, el otro (¿o sería «la otra»?) no dejó ver su rostro y, finalmente, aceptó el trabajo que le proponían. Estaba sorprendida de sí misma.

Pero, gracias a eso, todavía hoy seguía aquí.

—Masako, parece que no hay ningún libro que no esté, ¿no?

Otra vez la voz de Otoha la devolvía a la realidad.

«No hay ningún libro que no esté». Qué forma tan rara de decirlo. Le sonó como una paradoja.

—Bueno, entonces, como habíamos pensado, habrá que ir a la sala de autores famosos —dijo Masako, sentada en cuclillas frente a unas estanterías.

—En esa sala la seguridad es muy estricta y me parece difícil que nadie robe nada. Y además, el visitante que encontró el libro dijo que estaba en la primera planta.

—Sí, yo también pienso lo mismo, pero en principio, hay que mirar.

La sala de autores famosos… Al parecer era una sala que se creó cuando, poco después de inaugurar la biblioteca, se produjo la donación de los libros de Ryoichi Kaito.

Hasta entonces, los libros estaban ordenados por el orden alfabético de los autores que los poseyeron, pero se creó en un rincón del primer piso un cuarto destinado solo a Ryoichi

Kaito. Después se fue aumentando poco a poco el número de estanterías para alojar las colecciones de otros autores de gran popularidad. Con el tiempo se trasladó todo a una sala más grande del segundo piso donde siempre ponían a alguien sentado a la puerta.

—Hay algo que llevo días preguntándome —dijo Otoha—. ¿Cuál es el criterio para colocar los libros de determinado autor en esa sala de famosos? ¿Cómo se diferencian de los demás?

—Pues, fundamentalmente, creo que cosas como si han recibido premios o no y, después, si se han vendido mucho o la relevancia de sus obras. Por lo general, lo decide el señor Sasai. Quizá delibera acerca de ello con el dueño. Pero, como el asunto tampoco genera mayor problema y ningún visitante se queja de ello, imagino que las decisiones al respecto son razonables.

Dado que Masako había mencionado al dueño como quien no quiere la cosa, Otoha decidió aprovechar la ocasión para preguntar.

—Pero el señor Sasai dice que nunca ha visto al dueño.

—Puede que no se hayan visto nunca, pero seguramente se comunican por teléfono o correo electrónico.

—Ah, claro…

Después, tímidamente, preguntó de nuevo.

—¿Y tú, Masako, has visto alguna vez al dueño?

—No.

La respuesta de la mujer parecía un tanto distante. Si se tratara de una novela de misterio, habría muchas posibilidades de que estuviera mintiendo. Otoha se preguntó si ese era el caso.

—¿Ni siquiera tú lo conoces?

—Me contactó para contratarme por correo electrónico y luego hicimos la entrevista por Skype.

—Yo, igual. Bueno, en mi caso fue por Zoom. ¿Tú sabes usar Skype?

—Por supuesto. En la biblioteca donde trabajaba antes, ya usábamos internet. Creo que, dentro de lo que cabe, empecé a teclear en un ordenador antes que la gente corriente.

—Impresionante.

—Ju, ju. Los jóvenes tenéis la idea preconcebida de que los viejos no sabemos usar un ordenador.

—¡Perdón!

A pesar de estar en mitad de la escalera, Otoha le hizo una reverencia de disculpa.

—Era una broma, solo una broma.

Cuando llegaron al segundo piso, se dirigieron a una sala que quedaba en el lado opuesto al de la cafetería y la sala de visitas.

Ese día, a la entrada de la sala de autores famosos se sentaba Tokuda.

—Ah, Masako-san y Higuchi-san. Hola.

—Hemos venido a verificar los libros de Dazai.

—Sí, ya me han contado el asunto. Por eso, en principio, yo también he estado mirando...

Tokuda paseó la mirada por la sala.

—Hasta donde he visto, de momento no ha desaparecido ningún libro de Dazai...

—Vaya... ¿Te importa que lo comprobemos nosotras también?

A Otoha le pareció que, por un instante, Tokuda mostraba una expresión de disgusto. Estiró los labios y parecía a punto de objetar algo. Pero, quizá porque la interlocutora era Masako, no dijo nada.

—Hay que tener en cuenta que en estos casos es preferible que las comprobaciones las haga más de uno. No es que no me fíe de usted. Disculpe si le he ofendido.

Masako acompañó la disculpa final con una sonrisa.

—Por supuesto que puede mirar. Entiendo que debe hacerse así.

—Bueno, entonces vamos a comprobar.

Masako y Otoha fueron comprobando desde un extremo los libros de Dazai que había poseído cada autor, pero todos estaban completos.

—Pues, efectivamente, no falta ninguno.

—¿Verdad? —dijo muy ufano Tokuda a su espalda.

Aprovechando que no había visitantes, Tokuda estuvo todo el tiempo detrás de ellas. Para ser sinceros, Masako había notado la «presión» que ejercía su presencia, pero no le apetecía nada hablar con él, porque le parecía un poco pesado.

Sin embargo, dado que el otro le hablaba, Masako se giró y le contestó:

—No esperaba menos de usted, lo ha revisado a la perfección.

El elogio tomó desprevenido a Tokuda y, sin poder evitarlo, sonrió satisfecho.

Otoha estaba admirada. *Esta Masako es increíble... Consigue manejar hasta a alguien tan quisquilloso como Tokuda...*

—Bueno, ¿y entonces qué hacemos? —murmuró Masako una vez salieron de la sala de los autores famosos—. De momento, voy a informar al señor Sasai de que no falta ningún ejemplar de *Colegiala*.

—De acuerdo.

En definitiva, hablaron entre Sasai y Masako y decidieron considerar ese ejemplar de *Colegiala* como un libro que alguien se habría dejado olvidado, de manera que optaron por dejarlo en un anaquel que había detrás de la recepción para objetos perdidos.

Al terminar la búsqueda de *Colegiala*, Otoha se fue a la cafetería.

—¿Cuál es la cena de hoy para los empleados? —preguntó Otoha mientras se sentaba frente al mostrador.

Ese día llegaba a una hora diferente de los demás, así que, como no había nadie con quien compartir mesa, optó por el mostrador.

—Hoy es la noche de *Ana la de Tejas Verdes*.

—Ah, estupendo. Pero en esa novela, aunque bien pudiera hablarse de comidas, ahora mismo no recuerdo que se mencionara ninguna en concreto…

Otoha ladeó la cabeza pensativa.

—Aparece un pastel relleno que lleva una capa de gelatina en la que Ana echa por equivocación un analgésico en lugar de esencia de vainilla y también se habla de un pastel de frambuesas que lleva Diana al colegio, ¿verdad? Hasta donde yo recuerdo, solo aparecen dulces.

Kinoshita se fue enseguida al fondo de la cocina y volvió con un plato plano de color blanco que colocó frente a Otoha.

—¡Sándwiches! —exclamó.

Lo que veía frente a sí parecían unos vulgares sándwiches. Le habían cortado al pan el borde de la corteza, lo cual les daba un aspecto un poco más elegante.

—Eso es. Me pidieron que preparase alguna comida que apareciese en la serie de *Ana la de Tejas Verdes*. Y me trajeron los tres primeros volúmenes para que me los leyera. Además, el dueño me envío varios libros sobre las comidas que aparecen en la serie.

—Vaya…

—Que si *La libreta de cocina de Ana la de Tejas Verdes*, que si *Diccionario de la vida de Ana la de Tejas Verdes*, *El mundo de Ana la de Tejas Verdes*… Creo que me leí unos seis o siete libros sobre ella, aparte de esos de la autora original.

—Qué barbaridad…

—Fue algo terrible. Con todo, lo cierto es que no había ningún plato de comida adecuado. Mencionaban el pollo asado, la carne de cerdo en salazón, un pote de verduras o ensalada de lechuga, pero poco más. Todo cosas muy sencillas. Y además las novelas originales tampoco tenían detalles sobre cómo se preparaban aquellos platos.

—Y entonces, ¿qué hizo?

—El segundo libro, *Ana la de Avonlea*, incluía un episodio extraño. ¿Lo recuerdas? Un autor famoso va a venir a casa de Ana y entonces se ponen todos a preparar algo de comer para agasajarlo, pero al final no acude y…

—¡Sí, ya me acuerdo! La comida se queda hecha una porquería y hasta se rompe la bandeja que habían pedido prestada.

—Eso, eso. Entonces van a ver a otro vecino que tiene una bandeja igual para que se la preste, pero ha salido…

—Y la situación empeora todavía más.

—Sí. Pero después, el dueño de la casa regresa y les sirve un té. Entonces les dice: «No tengo más que pan, mantequilla y pepinos…». Pero como Ana y Diana tienen mucha hambre, aquel pan con mantequilla y pepinos les resulta delicioso. La verdad es que suena delicioso, pensé. No es que yo sea un experto en *Ana la de Tejas Verdes*, ni tampoco pretendo ser un entendido en novela, pero me pareció que en esa escena, quizá solo en esa, realmente conseguía transmitir tal cual la sensación de comer algo rico. En particular, la alegría que produce el comer.

—Ahora entiendo. Sí, creo recordar que así era.

—Le di muchas vueltas en la cabeza. Se me ocurrió que quizá aquello no fuera pepino tal cual, sino encurtido, como los pepinillos. Probé a leer una traducción diferente, pero ahí solo ponía: «Pan, mantequilla y pepino». No me parecía creíble que estuvieran comiendo pepino crudo sin más. Así que decidí pensar por mí mismo y este es el resultado. Un sándwich a base de pan, mantequilla y pepino. Pero, como solo con eso sin duda es algo pobre, he añadido también otro sándwich a base de pollo asado. Seguro que así se parece bastante a lo que ellas comían. Adelante, que aproveche.

—Muchas gracias. *Itadakimasu*[3].

Se veía algo de color verde insertado entre el blanco y tierno pan. Cuando probó el primer bocado, ciertamente sabía a pepino y mantequilla, cuyo aroma se extendió por toda la boca. Era un sabor sencillo, pero intenso.

—Está muy bueno, señor Kinoshita, realmente bueno. Parece increíble que solo con pan, mantequilla y pepino tenga tanto sabor.

—Gracias. En cuanto al pepino, me he limitado a cortarlo muy finito y macerarlo con un poco con sal.

A continuación dio un bocado al sándwich de pollo asado.

—Este también es muy bueno. El pollo está muy jugoso.

—El pollo es pechuga asada nada más que con sal y pimienta y luego lo he rociado un poco con aliño de ensalada a la francesa y metido en el pan. Todo muy fácil.

—Sí, ambos sándwiches tienen sabores sencillos, pero dejan ver que los ingredientes de partida son buenos y conservan su sustancia original.

—Creo que en la época en que se sitúan las novelas, así debían de ser las comidas. De todas formas, puede que una novelista como Montgomery, que se casó con un sobrio pastor presbiteriano, no gustara de escribir líneas y líneas detallando los sabores de las comidas. Estoy seguro de que eso también influyó.

---

3. Palabra de trasfondo religioso, que expresa el sentimiento de gratitud hacia los alimentos, cuya vida se ingiere.

—No lo había pensado…

En el plato de los sándwiches había también un platito minúsculo con unos pocos guisantes.

Cuando Otoha se los llevó a la boca percibió que, además de estar bien cocidos, despedían un suave sabor a mantequilla.

—Son guisantes salteados con mantequilla. En el momento final, les he espolvoreado un poco de azúcar. ¿Recuerdas? Cuando invitan a la señora Morgan a Tejas Verdes, Ana echa demasiada azúcar y echa a perder lo que habían preparado, ¿verdad?

—Señor Kinoshita, realmente se ha leído usted bien esos libros… Mejor que yo.

—Bah, solo las partes donde mencionaban cosas de comer. Como tenía que preparar algún menú relacionado, me puse a buscar como un descosido.

Como de costumbre, al finalizar la cena, le preparó un café. Pero, además, le trajo otro platito con un dado de color marrón tamaño mediano.

—¿Esto qué es, señor Kinoshita?

—Chocolate con caramelo.

—¿Eh? ¿Esto? ¿Del que hablaba Ana? ¿Ese que se moría de ganas por comer?

—Ese mismo.

—Uf… De niña siempre intentaba imaginarme qué sabor tendría. No paraba de pensar en ello. Cuando comí las bolitas de chocolate con sabor a caramelo de Morinaga, me pregunté si sería algo así. Pero seguro que el de Ana no se parecía a ningún sabor que vendieran en Japón.

Otoha, con dos dedos a modo de pinza, recogió aquel dado y se lo echó a la boca.

Nada más entrar en la boca, el dulce comenzó a deshacerse, dejando al final un regusto donde se mezclaban a partes

137

iguales el sabor a chocolate y a caramelo. Se parecía un poco al caramelo líquido con sabor a chocolate que estuvo de moda hace unos años, pero en el caso de ahora se notaba también el sabor de la leche, que le daba un punto mejor.

—¡Qué bueno! —exclamó Otoha mirando hacia Kinoshita como impulsada por un resorte—. Señor Kinoshita, debería sacar esto a la venta. Aunque sea solo aquí. El nombre podría ser «El chocolate con caramelo de Ana la de Tejas Verdes». O mejor venderlo por internet. Seguro que sería un exitazo.

—Ni hablar. ¿Sabes el trabajazo que me supondría eso? Hoy he venido una hora antes de lo habitual y me he pasado un buen rato removiendo la cazuela.

Kinoshita imitó con el brazo el movimiento de remover la cazuela.

—Vaya… No sabía que fuera tan farragoso de preparar…

—Pues sí. Bastante pesado.

—Bueno, pero vuelva a prepararlo alguna vez, por favor.

—¿Tanto te ha gustado?

—¡Sí!

Entonces Kinoshita le puso otros tres dados en el plato.

—Oh, muchas gracias. ¿Le importa que me tome solo uno y lleve los otros dos a Ako y Masako? Seguro que se llevarán una alegría.

Kinoshita le trajo dos más.

Otoha regresó a la sala de clasificación y le dio a Ako y Masako dos dados de chocolate con caramelo a cada una. Les habló de lo que le había contado Kinoshita.

—Está muy bueno.

—Cierto.

Las dos se comieron los dulces con cara de felicidad y Ako preparó para la ocasión un nuevo té verde.

—La verdad es que yo también probé a hacer el chocolate con caramelo, y dos veces —confesó Ako.

—¿Eh? ¿De verdad? —se sorprendió Otoha.

—La primera vez fue hace muchísimo tiempo. Puede que fuera la misma receta que ha utilizado Kinoshita. Porque yo también lo preparé mirando *La libreta de cocina de Ana la de Tejas Verdes*. Si no me equivoco, creo que ese libro salió hace ya más de cuarenta años.

—¿Sí? ¿Hace tanto?

—Primero se prepara el tofe. Me costó un horror. Había que reunir también varios ingredientes. Leche condensada, mantequilla, azúcar, melaza y no sé qué más.

—Kinoshita también me ha dicho que le dio mucho trabajo.

—Hay que ir pesando cada ingrediente, luego los mezclas y los pones a cocer en una tartera durante más o menos una hora. Hasta que se vuelva de color marrón claro. ¿Os acordáis? En *Ana la de Tejas Verdes* hay un momento en que Ana y Diana se ponen a prepararlo y se les quema. Ahí lo cuenta.

—Sí.

—Terminé con la cocina toda pegajosa de leche condensada y melaza, pero me quedó impresionantemente bueno. Luego consistía en dejar chorrear chocolate sobre ese tofe y con eso ya estaba el pastel.

—Conque así se prepara….

—La segunda vez fue un poco antes de entrar a trabajar aquí. Se había puesto de moda el caramelo líquido, ¿verdad? ¿Os acordáis?

—Sí, lo recuerdo. Uno que hacían en una granja de Hokkaido.

—Exacto. Entonces tuve la idea. Pensé que ese caramelo debía de ser algo muy parecido al tofe. Y entonces probé a hacer una vez más el dulce en casa usando ese caramelo. Mirando el mismo libro y con la misma receta…

—Menudo trabajo…

—En esa ocasión no fue para tanto. La primera vez tuve que estar pesando ingredientes tan pegajosos como la melaza o la leche condensada en una balanza y luego ir trasladándolos a la tartera. Pero ahora hay unos pesos de cocina digitales muy prácticos. Puedes poner directamente la tartera encima, ir echando ahí los ingredientes y obtener el peso exacto. Además, ahora las tarteras son de teflón, mucho mejores. Fue toda una sorpresa ver que lo podía hacer en tan poco tiempo y sin manchar la cocina.

—Pero Kinoshita me dijo que había sido terrible…

—Bueno, por supuesto que sigue siendo necesario estar removiendo la mezcla, pero quiero decir que, comparado con lo de antes, ahora es mucho más cómodo.

—Ah, ya entiendo…

—Pero la verdad es que no me quedó igual.

—¿Muy diferente?

—Como la primera vez me había parecido buenísimo, lo preparé con mucha ilusión y puse el mayor de los cuidados. Lo eché en un molde, lo dejé enfriar, luego lo corté en cuadrados con un cuchillo caliente y, cuando por fin me lo llevé a la boca…

—¿Sí?

—No tenía muy buen sabor

—Oh…

—Tampoco es que supiera mal, pero no estaba tan bueno como el de la otra vez. No era un sabor con el que te quedaras extasiada, como me había pasado antes. El otro tenía un sabor que te lo quitarían de las manos entre todos.

La última la frase sonó como un pesaroso murmullo.

—Bueno, pero es que además era tiempos muy diferentes —intervino Masako—. Ahora puedes comprar muchas cosas ricas.

Otoha se preguntó dubitativa si a eso se reduciría todo. Tenía la sensación de que Ako había intentado expresar algo mucho más importante. Pero, cuando estaba a punto de hablar, su mirada se cruzó con la de Masako y entonces meneó levemente la cabeza en gesto negativo. Entonces, ya no dijo nada.

—Sí, quizá eso también —concedió Ako con una sonrisa.

—Oye, entonces prueba a hacerlo otra vez —pidió Otoha—. El chocolate con caramelo o solo el tofe, da igual. Cuando vayamos a casa de Minami a ver la serie de *Ana de las Tejas Verdes*. Bueno, solo si te apetece y no te da mucho trabajo, claro.

—Lo pensaré —contestó Ako con una risita.

Algo le dijo a Otoha que nunca iba a poder comer caramelo preparado por Ako.

El ejemplar de dueño desconocido de *Colegiala* quedó en el anaquel de objetos perdidos de la recepción. Casi sin pretenderlo, todos los encargados de atender lo ojeaban cuando no acudían visitantes.

—Está bien este libro, ¿verdad? —comentó una vez Minami, que era quien lo leía con más frecuencia—. Estoy segura de que debo de haberlo leído una vez cuando estudiaba el bachillerato, pero, como entonces no me causó ninguna impresión particular, se me había olvidado.

—No me digas… —contestó Otoha.

—Sí. Quizá en aquella época todavía me costaba entenderlo y solo pensaba: «No son más que historias de mujeres desgraciadas, qué deprimente». Pero releyéndolo ahora, llega muy adentro.

—Ya lo creo —asintió Otoha.

—Hay un montón de párrafos donde piensas: «Comprendo muy bien cómo se siente ella». Recuerdo que antiguamente sentí un poco de vergüenza al leerlo. Me parecía como si expusieran a la luz del día mis defectos. Pero ahora, en cambio, se me cala hasta lo más hondo.

—¿Cuál era entonces tu título favorito de Dazai?

—Quizá *Cuentos de cabecera*…

—Ah, claro, lógico. Por tu carácter alegre.

—¡No tengo nada de alegre!

Lo dijo en una voz tan alta que Otoha se sorprendió.

—Eh… bueno, perdona.

—No, no, perdóname tú. Es que como nunca me lo habían dicho, me he sobresaltado un poco.

Minami se había disculpado enseguida, pero Otoha continuó un tiempo pensando que su reacción fue un tanto extraña.

Varias semanas después, llegó una petición inusual a la biblioteca nocturna.

Todo el personal recibió el siguiente correo electrónico por parte de Sasai:

Hay un asunto que me gustaría discutir con todos ustedes, por lo que desearía celebrar mañana una reunión. Por favor, acudan todos a las cuatro a la sala de reuniones del primer piso.

Cuando Otoha entró en la sala de reuniones a las cuatro de la tarde, vio que las sillas y mesas estaban dispuestas en círculo y que Sasai y Tokai ya se encontraban allí. Mientras

Otoha colocaba sus cosas en el sitio del extremo más cercano a la puerta, fueron entrando Tokuda, Masako, Ako y Minami. No había ningún orden determinado para los asientos, pero como si existiera un consenso, los de mayor edad y los que llegaban antes iban ocupando las sillas del fondo.

La sala de reuniones era de construcción sencilla y lo único que había en ella eran las sillas y las mesas. Si alguna vez había muchos asistentes, se utilizaba la sala de visitas del segundo piso. Por cierto que todavía seguían en un rincón de dicha sala las cajas con los libros de Tadasuke Shirakawa. Habían transcurrido casi dos meses sin hallar la ocasión de devolverlos al almacén, así que estaban tal cual.

—No hacemos con frecuencia estas reuniones, pero hoy quería preguntar la opinión de todos ustedes sobre cierto asunto —comenzó Sasai tras aguardar a que todos se sentaran—. Bueno, lo he llamado reunión, pero se trata solo de preguntar sus opiniones.

—¿Sobre qué? —preguntó Tokai sonriendo—. Solo porque nos convoque, ya se pone uno nervioso.

Todos asintieron mostrando su acuerdo.

—Siento haberles preocupado.

A pesar de disculparse, la expresión de Sasai apenas varió.

—Pero, realmente me gustaría que dijeran su opinión sin cohibirse, porque se trata de algo que no puedo decidir yo solo.

Pero si este hombre siempre resuelve todo con serenidad, ¿qué será lo que no puede decidir solo?, se preguntó Otoha sintiéndose más intranquila todavía.

—Y entonces, ¿de qué se trata? —inquirió Tokuda empezando a perder la paciencia.

—Perdón. Primero quisiera explicarles los hechos. La verdad es que nos han comunicado que quieren donarnos los libros que tuvo en vida Mizuki Takashiro.

—¿Eh?

—¿Nada menos que Mizuki Takashiro?

—¿En serio, Mizuki Takashiro?

Se oyeron varios comentarios de esta clase entremezclados aquí y allá, pero los más entusiastas provenían sobre todo de los empleados más jóvenes. Masako y Ako, por ejemplo, se limitaron a un lacónico «Ah, ¿sí?».

Otoha se sentía con ganas de decir algo, pero se le había hecho un nudo en la garganta y era incapaz de abrir la boca.

—Eso puede convertirse en algo tremendo —opinó Tokai muy excitado—. La clase de notición que no teníamos desde los tiempos de Ryoichi Kaito. Yo mismo, sin ir más lejos, ardo en deseos de ver qué clase de libros leía.

—Un poco exagerado, ¿no? —dijo Masako—. No vayamos a comparar con Kaito... Takashiro todavía era joven y además el otro fue candidato al Premio Nobel de Literatura.

—Pero en popularidad quizá incluso lo supera. Existe una gran cantidad de lectores jóvenes apasionados por sus obras. Y no solo la popularidad, sino que ha demostrado escribir muy bien. Ahí están las nominaciones al Premio Akutagawa y al Premio Naoki, y además también ha recibido algún premio en el extranjero. De hecho, yo pensaba que sería el próximo Premio Nobel de Literatura aportado por Japón. Su estilo era estupendo, ya se tratase de ciencia ficción, misterio, terror o literatura dramática.

—Cierto...

La conversación entre los presentes se animaba, pero Otoha continuaba sin poder pronunciar palabra. Entonces, sintió que las lágrimas afloraban y comenzaban a correr por las mejillas. Por fin, consiguió hablar.

—Un momento, por favor...

Al oír su voz, por primera vez todos miraron hacia Otoha. Entonces advirtieron que estaba llorando y la mirada se convirtió en una de sorpresa.

—Pero ¿estás llorando, Otoha? ¿Qué te pasa? —preguntó Ako—. No me digas que… ¿tanto te gustaba Mizuki Takashiro?

Otoha todavía no podía articular bien las palabras y agitó la mano delante de la boca como negando.

—No… No… Es solo que yo…

Se limpió las lágrimas con los dedos.

—Es que… ¿quieren decir que Mizuki Takashiro ha muerto?

—¿No lo sabías? —dijo Minami mientras alargaba hacia ella un pañuelo—. Hace unos tres meses salió en las noticias. ¿No te enteraste?

Otoha aceptó el pañuelo en silenció y se enjugó en torno a los ojos.

—Algo oí. Claro que lo oí. Pero no me lo creí. Me pareció que no podía ser verdad.

Otoha aspiró ruidosamente el agüilla de la nariz. Entonces Ako, que se sentaba al lado contrario de Minami, le dio unas servilletas de papel. Otoha se sonó la nariz sin importarle que hubiera gente delante.

—Pensé que seguro que Takapon estaba otra vez… Bueno, nosotros los fans lo llamábamos «Takapon», si es que puedo emplear ese nombre. Me pareció una de esas bromas que solía hacer, en plan cachondeo. Quizá alguna estrategia publicitaria para su próximo libro, una manera figurada de hablar para luego presentarse con otra personalidad… Estaba segura de que habría alguna razón que luego haría pública.

—¿Cómo iba a difundir la noticia de su muerte para publicitar un libro? —objetó Masako con toda lógica—. Ni siquiera alguien como Takashiro haría algo semejante. Salió la noticia hasta en la prensa seria, en los periódicos de gran tirada.

Mizuki Takashiro era un autor que ocultaba su identidad.

No revelaba ni la edad ni el sexo. No circulaba ni una solo foto suya y, por supuesto, nunca había aparecido en público.

145

No acudía ni a las ceremonias de los premios ni a las subsiguientes fiestas. Únicamente escribía novelas, y no había ensayos ni entrevistas suyas, tampoco ni la menor presencia en redes sociales. Solo trabajaba con una editorial y, por lo que se decía, el redactor encargado de sus libros era siempre el mismo.

A juzgar por su estilo, la opinión mayoritaria era la de que debía de tratarse de un hombre de treinta y tantos años. Pero también tenía no pocas obras escritas desde un punto de vista femenino y una célebre escritora de mediana edad sostuvo con firmeza en cierta ocasión: «Creo que Takashiro es una mujer. Si no, hay muchas partes en sus libros que no hubiera podido escribir», generando cierta controversia en las noticias.

—Ya, pero es que tampoco salía nadie diciendo que hubiera ido al funeral de Takapon, ni nadie que declarase haberlo conocido, ni tampoco decían nada de la causa de muerte. De hecho, ni siquiera se sabe todavía el nombre del redactor encargado de sus trabajos. Entiendo que esas cosas no llegaran al público general, pero yo trabajaba en una librería y nunca escuché el menor rumor acerca de ello. ¿No es todo muy raro?

Otoha se dio cuenta de que todos la miraban como un caso perdido. Pensó que debía controlar un poco más sus emociones, pero aun así le fue imposible contener el chorro de palabras que continuaba brotando de sus labios.

—Takapon era lo que se llama un «autor enmascarado» y no proporcionaba la menor información acerca de sí, pero era una persona amable con sus fans. Basta con leer sus libros para darse cuenta. Me parecía imposible que de pronto se muriera así sin más...

Y como colofón, añadió:

—Todavía no puedo creer que realmente haya muerto.

—No sé qué decir, lo siento mucho —murmuró Sasai bajando levemente la cabeza.

—No, discúlpenme a mí. Me he exaltado demasiado.

—No sabía que fuera una fan hasta ese punto, Higuchi-san —dijo Tokai con voz cariñosa forzando una sonrisa.

—Tampoco es que fuera una fan acérrima. Pero el día que debutó Takapon los fans lo celebramos como una fiesta de cumpleaños…

—Muy bien, entendido —cortó Sasai con voz seria.

Lo dijo con un tono tan curioso que todos se rieron. Incluso Otoha sonrió a pesar de su rostro lloroso.

—Gracias a Otoha yo también he entendido lo popular que era Takashiro —terció Masako—. Así que era un autor impresionante…

—Vaya, nosotras no pensábamos que fuera para tanto —intervino Ako.

—Entonces, el asunto que quería consultarles no es otro que el de sus obras. Es muy de agradecer que nos cedan sus libros, pero apenas han pasado dos o tres meses desde su muerte. ¿Sería conveniente exponerlos tan pronto al público?

—En la práctica, entre que los recogemos y los clasificamos… —empezó pensativa Masako—. Entre unas cosas y otras sacarlos al público sería, como muy pronto, seis meses después de su muerte. Ahora tenemos un poco de atasco.

—Sí, por supuesto. Pero me pregunto si aun así no será demasiado pronto. Sin ir más lejos, viendo la reacción anterior de Higuchi-san creo que se darán cuenta, pero el caso es que se trataba de un autor inmensamente popular. Y ha fallecido dejando tras de sí muchos interrogantes. Si exhibimos los libros al público, seguramente acuda un gran número de gente. Y eso puede generar un alboroto tremendo. Y ni qué decir que muchas posibilidades de robo también.

—Claro, ahora entiendo qué es lo que le preocupaba —comentó Tokai asintiendo—. Los robos, hasta cierto punto, se pueden evitar. Se acondiciona una sala, se impone un estricto control sobre las entradas y salidas, se prohíbe entrar con objetos personales, etcétera. Por supuesto, siempre tiene que haber alguien vigilando.

—Sí, la cuestión de los robos, más o menos se puede solventar —reconoció Sasai—. Pero lo que más me preocupa es el problema de si realmente deberíamos exhibir esos libros. Los libros de cada cual son, en el fondo, información privada en grado sumo.

—Ah… —se le escapó a Otoha. Se puede saber muchas cosas a partir de ellos, ¿no?

—Efectivamente. Por ejemplo, si era hombre o mujer, la edad que tenía… En suma, se puede filtrar mucha información que Takashiro no deseara dar a conocer. Lo más inmediato, por supuesto, sería que se supiera los libros que le gustaban. Podrían salir a la luz muchas cosas todavía cubiertas por el velo del secreto.

—Pero sus deudos están conformes con que todo eso se exhiba, ¿no? —razonó Tokai—. ¿O es que Takashiro dejó escrita su voluntad antes de morir?

—De esos deudos, con quien yo he podido hablar es solo con su hermana menor. Y esa conversación fue un poco imprecisa...

—¿Imprecisa? —preguntó Otoha.

No parecía una palabra muy propia de Sasai, pensó ella. Sasai no era dado a las ambigüedades.

—Fui yo quien atendió su llamada, pero no la he visto en persona, y cuando hablaba se mostraba muy alterada. Me dijo que, fuera como fuera, nos encargásemos de quitarle esos libros de encima porque le hacían «daño a la vista».

—¡Que le hacían daño a la vista! —exclamó Otoha.

Solo había repetido lo que había dicho Sasai pero, sin palabras, ahí estaba incluido un «Qué impertinencia es esa de que hace daño a la vista; por muy hermana suya que seas, no te lo perdono». Y, a juzgar por las caras, ese mudo sentimiento se transmitió a todos los presentes.

—Bueno, en realidad, antes de eso, primero me contactó aquella editorial que era la única que trataba con Takashiro. Me dijeron que había fallecido de repente y que los herederos querían deshacerse de todas sus pertenencias. Y que, si no trataba antes alguien con ellos, eran capaces de venderlo todo de cualquier manera de un día para otro porque no querían ni verlo. Me preguntó entonces si tenía alguna sugerencia. Aquel hombre tampoco estaba en situación de tomar una decisión inmediata, pero reconocía que era una lástima que la colección de libros de un autor como Takashiro terminase desperdigada a los cuatro vientos. Después me pidió si podíamos hacernos cargo de ellos, aunque fuera de forma temporal.

—Conque así fue la cosa...

—Por parte de la editorial también andan un tanto confusos. No quieren que los libros se desperdiguen, pero tampoco tienen sitio donde guardarlos y tampoco se han enfrentando nunca a un problema similar, por lo que, según me dijeron, no saben qué hacer.

Otoha recordó que la editorial que publicaba las novelas de Mizuki Takashiro era una compañía relativamente pequeña y que por eso mismo el redactor al cargo podía ser invariable y se podía mantener el secreto con respecto a la identidad del autor.

—Entonces, por eso hablé en persona con la hermana menor. Bueno, un caso como este es algo que sucede muy raras veces, pero me dijo que deseaba que fuéramos a su casa a llevarnos las cosas. Y que, si íbamos nosotros mismos y nos encargábamos también de empaquetar todo, nos lo regalaba. Por otra parte...

Sasai pareció dudar unos momentos antes de seguir.

—No sé si debo hablar de esto, pero, por así decir, esa hermana es... una persona un poco excéntrica...

Si solo con una llamada de teléfono Sasai ya se ha llevado esa impresión, es que la mujer debe de ser todo un personaje, pensó Otoha.

—Me pareció que si un buen día le daba por deshacerse de todo, realmente lo haría sin esperar un minuto.

—Entonces, ¿dónde está la duda, señor Sasai? —preguntó Tokuda, que llevaba largo tiempo callado.

—Bueno, tanto como duda... Es que quiero saber qué opinan ustedes. Se trata de un asunto que nos puede afectar demasiado. Lo cierto es que no sé de donde habrá salido el rumor, pero ya he atendido un par de llamadas de medios de comunicación pidiendo que en cuanto abramos la exposición les avisemos para venir a hacer un reportaje enseguida. Y también un periodista por cuenta propia que nos ha pedido que le enseñemos la colección antes de que se abra al público. Al parecer, lo que les interesa a todos es confirmar si a partir de los libros se puede averiguar su sexo, edad o gustos.

—Pues le podían preguntar directamente a esa hermana... —comentó Tokuda—. ¿No ha ido nadie a entrevistarla?

—Por lo visto, la editorial está haciendo de barrera —contestó Sasai con una sonrisa amarga—. Han explicado a la hermana que es mejor mantener el misterio sobre la identidad de Mizuki Takagi y que de esa manera se seguirán vendiendo bien sus libros. Están procurando que los medios de comunicación no se acerquen a ella, y la mujer, en principio, está de acuerdo en que así sea. Pero aun así, tiene prisa por deshacerse de la casa y de las pertenencias y en eso no hay quien la haga entrar en razón. Quiere dejar la casa vacía y venderla cuanto antes.

—Parece una mujer de mucho cuidado —se rió Tokai. Cuando trabajaba en una librería de segunda mano, a veces asistía a esas «operaciones de limpieza» de libros de algún difunto, por lo que más o menos me hago a la idea.

—Ah, sí, ahora recuerdo que nos comentó que había trabajado en una tienda de libros de ocasión —murmuró Sasai.

—Sí, son escenas muy frecuentes. Los herederos desconocen el valor de los libros y suelen venderlos todos juntos de cualquier manera. Bueno, no solo los libros, pasa con todos los objetos de coleccionista.

Tokai se giró hacia Sasai.

—Si ya han transcurrido tres meses del fallecimiento, en una situación normal tendríamos que ya ha pasado la ceremonia budista del cuadragésimo nono día, y que ahora estamos en el periodo de decidir dónde enterrar las cenizas o cómo se reparte la herencia. Por ejemplo, si el difunto tenía deudas y uno quiere renunciar a la herencia, ese es más o menos el plazo que tiene y quizá todavía haya muchas cosas sin decidir acerca de quién hereda qué.

—Normalmente, así sería —contestó Sasai.

—¿Y Takashiro no tenía más herederos aparte de esa hermana?

—Eso me han dicho.

—Creo que, en principio, es mejor averiguar bien eso, porque, si no, luego pueden surgir problemas. Si aparece otro heredero diciendo que le devolvamos los libros o algo similar, se armará un gran revuelo. Y todavía más si ya hemos estampado en ellos nuestros sellos.

—Ah, por cierto —intervino Ako haciendo gala de su papel de clasificadora—. Si el autor ya no vive, también tendríamos que deliberar con esa hermana el diseño del sello que vayamos a poner.

—Qué lata, no para de surgir un problema tras otro —se quejó Minami mientras alzaba las manos para sujetarse los parietales como si le doliera la cabeza.

—Pero, tenemos que hacernos cargo de esos libros —defendió Otoha con vigor, incapaz de aguantar más—. Creo que de momento debemos ir a por ellos sin dudarlo.

Dijeran lo que dijeran los demás, en eso no quería dar su brazo a torcer. La muerte del maestro le había traumatizado, pero si era verdad, ellos eran los más indicados para hacerse cargo de sus libros.

—Solo han pasado dos meses desde que trabajo en esta biblioteca, pero he visto que aquí existen los conocimientos necesarios para tratar esa clase de colecciones de libros y, sobre todo, cuantos trabajamos aquí somos unos enamorados de la literatura y de los autores. Yo misma, como fan del autor, deseo que sean mis compañeros quienes se encarguen de sus libros. ¡Porque confío en todos ustedes!

Todos se miraron unos a otros, empezando por Ako y Masako, y sonrieron. Pareció como si el ambiente de la sala de pronto se hubiera distendido.

—Gracias por tus cumplidos —dijo Masako.

—Por supuesto que yo tampoco tengo nada que objetar a eso —replicó Minami con un tono más tranquilo que lo que parecía indicar su gesto de antes—. Va a ser una tarea muy pesada y complicada, pero el valor de sus obras realzará también el de nuestra biblioteca.

—¿Y qué piensa el dueño de todo esto? —preguntó Masako.

Ahora, aunque en menor medida que al comienzo de la reunión, volvió a tensarse el ambiente.

—El propietario, básicamente, está de acuerdo en que aceptemos la donación, pero, como es un asunto que va a tener varias ramificaciones y nos va a implicar a todos, quería que les preguntase también su opinión. Por eso he organizado esta reunión. Cuando terminemos, le informaré de sus pareceres.

Sasai había recuperado la seriedad inicial y paseó la vista por los presentes.

—Bien, entonces, por el momento todos están de acuerdo en que vayamos a recoger los libros, ¿verdad?

Todos asintieron en silencio. Pero las maneras de asentir fueron muy diferentes. Algunos, como Otoha, lo hicieron enérgicamente, mientras que en otros casos a veces llegaba a ser un movimiento casi imperceptible y en el de Tokuda se detectaba incluso malhumor.

—Puede que en un futuro nos surja un problema similar al del maestro Shirakawa y apenas tenemos experiencia de ir nosotros directamente a la casa a por los libros. Además, todavía no sabemos qué cantidad puede haber, así que hay varias incertidumbres... Lo único que ha dicho la hermana es que «hay muchos».

—Pero no solo eso —intervino Ako—. Para una persona que lee libros y para una que no lee, ese «muchos» no es la misma cantidad.

De nuevo, todos volvieron a asentir.

—Ya hablaremos más adelante de si los exhibimos o no y cómo. Seguramente, tendremos que deliberarlo también con la editorial.

—¿Cuándo vamos a por los libros?

—Creo que cuanto antes, mejor. Según la impresión que me llevé, esa mujer puede cambiar de idea en cualquier momento. Si es posible, hoy mismo, y si no, mañana o como muy tarde, pasado mañana. Voy a llamar después a la hermana, pero, como anochecerá dentro de nada, lo más probable es que me diga que mañana por la mañana.

Sasai miró hacia Tokai.

—Señor Tokai, me gustaría que viniera sin falta. Creo que es quien tiene más práctica en estos casos.

—Por supuesto, no tengo inconveniente —repuso el aludido.

—¡Déjeme ir a mí también!

Otoha gritó a pleno pulmón. Pensó: *Si de verdad Takapon ha muerto, sería muy triste. Pero, si de verdad ha muerto y no los acompaño ahora, me arrepentiré toda la vida....*

—Bien, pues… —comenzó Sasai intentando salir del embarazoso trance—. Creo que lo mejor es que vayamos los hombres, porque es un trabajo pesado. Y no sabemos la cantidad de libros que puede haber.

Otoha pensó que estaba mintiendo. La prueba era que cuando fueron a recoger los libros de Shirakawa, fue el propio Sasai quien le sugirió que participara.

Tokai intervino con voz serena.

—Es un trabajo duro. En las reliquias de un difunto persiste mucho más de lo que creemos el espíritu del mismo. Si se trata de un fan de ese autor y todavía más de un fan tan apasionado como para llorar su muerte de esa manera, existe la posibilidad de que pierda el control ante sus pertenencias. Por añadidura, no sabemos qué actitud van a adoptar los familiares del difunto y no debemos alterar sus nervios.

—¡No voy a provocarlos! Prometo que no perderé la sangre fría. Y, además, ¿no creen que es mejor que haya una mujer en el grupo? No sé en qué situación se hallará ahora la casa de Takapon, pero, si esa hermana se encuentra sola, puede que se asuste al verse rodeada de hombres. Y también puede haber lugares en los que solo pueda entrar una mujer.

Otoha encadenaba una razón tras otra en un intento desesperado de convencerlos.

—Ciertamente, tiene su parte de razón —asintió Sasai. Bien, entonces prométanos que no se va a echar a llorar. Si lo hace, tendrá que salir fuera de la casa y encargarse solo de llevar las cajas desde la puerta hasta el coche.

—De acuerdo.

—Aparte, me gustaría que viniera usted también, señor Tokuda —dijo Sasai mirando al interesado—. Los hombres podemos cargar con más cosas.

—No hay problema… —contestó Tokuda inexpresivo.

—También tengo intención de pedir a Kuroiwa, el detective de la biblioteca, que nos acompañe, porque ese hombre sabe mucho de cuestiones legales. Puede quedarse en el coche por si lo necesitamos.

—Si hace buen tiempo, podríamos llevar un camión ligero de caja abierta, puesto que no sabemos la cantidad de libros que habrá. Voy a preguntar a un amigo de los tiempos de la librería de segunda mano si nos lo puede prestar.

—Sí, por favor.

Finalizada la reunión, Sasai llamó a la hermana de Takashiro y acordaron que irían a primera hora de la tarde del día siguiente.

Cuando Otoha llegó después del mediodía siguiente frente a la biblioteca, ya estaban allí los miembros acordados: Sasai, Tokai, Tokuda y Kuroiwa. Junto a ellos, el HICE de la otra vez y un viejo camioncito de caja abierta.

—Bueno, ¿salimos? —dijo Sasai.

Tokai miró a Otoha.

—Higuchi-san, ¿le importa venir hoy en el camión? Es una experiencia agradable y además me gustaría hablarle de algo por el camino.

—De acuerdo.

Otoha se subió al camión mientras se preguntaba qué sería aquello de lo que Tokai quería hablarle.

—Bueno, espero que trabajemos a gusto juntos.

—Igualmente.

La tarde anterior Tokai se mostró bastante severo con ella, pero hoy había dado un giro de 180 grados y parecía de un excelente humor.

—Y… ¿de qué quería hablar conmigo? —preguntó Otoha en cuanto el camión se adentró en la carretera nacional.

—Ah, pues primero quería pedir disculpas por lo de ayer. Creo que lo que dije fue un poco fuerte.

Tokai la miró de reojo y luego sonrió.

—No tiene importancia. Yo también estaba muy alterada… Me avergüenzo de ello.

—Bueno, qué se le va a hacer… Siendo fan hasta ese punto…

—Por supuesto que entiendo que se ha muerto y, después de los momentos tan tristes que pasé al saberlo, ya me había recuperado. Pero ayer, al salir de pronto su nombre otra vez, me hallaba desprevenida y por eso…

—Sí, entiendo…

—Además, ni se ha informado de la causa de la muerte, ni de ningún otro detalle… Puede que, a pesar de lo que yo creía, todavía no hubiese terminado de asimilarlo.

—Ya…

Durante un tiempo reinó el silencio. Cuando se produce la muerte repentina de una persona joven, y más si se trata de un escritor, es inevitable que dé que pensar. Por ejemplo, si acaso no escogió la muerte por sí mismo.

—En fin, más que eso, de lo que quería hablar es de algunos puntos con los que hay que tener cuidado cuando lleguemos hoy a esa casa.

Tokai hablaba ahora con tono jovial.

—Sí, gracias.

—Ni qué decir tiene que antes le he hablado a los demás de ello. Pero me gustaría que lo escuchara usted en especial.

—¿Porque soy fan del autor?

—Efectivamente, eso también. La hermana de Takashiro, con toda probabilidad, será más o menos de la misma edad que usted. Por eso, creo que siendo ambas mujeres de una edad parecida, quizá estén muy pendientes la una de la otra.

—Sí, a veces pasa…

—La verdad es que no sabemos nada concreto. No tenemos ni idea de cómo se va a comportar ella. Quizá el hecho de que haya una mujer de su misma generación haga que esté más tranquila o quizá sea justo lo contrario.

—Entiendo. ¿Qué cree que debería hacer yo?

—Pues actuar con perfil bajo, pase lo que pase. De esa manera, se comporte como se comporte la hermana, podrá concentrarse en el trabajo, que es de lo que se trata.

—De acuerdo.

—Aparte, como sucede cada vez que se va a trabajar a casa de un extraño, tener cuidado con la manera de mirar.

—¿La manera de mirar?

—Eso es, las miradas. Por ejemplo, que no parezca que uno está inspeccionando las habitaciones, ni quedarse mirando nada ni a nadie demasiado tiempo.

—No voy a hacer nada de eso… —contestó Otoha sin poder evitar una risa.

—No es que crea que usted es esa clase de persona, pero, aunque a veces no seamos conscientes, la gente que recibe a otros en su casa es muy sensible a ese tipo de cosas. Todo indica que Takashiro y su hermana no vivían juntos, pero no sabemos en qué estado se encontrarán sus habitaciones. Lamento insistir en ello tantas veces, pero precisamente porque usted es una mujer de su misma generación, debe extremar el cuidado. Intente fijarse lo menos posible en el interior de la casa. Actúe sin mirar a ningún sitio en particular, como si agachara la mirada.

—Como si agachara la mirada…

—Eso.

Otoha exhaló un profundo suspiro.

—Perdóneme —se disculpó Tokai—. No pretendo ponerla en tensión.

—No importa.

—En fin, vamos a ver qué clase de casa es. Según la dirección es en la ciudad de Kawasaki, prefectura de Kanagawa. A ver qué más…

El pequeño camión no llevaba incorporado navegador. Aunque Tokai conducía siguiendo al coche de Sasai, que iba delante, echó un vistazo al papel con la dirección.

—Parece que es en el barrio de Musashi Kosugi —apuntó Otoha—. Quizá un piso dentro de una de esas torres de viviendas.

—Por la dirección parece algo así. Pero en ese barrio, si te alejas de la estación, hay bastantes casas independientes antiguas o edificios de apartamentos no tan altos.

—En el caso de Takapon me parece igual de probable que viviera en una torre de pisos que en una casa independiente.

—Eso me parece a mí también. Aunque yo solo he leído su primera novela.

Mientras mantenían ese tipo de conversación, el camión de Tokai y Otoha se fue acercando al barrio de Musashi Kosugi donde se concentraban las modernas torres de pisos.

—Pues, efectivamente, era una torre de apartamentos —dijo Tokai mientras veía cómo el coche de Sasai penetraba en el aparcamiento subterráneo del edificio de una urbanización con varios iguales.

A pesar de ser edificios de apartamentos, en la planta baja tenían cafeterías y restaurantes, por lo que también los no residentes podían usar los aparcamientos.

Tal y como hablaron el día anterior, Kuroiwa se quedaría esperando en el coche.

—El maestro Takashiro debía ganar bastante dinero —comentó Tokai con una sonrisa cuando, tras hablar con el portero, se metieron en el ascensor.

La vivienda en cuestión se hallaba en el piso más alto.

—¿Es verdad que en esta clase de edificios cuanto más arriba sea más caro es? —preguntó Tokuda parpadeando con nerviosismo.

Al parecer la tensión le afectaba también a él.

Nada más salir del ascensor, enfrente se veía la puerta de la casa de Mizuki Takashiro. El ascensor había sido programado de manera que solo pudieran usarlo a un mismo tiempo las personas que iban a una misma planta y en esa última solo había dos viviendas.

—Bueno, allá voy —dijo Sasai pulsando el timbre de la puerta.

Enseguida se oyó una voz de mujer, que sin duda era la de la hermana en cuestión.

—Sí…

La puerta se abrió despacio, como si pesara, y en el hueco apareció una mujer joven, vestida con un chandal. Iba sin maquillaje y la mirada parecía un tanto extraviada.

—Soy Sasai, hablamos ayer por teléfono…

Seguro que le habían avisado desde la portería, pero aun así Sasai volvió a presentarse.

—Sí, pase.

La mujer no dijo nada más y se adentró en la casa. Sasai se apresuró a sujetar la puerta, que ya se cerraba. Otoha pensó si tan desapasionado saludo se debería a que la mujer era antipática y maleducada o a que no estaba acostumbrada a tratar con la gente en esa clase de situaciones.

En cuanto estuvieron en el interior, Otoha se alegró de que Tokai le hubiera hecho todas aquellas advertencias. Comprendió a qué se debía la expresión ausente de la mujer. Tenía en la mano una lata de bebida que, saltaba a la vista y sin posibilidad de confusión, era alcohólica.

CAPÍTULO IV

Las sardinas cocidas y el tofu de Seiko Tanabe

En la casa del «escritor enmascarado», Mizuki Takashiro, se veía en primer lugar un largo pasillo y, al final, un amplio cuarto de estar. Una de las paredes de dicho cuarto era una cristalera, gracias a lo cual penetraba una gran cantidad de luz solar.

La hermana de Takashiro, con una lata de bebida alcohólica de las grandes en la mano, parpadeaba de vez en cuando, como intentando fijar la mirada en el personal de la biblioteca. Otoha pensó que, seguramente, debía de estar bebiendo a oscuras en otra habitación hasta un momento antes de que ellos llegaran.

Con la suerte que tenía de vivir en el piso más alto… Eso era lo que se llamaba un absoluto desperdicio.

—Entonces, ¿podemos empezar a meter los libros en las cajas? —preguntó Sasai.

La mujer asintió en silencio.

No hacía falta ni preguntar dónde estaban las estanterías. Una de las paredes de aquel salón estaba cubierta del suelo al techo por estanterías. Era un lugar fascinante. Otoha envidió poder vivir en una casa así. Entregarse a la lectura en una habitación con luz natural tan excelente durante el día o mientras se contempla el paisaje nocturno creado por las luces eléctricas durante la noche, debía de ser algo maravilloso.

—¿Hay estanterías en alguna otra parte? —inquirió Sasai.

—Claro que sí. En la habitación donde trabajaba y también en el dormitorio. Hasta en el retrete hay libros.

Al ver que Sasai ponía cara de sorpresa, la mujer se echó a reír.

—Ya le dije que había un montón, ¿no?

—Comprendido. Hemos traído todas las cajas de cartón que hemos podido, así que supongo que será suficiente, pero entenderá que necesitaremos tiempo.

—Adelante, como gusten.

Después de decir aquello, la mujer se sentó en un sofá de la sala de estar. Los sofás eran bajos y anchos, y estaban dispuestos en torno a una mesa igualmente baja. Parecía un lugar muy cómodo para descansar. Sin embargo, nada más sentarse, la mujer se arrebujó en el sofá, semiacostada.

—Avísenme cuando terminen.

Lo que había dicho Tokai respecto a tener cuidado con las miradas o a no mosconear por la habitación, resultó muy útil al principio, pero parecía que ya no iba a tener mucho sentido. La hermana menor de Takashiro había cerrado los ojos.

—Voy a empaquetar los libros que haya en el lavabo —dijo Otoha a Sasai en voz baja.

El hombre asintió en silencio.

Otoha escogió una de las cajas de menor tamaño y se fue a buscar el lavabo. Le pareció que bien podría ser la primera puerta que vieron nada más entrar y, efectivamente, así era.

El motivo por el que Otoha había pedido encargarse del lavabo era porque pensaba que los libros que hubiera allí seguramente solo le interesarían a los fans como ella. Y también por otra razón…

—¡Wow!

Tenía intención de no levantar la voz, pero se le escapó esta exclamación.

El retrete de la casa de Takashiro ocupaba una superficie de unos seis metros cuadrados. Y allí también, como en el resto de la casa, había estanterías del suelo hasta el techo, pero con baldas finas, para colocar sobre todo mangas y libros de bolsillo.

Como el cuarto en cuestión era relativamente amplio, no daba impresión de suciedad. No estaba claro si los libros que allí había eran para leer en ese mismo lugar o si es que, como el resto de la casa ya estaba invadido por los libros, había encargado poner allí esas estanterías porque no quedaba otro remedio. Seguramente era una mezcla de ambas cosas.

Encima de la puerta del retrete, como sucedía en las casas ordinarias, había un anaquel con un armarito para colocar artículos como el papel higiénico.

A Otoha le hubiera gustado comprobar qué había allí, pero se contuvo.

En cuanto a los mangas, la mayoría eran de títulos famosos como *One Piece*, *Las extrañas aventuras de Jojo*, *Guardianes de la noche*, *La máscara de cristal* o *Chibi Maruko*, y estaban las series completas. Pero a partir de esa selección, resultaba imposible determinar el sexo o la edad del propietario.

Como la primera caja que había traído se llenó enseguida, Otoha se fue a por otra.

En la sala de estar vio a Sasai y Tokai sacando libros de las estanterías.

—Oye… ¿qué vais a hacer con esos libros? —dijo la hermana tumbada en el sofá, hablando de manera cada vez más informal.

—Los vamos a llevar a nuestra biblioteca, a ordenarlos y después a exhibirlos.

—Eso ya lo sé. Pero ahora, nada más llevároslos, ¿qué vais a hacer?

—En primer lugar, les vamos a poner el sello de nuestra biblioteca y vamos a ir haciendo una lista con los libros que son.

—Aah…

Por lo visto lo preguntaba sin ningún motivo especial.

Otoha regresó al retrete y continuó metiendo libros en la nueva caja. Después, cuando ya estaba a punto de terminar, se sintió incapaz de aguantar más y abrió el armarito que había sobre la puerta. Lo único que había allí era papel higiénico de repuesto y varias cajas de servilletas de papel.

La tensión que sentía en los hombros desapareció. Sintió que Mizuki Takashiro seguramente era un hombre, como la mayoría de la gente opinaba.

Reanudó su trabajo de meter libros en la caja y entonces se abrió la puerta.

—¡Aaah!

Le dio un vuelco el corazón al ver que quien estaba allí era la hermana de Takashiro.

—¿Por qué te sobresaltas tanto?

—¡Perdón! ¿Deseaba usar los lavabos?

—No… Me preguntaba qué estabas haciendo y he venido solo a mirar. Ya me he cansado de mirar a los otros.

—Ah, ¿entonces puedo seguir?

—Adelante.

Mientras Otoha metía los libros en la caja, la hermana estuvo todo el rato a su espalda, recostada en la pared y mirando sin cesar.

—¿Porque eres mujer?

—¿Cómo? —se sorprendió Otoha al ver que de pronto la otra le hablaba.

—¿Te has presentado voluntaria para encargarte del retrete porque eres mujer?

—No, no tiene nada que ver…

—¿Tienes alguna idea preconcebida de que la limpieza de los lavabos ha de hacerla una mujer? A lo mejor de modo inconsciente…

—No…

No podía confesar que pidió encargarse porque era fan del autor y porque sentía una gran curiosidad por su identidad. Y, además, veía que, cuanto más le preguntasen, más se turbaría. Quizá era eso lo que pretendía la otra…

—Ahora que recuerdo, a los terroristas que detuvieron por matar a gente de manera indiscriminada, les obligaron a limpiar los retretes y hubo personas que protestaron diciendo que eso era una humillación y una forma de tortura, ¿verdad?

—¿Eh?

—¿No lo sabías?

—No, no tenía ni idea.

—Dicen que en los países de aquella gente los hombres no limpian los retretes. Por algún motivo religioso. Que lo consideran trabajo de mujeres y de esclavos. Por eso, aunque se trate de terroristas, decían que obligar a hacer eso a un hombre es tortura.

—Pues no lo había oído nunca….

—¿No es indignante? Nos obligan a las mujeres a hacer un trabajo propio de terroristas.

Después de decir aquello con asco, como si escupiera, la joven se esfumó.

Una extraña sensación de disgusto se extendió por todo el cuerpo de Otoha. Pero, al mismo tiempo, le pareció como si recordara algo muy importante que había olvidado.

Una vez empaquetados todos los libros que había en el lavabo, Otoha regresó a la sala de estar.

Todavía se encontraban allí Sasai y Tokai, empaquetando los volúmenes que llenaban las estanterías de la pared.

—¿Puedo echar una mano? —dijo Otoha al ver cómo los otros trabajaban sin parar.

—No, mejor, ¿podrías empaquetar los libros que haya en otras habitaciones? Tokuda está empaquetando en el cuarto de trabajo, pero a lo mejor hay libros por otros lugares.

Mientras Sasai le contestaba, Otoha sintió que alguien a su espalda la estaba mirando. Al darse la vuelta, vio que la hermana estaba allí.

—Sí, hay libros en otras habitaciones —dijo con rostro malhumorado.

—Entonces, ¿podría ir con usted comprobando el resto de habitaciones para empaquetar los libros que vea por allí? Disculpe la molestia… señora Takashiro.

Otoha sabía que Takashiro era un pseudónimo, pero no conocía otro nombre con el que llamar a la mujer.

Como era de esperar, la hermana alzó una ceja y contestó disgustada:

—Yo no me llamo Takashiro.

—Disculpe, es que no sabía cómo dirigirme a usted…

—Puede llamarme Mone.

Otoha se grabó mentalmente el nombre de Mone Takashiro.

—¿Mone-san? ¿Y con qué ideogramas se escribe?

—¿Necesitas saber eso ahora? Total, tampoco es mi verdadero nombre.

—Perdón.

—Bueno, entonces ¿podría ir con ella por las habitaciones? —intervino Sasai incapaz de ver cómo Otoha no paraba de disculparse—. ¿Hay algún lugar donde no desee que entremos?

—Es igual. Ya han visto hasta el retrete. Ya todo da lo mismo.

Otoha armó una caja de cartón pequeña y, llevándola en una mano, comenzó a recorrer las habitaciones.

Primero abrió la puerta contigua al lavabo o, como decía Mone, al retrete. Era el cuarto de baño, donde una cristalera ahumada separaba la bañera del resto, consistente en un lavabo y una lavadora grande con secadora incorporada y un armarito encima. Pensando que en semejante lugar no podía haber libros, comenzó a cerrar la puerta, pero la voz de Mone la detuvo.

—Están aquí.

Entonces la mujer abrió un armarito que había debajo del lavabo y, junto a unos cepillos de dientes, dentífrico de repuesto y unos paquetes para rellenar el champú de los botes, apareció una apretada fila de libros. Al fijarse en los títulos, vio que eran las obras completas de Atsuko Suga. No la edición de bolsillo, sino la grande, con los ejemplares metidos en sendos estuches de cartón. Nueve volúmenes, la colección completa.

—Claro, Atsuko Suga —murmuró Otoha.

—¿La conoces?

—¿A Atsuko Suga?

Mone asintió.

—Sí, me gusta mucho.

—Ah… —contestó la otra con desinterés.

—¿De verdad podemos llevárnoslos?

—¿Por qué lo preguntas?

—Por nada… Es que son unos buenos libros…

—¿Pero qué dices? Precisamente para que os los llevéis es por lo que os he llamado, ¿no?

—Cierto…

Cuando Otoha alargó la mano hacia ellos, Mone volvió a hablar.

—Y ahí también hay.

Se refería al armarito sobre la lavadora. Cuando la mujer lo abrió, aparecieron sendas pilas de toallas grandes y pequeñas, además de otra cantidad de libros. En este caso se trataba de las obras completas de Seiko Tanabe, unos diez volúmenes, distribuidos en una fila con un par de ellos colocados en horizontal sobre el resto.

—¿No hay más de estos?

—¿Por qué?

—Porque las obras completas de Seiko Tanabe no pueden ser solo diez libros.

—Pues ni idea, a lo mejor están en otra habitación.

—Ah, bueno...

Tras guardar también aquellos libros, la caja que había traído Otoha quedó casi llena y pesaba bastante.

Esto va a ser un trabajazo, pensó una vez más Otoha. *No se trata solo de meter los libros en las cajas. Hay que bajarlas al garaje. ¿Cuánto tiempo nos va a llevar esto?*

Decidió que mejor no pensarlo y abrió la habitación contigua al cuarto de baño. Era la sala de trabajo y, como le habían comentado, Tokuda se encontraba allí en lucha con los libros.

—Tokuda-san, ¿va todo bien?

—Más o menos —contestó el otro de cara a las estanterías sin volverse hacia ella.

—Si necesita ayuda, dígamelo por favor.

—Vale —dijo él mirando por fin a Otoha—. Si pasa por el cuarto de estar, ¿podría traerme otras pocas cajas?

—De acuerdo.

Junto a la sala de trabajo estaba el dormitorio, de unos quince metros cuadrados y con dos armarios empotrados hechos a medida.

Había una cama doble cubierta por un futón color marrón claro y en la cabecera asomaban unas sábanas blancas.

Ocupaba una buena parte de la habitación y no se veía nada más.

Exceptuando aquella cama doble, la habitación carecía de otras particularidades. En el dormitorio no había velas aromáticas, ni cuadros o dibujos de flores. Seguramente, si se apagaba la luz, se corrían las gruesas cortinas y se cerraba la puerta, la habitación se quedaría por completo a oscuras. A cambio, debía de ser muy relajante. Probablemente, a mitad de sus escritos, Takashiro venía aquí a tumbarse un rato.

Pero... ¿cama doble? Mejor no pensar cosas raras. Una cama doble es más cómoda para dormir y hay gente que vive sola, pero opta por una cama doble.

—En el armario hay libros.

Otoha volvió a sobresaltarse al oír la voz de Mone a su espalda.

Mientras se decía: *Bueno, pues vamos a ello*, comenzó a acercarse al primer armario, pero entonces la hermana dijo:

—Espera un momento.

En ese momento, se interpuso entre Otoha y el armario, cortándole el paso. Acto seguido, agitó una mano torciendo la muñeca, como quien espanta a un insecto en un gesto de «Échate atrás». Otoha retrocedió cerca de un metro.

Mone abrió el armario de par en par.

—Aquí, puedes mirar, encárgate tú.

El interior consistía simplemente en una barra de la que colgaban las perchas, pero el espacio destinado a la ropa era solo la mitad y esta era casi en su totalidad camisas blancas y pantalones negros. En la otra mitad, alcanzando hasta una altura que casi rozaba la barra de las perchas, se habían dispuesto unas estanterías que se extendían hasta el fondo del armario. A juzgar por la manera en que encajaban, quizá eran de encargo.

—Impresionante... Incluso aquí...

169

—¿Por qué?

—Es como si redujera al mínimo sus pertenencias para dejar el máximo espacio posible a los libros.

—A saber... De por sí, no era alguien que tuviera muchas cosas. Aparte de libros. No creo que se tratara de un esfuerzo intencionado por reducir cosas.

Por primera vez la mujer mencionaba algo acerca del carácter de Takashiro. Otoha se volvió hacia ella involuntariamente. Mone pareció arrepentirse de sus propias palabras, ya que apartó la mirada.

Otoha no dijo nada más y se dedicó a meter los libros en las cajas. Quería preguntar más cosas acerca de Takashiro, pero le daba miedo que si lo hacía, la otra se enfadara.

Entre los libros del armario, quizá también porque las estanterías tenían mayor fondo, había bastantes que eran solo de fotografías o de dibujos. Los de fotografías incluían los dedicados a personas de todo tipo y también los de paisajes, mientras que los de dibujos eran igualmente diversos. Los que podríamos llamar «libros de fotos de chicas» eran solo dos, ambos de actrices. El uno de Hiroko Yakushimaru y el otro de Tomoyo Harada, los dos pertenecientes a la época en que aún no habían cumplido los veinte años. Una vez más, faltaban pruebas concluyentes para determinar el sexo de Takashiro.

Mientras que Otoha guardaba esos libros en la caja, Mone abrió el otro armario que había al lado. Otoha echó un vistazo de reojo y vio que contenía un mueble de cajones hasta la altura de la cabeza y, sobre él, una estantería. En la estantería, por supuesto, había más libros, pero Mone abría un cajón tras otro para comprobar si no habría más libros dentro.

Estuvo a punto de darle las gracias, pero optó por callarse. Seguramente, aquellos cajones contenían ropa interior. Por eso Mone los estaba revisando por sí misma, intentando evitar que Otoha supiera más cosas de Takashiro de las que ya sabía.

No dejaba de ser una mujer un tanto particular, pero a su manera, sabía preocuparse por su hermano.

Ahora que me encuentro en casa ajena recogiendo libros, me vienen a la memoria muchas cosas.

He vivido más de diez años como librero de segunda mano y me siento como si siguiera siéndolo. A decir verdad, ni una sola vez me he sentido un bibliotecario.

Mi primer trabajo fue en una cadena de librerías de segunda mano, aunque eso es algo que no he contado ni a los compañeros de la biblioteca ni a otros libreros de segunda mano con los que me trato. Era esa clase de tiendas que se llaman «Librerías de viejos libros nuevos».

Cuando estaba en Bachillerato, comencé a hacer un trabajo por horas en las afueras de la ciudad, en uno de esos negocios que forman parte de las cadenas de grandes superficies que suele haber junto a las carreteras. Vendían no solo libros, sino también CDs, videos o DVDs. Seguro que era idéntico a los que hay en cualquier otra ciudad.

En esa clase de establecimientos no hace falta tener conocimiento ni técnica algunos sobre compra de libros. Se evalúan simplemente por lo recientes que sean, el buen estado en que se encuentren y la popularidad de que hayan disfrutado. Aunque, si se trata de un título que se ha vendido muy bien y por tanto circulan muchísimos ejemplares de segunda mano, tampoco se puede pagar gran cosa por él. Lo más complicado que puede surgir es esa tarea que se hace a veces de limpiar los libros antiguos para que parezcan más nuevos.

Carecía del más mínimo conocimiento acerca de cuáles eran los libros raros o aquellos dirigidos a los especialistas. Por eso, aunque me trajeran uno de esos libros raros que en las tiendas de segunda mano del barrio tokiota de Kanda alcanzan unos precios muy altos, lo trataba como un vulgar libro viejo y lo mismo unas veces rechazaba comprarlos que otras terminaban en la basura. Aunque en algunas ocasiones me rondara la vaga sospecha de que pudiera tener cierto valor.

«Bah, esas cosas son como un ruido de fondo», me dijo el jefe de la librería, un hombre de unos veintimuchos años, cuando le llevé un ejemplar autografiado de la primera edición del libro con que debutó cierto autor famoso. Le había preguntado si no se podría vender a buen precio.

—Tíralo, no merece la pena.

—¿Estás seguro?

El motivo por el que me decía que lo tirase era porque le faltaba la sobrecubierta. Y fue entonces cuando le oí por vez primera usar aquel calificativo.

—¿Ruido de fondo?

—Eso son esa clase de libros. Libros viejos que parecen tener algún valor. O también pueden compararse a los *bugs* informáticos.

—¿A los *bugs*?

¿Qué querría decir con eso de que los libros viejos eran como los *bugs* informáticos que generaban errores en los ordenadores?

—Cuando aparece un ejemplar de estos, genera confusión. Se tuerce el criterio de valoración. El único criterio que quiero aplicar en esta librería es lo más o menos reciente que sea el libro y el estado en que se encuentre. Y todo aquello que interfiera con ese criterio…

El jefe meneó la cabeza en sentido negativo. Al parecer no se le ocurría la palabra adecuada. Quizá quería decir: «No me gusta» o «No lo aguanto». Pero, seguramente, le parecían palabras demasiado fuertes.

El jefe era un hombre casado y con dos hijos. Aunque quedaba lejos de la estación, se había comprado al casarse un piso de tres habitaciones que estaba bastante cerca de la carretera, en un barrio de primera clase a poca distancia del trabajo, y también un coche nuevo tipo furgoneta en el que venía todos los días. Ambos los compró a plazos mediante un crédito. De vez en cuando traía a alguno de los niños a jugar al trabajo y su esposa, joven y guapa, lucía un bolso de marca que, sin duda, habían comprado también a plazos.

La gente de aquella ciudad acostumbraba a comprarse una casa recién construida cuando se casaba. Aunque, comparado con Tokio, el terreno por allí pudiera considerarse casi gratis, hacerse una casa venía a costar entre veinte y treinta millones de yenes. Pero, si uno no hacía eso, se le consideraba un fracasado. Lógicamente, en muchos casos el asunto terminaba en divorcio y la casa salía a la venta como de segunda mano. Pero, a pesar de que esas casas de segunda mano resultaban baratas, nadie les prestaba la menor atención y todos compraban casas nuevas. Incluso, unos años antes, en un programa de variedades de alcance nacional, hicieron un especial sobre la región por considerar que sus costumbres y carácter constituían un caso inusual. Pero, al parecer, la gente que vivía allí no entendía qué tenía de particular su manera de ser.

Puede que la gente culta de la gran ciudad tomase por tonto a ese jefe de librería que tiraba a la basura los libros raros como si fuera un salvaje. Pero no se trataba de eso. Aquel hombre tenía sus razones para actuar así, lo hacía de manera consciente y se lo explicaba debidamente a un estudiante de Bachillerato como yo. En cambio, allí, quiero decir en Tokio, había mucha gente que carecía de un criterio propio. Y, seguramente, cuando ese jefe de librería hablaba de «ruidos» y de «*bugs*», lo hacía en cierto modo para difuminar su sentido de culpa por tirar a la basura libros que debían de tener su valor.

—A mí no me gusta esa manera de valorar las cosas —farfullaba a veces el jefe—. ¿Por qué hay que considerar los libros algo tan complicado? Yo no lo entiendo. ¿Acaso hay frigoríficos que se revaloricen por ser viejos? No sé, quizá los haya. Pero en nuestro establecimiento no tratamos con esa clase de artículos.

—Entendido.

—La firma del autor... Pues si no parece más que un rayajo...

A pesar de todo, a mí no me disgustaba ese hombre. Venía a su hora, como es debido, y, siempre y cuando uno saludara con educación, no daba la lata con aspectos como el peinado o la vestimenta. Además, nos decía que, si encontrábamos algún libro con un arañazo o en mal estado, nos lo podíamos llevar a casa sin preguntarle.

Ese era precisamente el motivo por el que elegí aquel lugar para trabajar. Cuando le decía a algún cliente: «Estos libros de aquí no se los podemos comprar, pero, si lo desea, podemos encargarnos de deshacernos de ellos», casi el cien por cien de las veces me contestaban que así lo hiciéramos. Un compañero de Bachillerato que había entrado a trabajar allí antes que yo me dijo que les dejaban llevarse los libros o mangas que tenían alguna mancha en la portada o en el interior, así como aquellos a los que les faltaba la sobrecubierta o de los que había tantos ejemplares repetidos que nunca se podrían vender.

Me encantaba leer, lo mismo libros que mangas. Pero mi familia no era lo suficientemente adinerada como para poder comprarme muchos y me daba pereza recurrir a la biblioteca del colegio.

Los libros que tiraban en mi lugar de trabajo, los dejaban afuera en cajas de cartón o bolsas de papel, pegados a un rincón de la parte trasera del edificio. Yo aprovechaba los ratos libres del trabajo para echar un ojo allí y revisarlos, escogiendo algunos en ese momento o cuando me marchaba al finalizar la jornada. Entonces era muy joven y no me importaba el estado en que estuvieran los libros. Me bastaba con poder leerlos.

Después, en secreto, comencé a llevarme también aquellos volúmenes que el jefe calificaba de «ruidos». Las primeras ediciones que llevaban la firma del autor, o los libros de bolsillo demasiado viejos para revender. El asunto no revestía mayor importancia. Lo hacía con el mismo espíritu que los niños cuando coleccionan piedrecitas bonitas o bellotas caídas. Me veía incapaz de tirar a la basura libros que quizá tuvieran algún valor.

En el verano de mi segundo año de Bachillerato, varios amigos y yo decidimos ir a Tokio en viaje de tres noches y cuatro días. Tardamos unas dos horas y media en el expreso Shinkansen de la línea de Hokuriku. A uno de los amigos le gustaba comprar ropa, así que dijo que lo que más le interesaba de Tokio era la zona de Harajuku, mientras que otro, que era un *otaku* de la animación, dijo que a él le interesaba el barrio de Akihabara. Aparte, la zona en torno a la estación de Shibuya era algo que todos queríamos ver. Entonces decidimos que la última mañana la dejaríamos libre para que cada uno fuera a donde le interesara.

Se me ocurrió que quizá podría vender en alguna librería de segunda mano de Tokio aquellos ejemplares que había estado reuniendo. El resto de los amigos parecía tener cada uno sus aficiones y todos habían pensado lugares a los que ir. Pero, para ser sinceros, yo no tenía ningún sitio en especial al que deseara ir de todas todas. Por eso pensé en visitar la zona de Kanda.

Así, la mañana que nos dejamos libre me bajé en la estación de Jinbocho con aquellos diez libros tan pesados con los que había estado cargando cuatro días. No sabía en qué librería meterme así que, para empezar, me metí en una de las más grandes que encontré en la avenida principal. Era una librería en cuya entrada había apiladas obras completas de varios autores y libros para especialistas de diversas materias. Entonces era tan joven que no le temía a nada. En cambio, si fuera ahora, seguro que sería incapaz de entrar.

El dueño de la librería, un anciano que se sentaba al fondo, echó una mirada a los volúmenes que yo traía y dijo:

—Cien yenes.

—¿Eh? —exclamé sorprendido.

—Si te parecen bien cien yenes, me los quedo.

—¿Por el total?

El hombre asintió.

—Bien, ¿qué haces? ¿Los dejas o te los llevas?

—Lo… los dejo.

Ya fuera poco dinero o no, no me apetecía seguir cargando con los libros por todo Tokio. Por primera vez experimenté lo mismo que sentía la gente que acudía a vender libros a nuestra tienda cuando les decíamos que aquello no valía nada y nos los dejaban igualmente.

Ah, así que era verdad que no merecían la pena. Mi jefe tenía razón.

El anciano se giró y, abriendo un cajón que había a su espalda, sacó una moneda de cien yenes y la colocó en la palma de mi mano.

—Gracias.

Decepcionado y cabizbajo, me dispuse a salir de la librería, pero entonces se me ocurrió una idea. Pensé en echar un vistazo a los libros que vendieran en aquel establecimiento a precios caros. Comprobar qué clase de libros vendían allí.

—Eh, chico, chico…

Cuando estaba mirando los libros, de pronto el anciano que me había pagado los cien yenes se dirigió a mí.

—¿Qué sucede?

—Oye, ven un momento.

—¿Sí…?

Fui otra vez hasta el mostrador.

—¿A ti… te gustaría dedicarte a esto?

—¿A esto?

—Pues eso, a vender libros.

—No, no especialmente.

Y a continuación, aunque no me lo había preguntado, le conté de dónde habían salido esos libros y en qué lugar trabajaba yo en mi tierra natal.

—Hmm… Bueno, es más o menos lo que me imaginaba.

—Pues sí, lo siento…

—¿Sabes? De esos libros que has traído…

El anciano señaló uno de los libros de bolsillo que acababa de venderle. Todavía lo tenía junto a la caja registradora y era uno de esos ejemplares a los que le faltaba la cubierta forrada.

—Este vale cien yenes y los demás cero.

—¿De verdad?

—Este lleva la firma del autor —siguió el anciano señalando el lugar de la firma de ese libro con el que debutó el ahora popular escritor.

Yo mismo había pensado que era el que tenía más valor de todos.

—Como circulan muchos ejemplares, no puedo pagar más. Y es que ese libro se vendió muy bien. Pero esta edición de bolsillo está casi agotada y además es un autor que le gusta mucho a los lectores caprichosos. Si tuviera la portada exterior, te habría podido pagar más. Así que cien yenes sin esa portada no es un mal precio.

—¿Ah, sí?

—Creo que no vas desencaminado para este trabajo.

—¿De verdad? —pregunté ilusionado.

—Has conseguido vender a la Ikkyodo de Kanda, que no es una librería cualquiera, un libro que has sacado de la basura de un negocio de provincias que forma parte de una cadena. Para haber sido algo inintencionado, no está nada mal.

—Muchas gracias —le contesté con una reverencia mecánica.

—Y además, para como son los jóvenes de ahora, parece que sabes hablar como es debido.

El anciano volvió a girarse hacia atrás y, sacando del cajón dos billetes de mil yenes, los depositó sobre la palma de mi mano igual que la moneda de antes.

—Te voy a pagar esto…

—¿Eh?

—Es un adelanto por los gastos futuros. Si vuelves a encontrar un libro que te parezca que puede tener algún valor, tráemelo. Si es bueno, te lo compraré.

—Pero… no puedo aceptar así sin más este dinero…

Intenté devolverlo, pero el anciano lo rechazó con una sonrisa.

—Que te digo que sí. Cuando vuelvas a Tokio, ven en primer lugar a mi librería. Con eso me conformo. Vete a comer algo bueno con este dinero antes de volverte. Hay un sitio famoso de curry en esta esquina.

—Pues… de acuerdo. Muchas gracias.

Volví a recorrer la librería mirando por encima lo que tenía y me marché. En aquel rápido vistazo no pude ver con detalle la clase de libros que tenían ni cuáles eran los que vendían a precio más caro. Pero el anciano no dejaba de sonreír mientras miraba cómo yo daba vueltas por la librería.

A partir de entonces, cada vez que tenía un periodo largo de días libres, como las vacaciones de invierno, de primavera o de verano, iba a Tokio y vendía libros. La mayoría eran volúmenes que en mi trabajo se había decidido tirar. Las primeras veces apenas conseguí vender ninguno. De hecho, hubo casos en que no me compraron ni uno solo.

Fui también a otras librerías aparte de Ikkyodo. Poco a poco aumentaba el número de libros que conseguía vender y me surtía no solo de los ejemplares que sacaba de la basura, sino de otros que nos traían para vender en nuestras estanterías, pero que me parecía que podían alcanzar mejor precio en Kanda y los compraba yo para revenderlos. Creo que esas prácticas contribuyeron a aumentar mi conocimiento en la materia. No es ni parecido vender cosas que te han salido gratis que vender cosas que has comprado con tu propio dinero para revender. Te juegas tu propio dinero a tu conocimiento de que tal o cual libro se puede vender a buen precio. Y, una vez que comencé a hacer eso, mi interés por los libros de segunda mano se incrementó todavía más. Fue el dueño de Ikkyodo, aquel anciano, quien me enseñó que ganar dinero como yo lo hacía se llamaba *sedori* («ganamárgenes»). Me aficioné como un loco a esa especie de juego de apuestas.

Poco después, decidí que cursaría la universidad en Tokio. Quería aprender más sobre el mundo de los libros de ocasión. En principio, le dije a mis padres que deseaba estudiar Literatura japonesa en la universidad de Tokio con objeto de trabajar más adelante como profesor de Bachillerato en mi ciudad. Pero, aunque en realidad hubiera podido escoger una universidad de mayor prestigio dadas mis notas, me decanté por una que estaba en Kanda. Resultaba ideal para aprender más sobre los libros de segunda mano y para seguir sacando un dinero como ganamárgenes. Seguramente, me hallaba fascinado no solo por esas dos cuestiones, sino también por el ambiente tokiota en general y el barrio de Kanda en particular, donde la escala de valores y el canto a la libertad en todos los aspectos ofrecían un mundo tan diferente al de mi ciudad natal.

—Oye, Tokai, ¿entonces piensas convertirte en ganamárgenes profesional? —me preguntó el dueño de Ikkyodo la primera vez que fui a verlo, ya como estudiante universitario.

—A saber, ya lo veremos. Pero a partir de ahora ya no procede seguir obteniendo libros de mi anterior lugar de trabajo...

Pero sí tenía intención de recorrer las librerías de segunda mano que hubiera en las afueras de Tokio. Por aquel entonces, ya habían comenzado también a estilarse las ventas por internet, por lo que se abrían mucho más las posibilidades.

—Y usted, Ikkyodo, ¿cómo ve el asunto?

Ya nos habíamos visto tantas veces, que nos tratábamos con cierta familiaridad, llamándonos por el nombre. En realidad, Ikkyodo era el nombre de la librería, pero en el barrio se utilizaba también como apodo para su dueño.

—Si quieres seguir como ganamárgenes, adelante. Pero creo que al menos deberías emplearte una vez como es debido en una tienda de libros de ocasión, para aprender más sobre el negocio.

—¿Usted cree?

—¿No te apetece probar aquí? Un empleo por horas.

Era una oferta que ni a pedir de boca y hacía tiempo que soñaba con que me la hiciera.

Ikkyodo tenía un hijo y estaba ya decidido que él heredaría el negocio, pero incluso ese hombre era tan mayor que debía de tener la edad de mi padre. Sabía que, después de tratar tantas veces conmigo, que tenía edad para ser su nieto, en el anciano se había despertado cierto cariño hacia mí.

Le había escuchado una vez murmurar: «Tienes ese tesón que le falta a mi hijo».

Así que, de esa manera, me convertí en librero de ocasión. Estuve haciendo trabajo temporal por horas durante cuatro años en aquel establecimiento y, tras licenciarme en la universidad, comencé a trabajar como empleado fijo en otra librería por recomendación de Ikkyodo, hasta que poco después, con menos de treinta años, llegué a abrir mi propio negocio. Era un local muy pequeño, en Kanda pero ya cerca de la estación de Akihabara, y, principalmente, vendía primeras ediciones de *manga* y novela ligera. En la tienda colocaba físicamente pocos títulos y la mayoría los vendía por internet, con lo que me sacaba un buen beneficio. Dentro de lo que eran las librerías de Kanda, la mía tenía libros relativamente inusuales y ayudaba también que vinieran clientes que tenían Akihabara como principal objetivo, por lo que, entre unas cosas y otras, sacaba suficiente para comer. Creo que, en ese ramo de negocios, conseguí independizarme bastante joven y rápido.

El motivo por el que terminé en esta biblioteca nocturna es diferente al de los otros compañeros que han venido a trabajar aquí. En mi caso, fui yo quien contactó con el dueño.

Antes de que saliera a la luz pública que existía una biblioteca nocturna creada por un personaje extraño a base de recoger las colecciones de libros de autores fallecidos, yo ya había escuchado rumores al respecto.

Desde el punto de vista de un librero de ocasión, el asunto podía convertirse en una cuestión de vida o muerte. Los libros de un escritor que acaba de fallecer son una montaña de tesoros. Para empezar, están, por supuesto, todos los libros raros que pudiera tener, pero, además, existen muchísimas posibilidades de que tenga ejemplares firmados. Si se trata de un autor famoso, y tenemos una dedicatoria suya, el precio que puede alcanzar es incluso el doble.

Pero, a pesar de todo, tratándose de una librería pequeña como la mía, carecía de los contactos necesarios para que autores famosos o sus herederos me confiasen sus colecciones, así que la de la biblioteca nocturna me parecía una opción preferible a la de que aquellos libros se desperdigaran. Casi todos los libreros del área de Kanda eran también de la misma opinión.

No obstante, cuando falleció la famosa autora de novela ligera que firmaba con el nombre de Tricolor Mitsumi y oí que sus libros habían sido donados a la biblioteca nocturna, fui incapaz de contenerme.

Tricolor Mitsumi era una autora que, en los tiempos en que todavía no se vendía demasiado, venía con cierta frecuencia a mi librería. Al principio, cuando escribía en revistas de aficionados, expedía recibos con su verdadero apellido, Miumi, pero, a partir de cierto día, comenzó a hacerlo con el nombre de Tricolor S.A.

Tras varios años de tratar con ella al objeto de vender sus libros y haber obtenido su contacto, un día le pregunté: «¿Por casualidad es usted la propia escritora, Tricolor Mitsumi?». Ella pareció dudar unos momentos y al final asintió levemente. Me arrepentí pensando que igual no debía haberle preguntado. Pero me alegré sobremanera al ver que ella seguía acudiendo a la librería.

Así, profundizando poco a poco con delicadeza en la relación, llegó un día en que me dijo: «Cuando muera, me encantaría que fuera usted quien se encargara de liquidar mis libros; el resto de la gente seguramente no entendería el valor de cada uno».

Y, sin embargo, cuando ella falleció, los libros fueron a parar sin más a la biblioteca nocturna.

No pretendo quejarme.

Es cierto que si sus libros hubieran sido cedidos a mi librería, hubiera podido vivir de ellos cómodamente durante un año.

Bueno, es una forma de hablar, porque de cómodo no hubiera tenido nada, al ser necesario clasificarlos, etiquetarlos con sus precios y luego venderlos, lo cual no era sino trabajar. Pero intenté convencerme de que, dado que con aquella colección casi podría hacerse un mini museo de novela ligera, quizá lo mejor para todos es que terminase en aquella biblioteca nocturna.

Pero, por otra parte, me parecía que estando en la biblioteca, los libros no los veía casi nadie y era casi como dejarlos morir. La llamada novela ligera era un género comparativamente joven y mi impresión era que mucha gente se alegraría de poder tener y leer aquellos libros.

En cualquier caso, a la muerte de Tricolor Mitsumi, resolví que debía contactar como fuera con el dueño de la biblioteca nocturna y me esforcé por localizarlo. Recorrí las librerías de segunda mano de Kanda para hablar con los libreros, hasta que gracias a uno de ellos conocí a la viuda de un escritor que había donado la colección de su esposo a dicha biblioteca y sabía el contacto.

Entonces, me comuniqué con el dueño de la biblioteca y conseguí que me citara para una reunión por Skype. Le conté mis motivos e intenté convencerlo de por qué me interesaba la escritora.

Le expliqué que deseaba ayudar a clasificar la colección de Tricolor Mitsumi y que, si aparecían libros que ellos no necesitaran, me gustaría que me los cedieran.

La respuesta del dueño fue que aceptaría mi petición siempre y cuando yo aceptara también sus condiciones.

«Como mínimo, tendría que trabajar en nuestra biblioteca por tres años».

Acepté. Todavía hoy tengo mi librería, que he dejado al cargo de la persona que en su día contraté a tiempo parcial. Pero, en definitiva, no conseguí quedarme ni uno solo de los libros de Mitsumi.

No se lo he contado a mis compañeros de la biblioteca, pero ese plazo de tres años que me impusieron se acaba en seis meses.

De vez en cuando me pregunto qué haré entonces.

Con todo, el trabajo de la biblioteca me resulta más agradable de lo que había pensado en un principio.

Cuando la gente piensa en un trabajo relacionado con los libros, los tres primeros oficios que le vienen a la cabeza son los de empleado de librería, bibliotecario y gestor de una librería de segunda mano. Pero entre ellos existe conflicto de intereses y apenas se da una interrelación. De hecho, a veces lo que hay es hostilidad… Sin embargo, ahora que trabajo en una pequeña biblioteca con estos compañeros, siento como si poco a poco esas barreras desaparecieran.

Creo que lo único que pasa es que desempeñamos un papel distinto.

Emprendieron el camino de vuelta derrengados.

Antes de subir a los vehículos en el garaje del edificio donde vivía Takashiro, Sasai se dirigió a los otros tres.

—Hoy pueden tomarse el resto del día libre. Cuando lleguemos, ya pediré a los demás que ayuden.

—Pero usted sí irá trabajar a la biblioteca, ¿verdad? —dijo Tokai con una sonrisa.

—Bueno, es que yo, además, tengo que informar al dueño…

—Pues entonces no está bien que descansemos solo nosotros.

—Yo sí voy a descansar, porque siento algo raro en la zona lumbar —dijo Tokuda.

—Esas cosas pueden ser serias —asintió Tokai—. Es mejor cuidarse cuanto antes.

—Yo… voy a descansar un poco y, depende de cómo me encuentre, veré si voy o no —decidió Otoha con aspecto fatigado—. Si finalmente no voy, le avisaré, señor Sasai.

—Bueno, entonces yo haré lo mismo —resolvió Tokai—. Si consigo dormir un buen rato, iré a trabajar.

—Decidido, entonces. Márchense cuando dejemos los vehículos aparcados frente a la biblioteca. Le pediré a los demás que se encarguen de bajar las cajas.

—Un momento —intervino Kuroiwa, que hasta entonces guardaba silencio—. Quizá que con el HIAC puede hacerse así, pero creo que las cajas del camión deben bajarse cuanto antes, porque el resto del personal aún no habrá llegado. Están más desprotegidas y creo que deben tratarse con mayor cuidado. Yo también puedo ayudar a bajarlas.

—Entiendo… —murmuró Sasai.

—¿Por casualidad a usted también le gustan los libros de Mizuki Takashiro, señor Kuroiwa? —preguntó Otoha llevada por un impulso.

—No. A decir verdad, oí su nombre por primera vez ayer, cuando Sasai me contó el asunto. Pero, a continuación, me puse a buscar en la red y más o menos me hice una idea de lo que pensaban los fans y el mundo editorial y literario acerca del personaje.

—Así que estuvo averiguando… Lógico, claro.

—Bueno, entonces dejaremos solo las cajas del camión a la entrada de la biblioteca —anunció Sasai—. Siento las molestias, pero les pido su colaboración.

A continuación, se subieron a los vehículos con la misma distribución que a la ida.

—¿Qué te ha parecido tu primera experiencia en la casa de un autor fallecido? —preguntó Tokai a Otoha, que guardaba silencio en el asiento del copiloto del camión.

—Pues no sabría cómo explicarlo…

Después se vio incapaz de seguir. Ya atardecía y el sol entraba justo de frente, casi cegador.

—Estarás cansada, ¿no? Puedes dormir si quieres.

Tokai se sintió obligado a decirlo, igual que le pasó a Sasai la otra vez, al ver que ella iba todo ell tiempo callada.

—No, estoy bien.

—¿De verdad?

—Perdón. Es que me pasan tantas cosas por la cabeza después de lo vivido…

—Me lo imagino. Que siendo gran fan de un autor este de pronto fallezca y surja la ocasión de ir a su casa…. Le pasaría a cualquiera.

Otoha sintió como si Tokai intentara autoconvencerse.

—No, yo más bien… —comenzó Otoha interrumpiéndose con un suspiro—. Siento lo contrario.

—¿Lo contrario?

—Es que, sigue sin parecerme que Mizuki Takashiro haya muerto.

—¿Quieres decir que aunque hayas estado en su casa no has conseguido sentir que había muerto?

—Bueno, supongo que algo así también ha habido. Pero no se trata exactamente de eso…

Otoha ladeó la cabeza pensativa.

—Lo siento. No sé explicarlo bien.

—Déjalo, no te preocupes. En adelante, tendremos que clasificar los libros de Takashiro y tendrás tiempo de pensar con calma.

—Sí…

—¿Sabes? Lo bueno de nuestro trabajo en la biblioteca es que te deja mucho tiempo para pensar.

—¿Tiempo para pensar…?

—El salario no es gran cosa y las ventajas adicionales tampoco son nada especial. En cuanto a la tarea en sí, a veces resulta aburrida. Pero tiempo para pensar sí hay de sobra. ¿No te parece?

—Nunca me había pasado esa idea por la cabeza. Pero sí, es cierto.

—No existe la preocupación de alcanzar una cifra de ventas y tampoco es que los libros antiguos se vayan a fugar.

—Así es.

—Piénsalo detenidamente. Además, te permite hablar con la gente de otras variantes del gremio.

—¿Otras variantes?

—¿No crees que es una situación poco frecuente que podamos trabajar juntos empleados de librería, negociantes de libros de ocasión y bibliotecarios?

—Eso es verdad.

—Yo creo que esa es otra de las ventajas.

Otoha sonrió involuntariamente. Ahora se sentía un poco mejor.

Aquel día, en lugar de la hora de entrar al trabajo, Otoha se permitió llegar a la hora de apertura al público.

Los libros de Mizuki Takashiro ya habían sido llevados por el resto del personal a la sala de visitas y a la sala de reuniones. Le entraron ganas de echar una ojeada para ver cómo habían quedado y vio que media sala de visitas estaba sepultada por los libros de Tadasuke Shirakawa de la otra vez y los de Takashiro llegados ahora. Durante un tiempo, aquella sala no podría usarse para su función original.

—Impresionante… Vaya trabajazo que habéis hecho.

Se dio media vuelta al oír la voz y vio que Masako estaba detrás de ella.

—Igualmente. Solo con traerlos aquí desde la entrada, ya ha debido de suponer lo suyo.

—Bueno, algo sí. Pero comparado con el trabajo de empaquetarlo en la casa y meterlo luego en los coches, no tiene ni comparación.

Mientras iban charlando, se dirigieron juntas a la sala de clasificación.

—Deberíamos de ir empezando poco a poco a clasificar los libros del maestro Shirakawa, ¿no? —comentó Otoha.

—Sí. El otro día lo hablé con Ako, porque es mejor aprovechar que ya están aquí, que volver a llevárselos al almacén. Aunque sea saltarnos a otros que llevan más tiempo.

—Estoy de acuerdo.

—Oye, ¿qué tal fue? ¿Qué te ha parecido la casa de Mizuki Takashiro?

Otoha miró el rostro de Masako mientras se decía: *Todos se preocupan por mí… Pero aunque, por supuesto, la preocupación sea real, me miran también con curiosidad, como buscando alguna reacción interesante.*

—Antes le he dicho lo mismo a Tokai, pero…

—¿Sí?

—No sé, me ha producido una sensación extraña.

—¿Extraña en qué sentido?

—Pues… me ha parecido como que Takashiro no ha muerto. Como si se encontrara con vida y a mi lado.

—Los libros pueden albergar esa energía —asintió Masako.

—No, no me refiero a eso…

Pero Otoha se vio incapaz de explicar con mayor detalle.

Sentía que la extraña sensación que la invadía todavía no conseguía materializarse en palabras y, además, que, si la verbalizaba, se rompería alguna clase de equilibrio.

Como de costumbre, tras trabajar unas horas en la clasificación de los libros, Otoha se fue a cenar a la cafetería.

En un rincón estaban Minami y Tokai. En esa misma hora
solía verse también allí a Tokuda, pero, tal y como el interesado anunció, debía de haberse tomado el resto del día libre.
Los otros dos ya estaban comiendo.

Como su mirada se cruzó con la del cocinero Kinoshita, le
hizo un breve asentimiento. Con ese gesto daba a entender
que cenaría el menú de los empleados.

—¿Se ha quedado el señor Sasai atendiendo la recepción? —preguntó a los otros dos mientras se sentaba a su
lado.

—Así es —le contestó Minami.

Después de aquel día en que cenaron todos juntos, Sasai
no había vuelto por la cafetería. O, si lo había hecho, debía de
ser en una hora en la que no había nadie más.

—¿Estás bien? ¿No te sientes cansada? —le preguntó Tokai
con amabilidad.

—Pues es raro, pero me siento bien. Pensaba tomarme el
día libre si me encontraba sin fuerzas, pero, tras una pequeña
siesta, me he levantado bien.

—Qué bien eso de ser joven…

Tras un rato de charla, apareció el señor Kinoshita trayendo la bandeja con lo que parecía ser el menú de ese día.

—Esta era la noche de Seiko Tanabe, ¿no?

—Eso.

Todas las semanas, los viernes era el día de Seiko Tanabe.
Ahora bien, a diferencia de los otros autores, cuando le tocaba
a ella, el menú no siempre era el mismo. Otoha había probado, por ejemplo, el menú de la tortilla *okonomiyaki* o el de la
sopa *oden* al estilo de Osaka.

Lo que veía ahora en la bandeja frente a ella parecía a primera vista uno de esos menúes del día que ofrecían en los establecimientos ordinarios. Y, además, con muchas cosas de color marrón, un aspecto de lo más vulgar.

—El plato principal de hoy son sardinas cocidas y el secundario son virutas de tofu seco cocidas con ese mismo caldo. Es una combinación que aparece varias veces en los libros de Tanabe. Seguramente es que a ella misma le gustaba. Aparte, he añadido una sopa vegetariana *Kenchin*. Menciona también esa sopa en alguna novela y en unos ensayos. En cuanto al arroz, la mitad es arroz blanco corriente y la otra mitad, arroz con hoja de *shiso*[4] rojo y ciruela ácida mezcladas.

—Hace tiempo que quería preguntarlo, pero usted, señor Kinoshita, ¿ya era fan de Seiko Tanabe antes de trabajar en esta biblioteca? Lo digo porque el caso de ella, curiosamente, es el único que cuenta con varios menúes diferentes.

—La verdad es que no. No conocía ni su nombre. El dueño me entregó un libro de cocina que escribió ella, titulado *Los sabores del mundo de Seiko Tanabe*, y mi intención era preparar alguno de los platos que se incluían allí, pero en cada una de las recetas venía la referencia del libro suyo en cuestión donde aparecía esa comida. Entonces, decidí que lo mejor era leer los textos originales y por eso leí varios. Y, además, como en sus libros se habla mucho de comida, pues me enganché.

—Así que fue por eso...

—Me sentí incapaz de escoger un solo plato. Por eso pongo varios diferentes según el día.

Otoha probó un sorbo de la sopa *Kenchin*. Sintió cómo se difuminaba por su paladar el aroma de la salsa de soja y el sabor de los diferentes tubérculos.

---

4. *Perilla frutescens*, hoja aromática muy usada en cocina japonesa.

—Hmm... Qué rica...

A continuación, probó la bardana y la zanahoria.

—Buenísimas. Si no fuera por esta cafetería, creo que mi alimentación sería algo bastante penoso.

—Pues me alegro.

Kinoshita, en cuanto lo elogiaban, solía volverse bruscamente arisco. Quizá era vergonzoso y quería disimularlo.

—Antes de trabajar aquí, creo que apenas había probado la sopa *Kenchin* —intervino Minami sorbiendo la suya—. La conocía sobre todo de oídas.

—La sopa de *Kenchin* es un plato curioso —opinó Tokai—. Su nombre es muy popular, pero, si no me equivoco, hay regiones donde se come y otras donde no. Quizá sea también una cuestión generacional, pero el caso es que existen consideraciones muy diferentes según los sitios. Se dice que el origen de la sopa de *Kenchin* fue un plato de comida budista que preparaban en el templo Kencho-ji de Kamakura. Entonces, lo que antes se llamaba sopa de Kencho, por deformación dialectal, fue conociéndose como sopa de *Kenchin*. Pero, en la actualidad, parece que se toma bastante en el norte de Kanto, en prefecturas como Tochigi o Ibaraki. Quizá porque en esos lugares cultivan muchos tubérculos que se usan en esa sopa, y también la gelatina *konjac*. También hay sitios donde echan pasta *udon* a esta sopa y por lo visto es muy popular con el nombre de *Kenchin udon*.

—Señor Tokai, desde luego que es usted un entendido en muchas cosas —se admiró Kinoshita.

—No, es que vi un programa sobre eso en la tele hace poco.

—Vaya, qué decepción...

—Pero si Seiko Tanabe la preparaba y aparece en sus novelas, es que esa sopa también se toma en la región de Kansai, ¿no?

—Sin embargo, hay una gran diferencia entre la sopa que aparece en los libros de Tanabe y la que se prepara en el norte de Kanto, y es que en el caso de ella sustituye la gelatina de *konjac* por el tofu. Se cortan en trocitos el nabo, la zanahoria, la bardana y las patatas salvajes y se sofríen con aceite de sésamo. Después, se cuecen con un *dashi* de alga *kombu* y se le da un poco de sabor con salsa de soja. Por último, se le añade tofu desmenuzado.

—Ah, tofu. Por eso tiene un sabor tan suave.

—En el caso de la prefectura de Ibaraki, la sopa de Kenchin la preparan en mucha cantidad en una marmita grande y la comen a lo largo de varios días. Después, en ese caldo, echan pasta de udon, soba o arroz y se lo toman como una sopa ordinaria. Quizá por eso no le echan tofu, que se deshace.

—Puede ser, sí —admitió Kinoshita.

—Esta clase de menú es el que más me gusta —afirmó Otoha.

—Si no recuerdo mal, son las mismas palabras que cuando preparé el curry —dijo Kinoshita mientras emprendía el camino de regreso a la cocina.

Las sardinas cocidas tenían un sabor entre picante y dulce, que combinaba muy bien con el arroz. Con el arroz blanco se quedaba en la boca un regusto a pescado, pero, si después se tomaba un poco del arroz con *shiso*, borraba dicho sabor, dejando una sensación de fragancia. Alternando el arroz blanco con el púrpura, Otoha se sentía capaz de comer todo el pescado que hiciera falta. En cuanto a las virutas de tofu, habían absordido a gusto el caldo de las sardinas, por lo que tenían un sabor muy intenso. Los trocitos de zanahora o de seta *shiitake* con que se mezclaban imprimía al plato un acento muy particular.

—Nunca pensé que las virutas de tofu pudieran estar tan ricas —comentó Otoha.

—Efectivamente —concedió Tokai—. De niño, apenas las comí, pero ahora me parecen muy ricas.

—En mi casa, al igual que pasaba con la sopa de Kenchin, apenas las comíamos —comentó Minami.

—Entonces, en casa, ¿más bien comíais al estilo occidental? —se interesó Otoha.

—Bueno, supongo que sí. A menudo tomábamos estofado o hamburguesa como acompañamiento del arroz. A mi padre le gustaba esa clase de platos.

—Parecen gustos de hombre joven...

—Pero en aquella época ya pasaba de los cincuenta. Seguramente había comido esa clase de cosas desde pequeño y conservaba los gustos.

—Por cierto que ahora recuerdo que en casa de Takashiro también estaban las obras completas de Seiko Tanabe.

—¿Ah, sí?

—Me resultó algo inesperado. Tanabe no solo ha fallecido ya, sino que la imagen que yo tenía de ella era la de una autora que escribía para señoras mayores.

—No, creo que esa es una imagen equivocada —opinó Tokai.

—Recuerdo haber leído una vez una entrevista con una escritora de menos de veinte años que ganó el Premio Akutagawa de autores debutantes y decía que le gustaba Seiko Tanabe.

—¿De veras? Entonces es que la edad no tiene demasiado que ver...

—Si, además, era capaz de describirnos estas comidas tan excelentes, es que era una gran escritora.

Esas comidas donde la conversación iba discurriendo sobre una serie de cosas intrascendentes resultaban muy agradables. Otoha sintió que la fatiga que le invadía cuerpo y alma se iba disipando poco a poco.

Aun pasadas varias semanas después de ir a casa de Mizuki Takashiro, su colección de libros continuaba sin clasificar, amontonada en la sala de visitas y en la sala de reuniones. Una vez llegó a plantearse la posibilidad de llevarse todas las cajas al almacén de aquella vieja casa campestre de las afueras de Tokio, pero también hubo quien opinó que, tratándose de un autor tan popular, no era descartable que alguien forzase la cerradura para llevarse los libros y que, entonces, mejor no arriesgarse. Así, entre unas cosas y otras, las cajas se quedaron donde estaban. La sala de reuniones en la práctica quedó convertida en almacén.

Todavía seguían llegando de vez en cuando preguntas acerca de dicha colección o peticiones de reportajes. Con todo, eran muchas menos que las que recibieron cuando la muerte del autor se hallaba todavía reciente, y Otoha y sus compañeros sintieron en sus propias carnes lo volátil que era el centro de atención de la gente. No obstante, cuando llegó una petición de una librería de provincias que deseaba tomar fotos de los libros para celebrar una semana especial dedicada al autor, sí se produjo cierta discusión. La librería en cuestión quería hacer una foto de toda la colección alineada en estanterías, para confeccionar con ella un panel de fondo que sirviera como decoración.

Otoha y sus compañeros hablaron del asunto entre ellos. Quizá, si en un rincón de la sala de reuniones donde ahora estaban la mayor de las cajas se quitaran las mesas y se colocaran los libros en las sillas... Pero, pensando en que resultaba físicamente imposible ponerse ahora a sacar de pronto todos los libros de las cajas y que, en cualquier caso, no había transcurrido suficiente tiempo, rechazaron la petición. Tanto a Otoha como a todos aquellos que antes habían trabajado en librerías les hubiera gustado atender la petición, pero entendían que, vista de forma global, no podía satisfacerse. Con todo, no podían evitar una extraña sensación al verse todos reunidos hablando junto a la inmensa colección de libros de Mizuki Takashiro.

—Es como si todos nosotros fuéramos sirvientes de esos libros.

Cuando Masako lo expresó así, el resto no pudo evitar una amarga sonrisa.

—Aunque, al fin y al cabo, en eso consiste ser un buen bibliotecario —siguió la mujer—. En ser un servidor de los libros.

Masako hablaba en voz baja, casi como para sí misma.

Aquel día, cuando Otoha bajó al primer piso después de cenar, vio a Sasai en la recepción con un libro en la mano diciéndole algo a Minami.

Como vio que ambos tenían el ceño fruncido, enseguida se dio cuenta de que algo andaba mal.

—Otoha, ha vuelto a suceder… —le dijo Minami al acercarse, confirmando sus sospechas.

—¿Otra vez?

Sasai, en silencio, le mostró a Otoha el interior de contraportada del libro que tenía en la mano. Carecía de sello alguno.

—Qué raro…

Después de aquella vez, habían ido encontrando cada cierto tiempo volúmenes sin sello. Al principio era como uno por semana y últimamente uno cada tres o cuatro días. Quizá, si revisaran la totalidad de los volúmenes, aparecerían más.

—¿Cómo ha sido encontrado?

—Pues porque es un libro nuevo, que ha salido a la venta hace nada, fíjate bien —le contestó Minami mientras que Sasai mostraba el lomo.

—Es verdad.

El libro era un ensayo escrito por un famoso autor ya anciano que contaba sus experiencias al practicar *taichi*, con el cual había mejorado espectacularmente su salud. El libro había salido hacía unos meses y todavía se vendía con gran éxito.

—Nada más ver el lomo, me di cuenta —explicó Sasai—. Es muy raro que haya en esta biblioteca un libro tan nuevo y que, además, no es una novela. No recordaba haberlo visto nunca.

—Lógico.

A los tres se les escapó un suspiro al mismo tiempo.

Dado que aparecían tantos libros mezclados con los propios, las posibilidades sobre la identidad del culpable se reducían de forma natural. Tenía que tratarse de alguien que acudía con frecuencia y no había muchas personas que cumplieran ese requisito.

En primer lugar, podía sospecharse de alguno de los empleados. Nadie quería pensar en esa posibilidad, pero no resultaba por completo descartable. Y, después, los titulares de pases mensuales o anuales. Los primeros existían, pero nadie había comprado uno de esos pases desde que comenzaron a aparecer libros sin sellos hace un par de meses.

Tenía que ser un visitante con pase anual y ahora mismo solo existían cinco o seis válidos.

Aparte de Kimiko Ninomiya, la examante de Konosuke Takagi, un profesor de universidad, un estudiante de postgrado, un estudiante que estaba escribiendo su tesis de licenciatura y un reportero independiente que estaba escribiendo un libro sobre la vida de Mitsuyasu Ando, el poeta prematuramente fallecido. Eso era todo.

—Según el proverbio, «Busca siete veces y después sospecha» —murmuró Sasai.

—¿Qué quiere decir? —preguntó Minami.

—Pues que, por ejemplo, cuando te ha desaparecido algo, lo busques primero siete veces antes de sospechar que te lo han robado.

—Ah, ya…

—Por eso, en realidad habría que buscar primero al culpable entre nosotros…

Lo cierto es que en una reunión que mantuvieron hace unos días se trató este tema. Visiblemente incómodo, Sasai dijo: «De ningún modo estoy sospechando de nadie, pero, si alguno de los presentes conoce algo sobre este asunto o tiene cierta idea sobre lo que pueda estar pasando, les ruego que hablen, por favor. Si les resulta difícil comentarlo en público, luego pueden contactarme en privado». Todos se miraron entre sí y negaron con la cabeza. Nadie fue después a hablar con Sasai.

—En principio, he pensado en ir preguntando yo mismo…

—¿A quién?

—A los que tienen el pase anual y han venido recientemente. La última vez que hicimos una revisión completa fue hace cuatro meses, así que a los que hayan venido varias veces desde entonces.

—¿Y qué les va a preguntar?

Minami disparaba incansable una pregunta tras otra.

—Pues… veamos. Algo así como «No es que sospeche, pero…». Y la verdad es que no quiero sospechar de nadie. Seguiría con «últimamente nos está sucediendo esto, ¿no sabe usted nada al respecto?». Algo así.

—Me pregunto si con eso será posible descubrir al culpable… ¿Cree que lo va a reconocer? ¿A decir: «Sí, he sido yo»?

—No, bueno, seguramente eso no. Pero quizá lo tomaría como una advertencia por parte nuestra, le daríamos a conocer que estamos al tanto y entonces quizá dejara de hacerlo. Y si, además, le digo que estamos trabajando en el asunto con el señor Kuroiwa, un expolicía...

—Ah, ahora entiendo.

—Y si aun así no deja de repetirse el incidente, no me apetece mucho hacerlo, pero adelantaríamos la fecha de reorganización de las estanterías. Si, después de eso, volvemos a encontrar algún libro, sabremos que lo ha traído alguno de los que vinieron después de esa fecha.

—Eeeh... —exclamó Minami torciendo el gesto.

—Qué se le va a hacer —se justificó Sasai.

—Ya, si lo entiendo. Pero es que eso de la reorganización de los libros es un trabajo tremendo.

Otoha, sin poder contenerse, preguntó a su vez.

—¿Tan terrible es la tarea de reorganización?

—Habrás hecho algo similar cuando trabajabas en la librería, ¿no? —contestó Sasai—. Pues lo mismo.

—Claro, sí...

—Bueno, en el caso de la biblioteca es mucho peor. Tenemos que cerrar durante una semana.

—Además, como ahora tenemos aquí los libros de Shirakawa y Takashiro, hay muchos más de lo normal y sufrimos un atasco —se quejó Minami—. Si, además, toca reorganizar...

—Pero no queda otro remedio —insistió Sasai.

—Sí, claro...

—La verdad es que... —comenzó Minami bajando a continuación la voz—. No quería decirlo, pero llevo tiempo pensando que xxxxx tiene una actitud un poco sospechosa.

El nombre que dijo no se escuchó bien.

—¿Cómo? —preguntó Otoha.

Pero cuando Minami tomó aliento y se disponía a repetirlo, Sasai, con un gesto de una severidad inusual en él, la agarró del brazo y se metió con ella en el cuartito para empleados que había detrás del mostrador. Otoha miró en torno suyo para comprobar que no hubiera visitantes y acto seguido tocó el timbre del mostrador. Se destinaba a que los clientes lo tocaran cuando se encontraban el mostrador vacío o a que lo hicieran los empleados cuando tenían que ausentarse por lo que fuera. Otoha lo hizo sonar dos veces y se metió detrás de Sasai en el cuartito.

—No debe pronunciar el nombre de ningún cliente cuando esté ahí.

—Lo siento.

—Por mucho que ahora mismo no haya nadie...

—¿Por qué no habríamos caído en la cuenta hasta ahora?

—¿De qué se trata? —interrumpió Otoha.

Sasai se volvió hacia ella.

—El mostrador de fuera, donde se venden los tiques. Mai Kitazato revisa por encima los bolsos y carteras de los visitantes a la entrada y a la salida, ¿no?

—Sí.

—Por eso, nos podrá decir enseguida quién ha traído los libros —explicó Minami—. Ya que, cuando la persona saliera, ya no estaría el libro.

—Pero eso ya se lo preguntamos a Kitazato —objetó Sasai—. Dijo que no había visto ningún caso así.

—Efectivamente —contestó Otoha—. Pero es que hasta ahora eran solo libros de bolsillo. Podían ir, por ejemplo, dentro de un saquito tipo faltriquera. Si una mujer lleva algo así, nadie lo abriría, ni siquiera otra mujer. Además, un libro de bolsillo puede llevarse oculto entre la ropa y hasta ahí no ibamos a mirar...

—¡Ah! —exclamó Sasai interrumpiendo a Otoha y alzando el libro que tenía en la mano—. Esta vez es un libro más grande. Y, además, nuevo.

—Siendo así, seguramente Kitazato lo vio —opinó Minami.

—Seguramente —asintió Otoha.

—Vamos a preguntarle enseguida —concluyó Sasai.

Al salir del cuartito para ir a la taquilla de entrada, vieron que Tokai se había sentado para atender la recepción interior.

—Ah, señor Tokai, muchas gracias.

—¿Sucede algo? —preguntó el otro con expresión de asombro al ver que salían los tres de ese cuarto.

—Sí, luego le contaré —contestó Sasai mientras se marchaban.

Se extrañó todavía más cuando vio que los tres se alejaban corriendo. Sasai no decía ahora eso de «las jóvenes con clase no corren».

Mientras iban hacia la taquilla Otoha pensó que ya identificaba el nombre que medió escuchó cuando Minami lo susurraba. El de cierta anciana que venía casi todos los días.

El motivo es que también Otoha sospechaba en secreto de la misma persona.

Kitazato miró aquel libro, escuchó la explicación de Sasai y luego ladeó la cabeza con aire pensativo. Como de costumbre, su largo pelo cayó hacia los lados cuando lo hizo.

—Ese libro es de la señora Ninomiya.

—¿Está usted segura?

—Segura. Cuando lo vi, pensé: «Vaya, así que esta mujer lee esa clase de libros… Aunque no lo aparente, se preocupa por la salud».

—¿Ah, sí? —dijo Sasai.

Acto seguido, suspiró y dejó caer los hombros como si se deshinchara.

—No quería pensar que fuera ella…

A juzgar por el comentario, seguramente él también sospechaba de la mujer.

—¿Qué ha querido decir antes con eso de «Aunque no lo aparente»? —preguntó Otoha a Kitazato.

—¿Aunque no lo aparente?

—Sí, ha dicho que la señora Ninomiya no aparentaba leer esos libros…

—Ah, ya. Es que cuando cruza por aquí a veces hablamos.

Otoha no conseguía imaginarse a Kitazato hablando con los visitantes más allá de lo imprescindible. Quizá lo que sucedía es que la señora Ninomiya se ponía a contarle cosas unilateralmente.

—A menudo dice cosas como que quiere morirse cuanto antes o que le gustaría morir de golpe. Es como una muletilla.

—¿Eh? ¿Dice esas cosas?

—Pero no sé si lo dice en serio.

—Sí, puede que lo diga de broma —concedió Otoha.

—Ah, ahora que recuerdo —dijo Kitazato tomando el libro de las manos de Sasai—. En aquella ocasión hubo otra cosa que me llamó la atención.

—A ver dónde estaba… —murmuró mientras pasaba deprisa las páginas del libro.

Entonces, apareció una tira de papel insertada entre las páginas.

—¡El comprobante de venta! —exclamó Otoha al reconocerlo.

—Cuando lo vi, pensé: «Vaya, tiene todavía hasta el comprobante».

—Entonces, ¿quiere decir que procede de un hurto? —preguntó Minami sin cohibirse.

—Pues, como ahora en las librerías grandes todo se halla digitalizado, no se puede afirmar al cien por cien que el hecho de conservar el comprobante implique hurto —explicó Otoha.

—Y, si compras el libro por internet, normalmente te lo envían con el comprobante puesto —añadió Kitazato.

—Pero, por estos alrededores no hay librerías de gestión informatizada y creo que lo más cercano serían las de grandes superficies en Shinjuku o Ikebukuro por el este, o Hachioji y Tokorozawa por el oeste —observó Minami.

—Es un poco sospechoso, sí —concedió Otoha.

—Bueno, en este caso el que se trate de un libro robado o no para nosotros es menos que secundario —cortó Sasai—. En primer lugar, lo que hay que preguntarse acerca de este libro es…

—Le pido disculpas —se excusó Kitazato—. Se me pasó completamente por alto. No caí en la cuenta de que la señora Ninomiya no llevaba el libro con el que entró. Es que siempre me centro en que nadie se lleve ninguno de los libros que son nuestros.

—Como decían en la época de los samuráis, «Cuidado con los fusiles que entran y las mujeres que salen»[5] —dijo Minami en broma para aliviar la tensión.

—Creo que esa comparación no se ajusta demasiado —observó Otoha.

Ambas jóvenes intercambiaron una sonrisa. En contraste con ellas, Sasai exhaló un suspiro y murmuró:

—Así que ahora me toca ir a hablar con la señora Ninomiya…

—Si lo desea, puedo ir yo también —se ofreció Otoha impulsivamente al verlo tan compungido.

Sasai parecía de veras pesaroso y poco animado a realizar la tarea. Aquel hombre que siempre resolvía las cosas

---

5. Se dice que antaño los vigilantes de los puestos fronterizos se guiaban por esa norma. Lo segundo se refiere a evitar que huyeran las mujeres retenidas por la fuerza.

con desenvoltura, sin apenas dudar, ahora se mostraba indeciso… Quizá se le diera mal enfadarse o reprender a la gente.

—¿Me haría el favor?

—Cuando trabajaba en la librería, atrapé varias veces a personas que sorprendí hurtando libros o tuve que tratar con ellos porque los traían los compañeros. Bueno, en realidad lo que se dice atrapar lo hacían los que llamábamos «Hombres G anti-hurtos», los guardias de seguridad que contrataba la empresa del edificio donde estaba la librería. Pero después me llamaban a mí para tratar juntos con ellos. Por eso, estoy más o menos acostumbrada.

—Pero si esta vez no es un robo, sino que tenemos más libros que antes —volvió a bromear Minami.

Por lo visto, la mujer daba el problema por resuelto y casi parecía divertirle la situación.

—Cierto —admitió Otoha.

—Precisamente por eso es complicado reprenderla. No sé muy bien de qué manera advertirla…

—¿Y si en vez de Otoha fuera con Kuroiwa? Aunque mejor que haya una mujer…

—Sí, si pido a Kuroiwa que venga, resultaría un poco exagerado por nuestra parte y muy incómodo también para la señora Ninomiya.

Sasai volvió a suspirar.

—Pues por eso le digo que voy con usted —le insistió Otoha.

Sasai parecía tan afectado que poco faltó para que la joven se pusiera a darle palmaditas en la espalda.

Otoha pensó que quizá el punto débil de la gente como Sasai consistía en que eran incapaces de comprender a los que actúan de mala fe y, en este caso, de comprender para qué hacía esas cosas la señora Ninomiya.

La señora Ninomiya lo reconoció con toda naturalidad.

—Sí, fui yo.

—¿Cómo?

La mujer había reconocido los hechos con tanta facilidad, que Sasai no salía de su asombro.

—Que eso lo hice yo.

—¿Quiere decir que dejó usted ahí ese libro?

—Sí.

—Y... ¿fue por error? ¿Se trató quizá de un olvido?

—No —repuso la mujer negando con la cabeza—. Lo dejé intencionadamente. Ese libro sin sello de registro.

Era una absoluta confesión de su culpa.

Ese día había venido con el abrigo granate de la primera vez que la vio Otoha, una prenda que le sentaba muy bien a su grácil figura. Traía los canos cabellos recogidos en un moño y lleva un collar de cuentas grandes color pastel pendiendo del cuello. Aunque no parecía un aderezo caro, o quizá precisamente por eso, le venía a la perfección y contribuía a reforzar la impresión de que era una persona de buen gusto.

Estaban en la sala de los libros de Konosuke Takagi. En realidad, a Sasai le hubiera gustado usar la sala de visitas o la de reuniones, pero cuando la vio sentada en esta otra sala leyendo un libro, le susurró a Otoha: «Vamos a hablar con ella aquí mismo».

Ciertamente, no había ningún otro visitante y Otoha pensó que quizá delante de los libros de su antiguo amor confesaría la verdad con mayor docilidad.

—Verá...

Sasai tenía la mirada perdida. Viendo que quien se hallaba más confuso de todos era, por el contrario, aquel que

204

quería forzar la confesión, Otoha decidió que había llegado la hora de intervenir.

—Hemos ido encontrando otros libros en circunstancias similares, desde hace unos meses. ¿Esos delitos también los cometió usted?

Entonces la mujer alzó sus finas y bien cuidadas cejas.

Otoha pensó que ya había visto unas cejas como esas en alguna parte.

Ah, ahora caigo. Son las cejas de aquella Scarlett O'Hara que vi en una película antigua.

—¿Delitos? Bueno, supongo que eran míos también. A no ser que haya alguien más haciendo lo mismo.

Otoha y Sasai se miraron en un acto reflejo.

—El primero que encontramos fue un libro de bolsillo de Osamu Dazai.

—Ah, sí, ese era mío.

—Ya veo… —asintió Sasai con semblante grave—. ¿Y por qué hace esas cosas?

La señora Ninomiya depositó sobre sus piernas el libro que estaba leyendo, que era *Otoño temprano* de Robert B. Parker, perteneciente a la colección de Takagi. Entornó los ojos y, tras pensar un tiempo, contestó:

—Porque no tengo otro sitio donde colocarlos.

—¿Sitio donde colocarlos? —repitieron a un tiempo Sasai y Otoha.

—Es que mi casa es muy pequeña y no tengo donde colocar los libros.

—Ah, así que es por eso —dijo Sasai con un suspiro.

Parecía experimentar cierto alivio. Lo que hacía la mujer no era un delito ni encerraba mala intención sino que, en principio, existía una explicación. Aunque quedaba la cuestión de si era lícito o no dejar sus libros en la biblioteca porque no tuviera sitio en casa. Por lo visto, para Sasai resultaba más cómodo aceptar que hacía frente a una anciana excéntrica que iba dejando libros por ahí en vez de a alguien que mezclaba libros sin sello con objeto de crear confusión.

—Pues si se trata de eso, hubiera sido mejor que nos consultara antes. Si nos dice que desea donar unos libros, podríamos decidir aquí qué hacer con ellos.

—Entonces, ¿sería posible que colocaran mis libros al lado de los de mi querido Takagi?

—No, eso... Eso, no. Lo siento, pero en esta biblioteca no podrían quedarse. Lo que podríamos hacer es ayudarla a buscar quien desee quedarse con ellos.

—¿Verdad que sí? Sería llevárselos a un lugar diferente, ¿no? Y eso es lo que no quiero.

—No me diga... Pero es que...

—Y mis libros también quieren quedarse aquí.

Otra vez el asunto se complica, se dijo Otoha para sus adentros. *En esta biblioteca solo puede haber libros que hayan pertenecido a escritores. No podemos dedicarnos a guardar los libros de una simple anciana. Creo que no va a resultar nada fácil hacérselo entender.*

Puesto que Sasai volvía a guardar silencio, habló Otoha.

—¿Tantos libros tiene en casa, señora Ninomiya? ¿Es usted una apasionada de la lectura?

Hizo la pregunta sin pensarlo demasiado, como si fuera una conversación casual.

—Nada de eso. No soy una gran lectora. Ni comparación con mi querido Takagi. Solo leo algún libro de vez en cuando. Pero se me amontonan los libros que voy trayendo de las librerías.

¿Trayendo de las librerías?

Otoha y Sasai cruzaron una mirada. ¿A qué se refería con eso de «traer»? ¿A que los compraba o a que los robaba? En el segundo caso, se explicaba la presencia del comprobante de venta.

—¿Ese libro lo trajo aquí directamente desde la librería?

—Así es —contestó con toda naturalidad.

Al notar que Otoha y Sasai se hallaban tan sorprendidos que no podían articular palabra, escrutó ambos rostros y de pronto estalló en una carcajada.

—¿Pero de qué se sorprenden tanto? Llevarse libros sin pagar no es un delito. ¿No han oído eso de que los ladrones de flores no tienen culpa alguna? Pues es lo mismo. Los libros son algo que va pasando de mano en mano, algo público. Las personas leemos libros y aprendemos y luego aportamos esas enseñanzas a la sociedad, así que no importa si pagamos o no.

El asombro les impedía contestar.

Hay gente que piensa así, personas de otros tiempos... Hace unos años, cuando trabajaba en la librería, un compañero me habló de ello. Me dijo que entre los japoneses de élite de antes de la guerra había personas con esas ideas, recordó Otoha.

Al parecer, también en las novelas antiguas había de vez en cuando personajes de estudiantes de élite que robaban libros sin ningún complejo. Según la época, la visión de las cosas y la escala de valores cambia. Otoha lo entendía, pero aun así, las palabras de la mujer le impactaron. Justificar con aquel desparpajo el hurto de libros... Como si fuera un derecho inherente a su persona.

La señora Ninomiya volvió a reírse.

—Vaya, parece que a los jóvenes de hoy les suena un poco fuerte... Pero es la verdad. Si hasta mi querido Takagi lo afirmaba...

—¿Quiere decir que Konosuke Takagi... el maestro Konosuke Takagi, sostenía algo semejante?

Cuando Takagi vivía, más de una vez en la librería de Otoha hicieron eventos de promoción de sus libros y colocado varios de ellos en un lugar preferente durante esos días. Otoha pensó que, si lo que decía la mujer era cierto, le gustaría rasgar en pedacitos las cartulinas de promoción que hizo para entonces.

—Claro que sí. La gente de talento, como él, defendían todos la misma opinión desde jóvenes.

Pero ¿qué se ha creído esta mujer que son las librerías? ¿Cuántos libros se piensa que hace falta vender para recuperar la pérdida del libro sustraído?

Cuando Otoha ya estaba tomando aliento para gritarle y comenzaba a abrir la boca, Sasai la agarró suavemente por el brazo. Al levantar la mirada hacia él, vio que el otro hacía un leve movimiento de cabeza a izquierda y derecha. Se imaginó que le pedía aguantar con paciencia y, relajándose, expulsó el aire acumulado. Pero, a cambio, sintió que iba a llorar de un momento a otro.

—Dentro de los libros que trajo aquí, había también… Bueno, en realidad todos menos este último, procedían de librerías de segunda mano. ¿Esos también los robó?

—Claro. Antes los robaba de una librería de ocasión que hay en este barrio. Una tienda a la que, en los tiempos en que Takagi todavía vivía, iba alguna vez con él. Pero últimamente no me dejan pasar a ninguna. Por eso escogí una tienda de libros nuevos.

Así que en las librerías de segunda mano ya la conocían y le negaban la entrada… Otoha, entonces, cayó en la cuenta de algo y, aun temerosa, decidió preguntar de nuevo.

—Por casualidad, ¿ha robado también libros de nuestra biblioteca?

Dado que no experimentaba el menor sentimiento de culpabilidad por llevarse libros, bien pudiera haberse llevado alguno de aquí. Quizá lo había hecho sin que la descubrieran.

—¿Cómo iba a hacer eso? —negó con rotundidad la mujer—. ¿Acaso no son los valiosos libros de mi querido Takagi?

Si me los llevo, estaría perjudicando a sus muchos fans. Los fans son muy importantes y hay que cuidarlos.

Otoha oyó como a su lado Sasai exhaló un suspiro de alivio. Debía de preocuparle lo mismo.

—¿Y libros de otros autores?

—¿Otros autores? ¿De las colecciones que hay aquí? Por supuesto que no. Los únicos libros de aquí que me interesan son los de Takagi y el resto no vale nada.

—Menos mal —contestó automáticamente.

Por supuesto que existía la posibilidad de que estuviera mintiendo, ya que en realidad tanto en las tiendas de segunda mano como en las de libro nuevo había robado títulos de otros autores, pero viendo la energía con que acababa de negar el supuesto, Otoha pensó que hasta cierto punto merecía credibilidad.

—El resto de los escritores son una mierda. Por muy vieja que esté Kimiko Ninomiya, no se va a llevar libros con el sello de otros escritores. Me repugnan.

La mujer comenzó a farfullar esa clase de improperios.

Otoha ya no sabía si la mujer actuaba con lógica o sin ella. Pero llegó a la conclusión de que ya no debían seguir permitiendo que viniera por la biblioteca. El problema residía en cómo transmitírselo y en cómo proceder en adelante y no tenía idea al respecto. Quizá lo mejor sería consultar con Ako y Masako... O hacer una reunión de todos los trabajadores, incluyendo a Kitazato y Kuroiwa para dirimir el asunto. Pensando en la posibilidad de ayuda, Otoha se animó un poco.

—Oiga... usted era la enamorada del maestro Takagi, ¿verdad?

A Otoha le dio reparo usar la palabra «amante» y por eso escogió esa fórmula.

—Así es.

—Según escuché, es por eso que acude a esta biblioteca. Me lo contó una compañera...

—¿Y qué pasa por eso? —contestó la señora Ninomiya en tono retador haciendo temblar los hombros.

—Me dijeron que su deseo era poder estar junto a los libros del maestro Takagi. ¿Pasa todo el tiempo leyendo sus libros? ¿No hace nada más?

El motivo con que hacía estas preguntas era, por una parte, tranquilizar a la mujer cambiando de tema y, por otra, la idea de que, quizá conociendo mejor sus patrones de conducta, resultara más fácil localizar otros libros sin sello que pudiera haber.

—Así es...

Había sido una pregunta sin mayor intención, pero la señora Ninomiya durante un segundo, solo un segundo, guardó silencio y la miró parpadeando como si su visión la cegara.

¿Qué será esta sensación tan extraña? Otoha no sabía por qué, pero notaba que la pregunta la había incomodado.

—Eso no es cierto, ¿verdad? —dijo Sasai en voz baja.

—¿Eh? —exclamó Otoha.

Más que Ninomiya, fue ella quien se sorprendió ante la intervención de Sasai.

—¿Verdad que no es así? No se trata solo de que desee estar cerca de esos libros, estoy seguro de que existe otra razón.

—¿Pero qué dice usted?

—Por supuesto que desea estar cerca de esos libros. Pero no solo por ese simple motivo en sí mismo. Yo ya lo sabía. Desde hace tiempo. Pero, como no me importaba, no dije nada.

—Señor Sasai, ¿de qué está hablando? —preguntó Otoha.

—Como me pareció algo que afectaba a la intimidad, he aguantado todo este tiempo sin decir nada a nadie. Pero, viendo como ha ensuciado el prestigio de esta biblioteca, ya no lo voy a consentir más. Después de hacer algo como mezclar libros sin sello y, además, robados, con los nuestros.

Sasai miró unos instantes a Otoha.

—Como la única persona presente aquí es Higuchi, empleada de la biblioteca, lo voy a decir. Nada que objetar, ¿no? Usted lleva mucho tiempo buscando un libro en concreto. Uno de los libros de Takagi.

Ninomiya bajó la mirada. Se podía entender como un sí o como un no. Ni refutó la afirmación ni contestó ninguna otra cosa. Pero su cuerpo parecía haber encogido.

—Yo ya me había dado cuenta. Cuando usted se encontraba en esta sala, siempre miraba una carta a escondidas mientras buscaba un libro. Una carta antigua. Pero, si alguien entraba en la sala, escondía esa carta a toda prisa. Deduje que quizá era una carta que encerraba algún importante contenido secreto. De vez en cuando, la observaba desde lejos sin que usted se diera cuenta. Pero, más que leer la carta, lo que hacía era compararla con los libros. Entonces llegué a la conclusión de que seguro que se trataba de un mensaje secreto escrito mediante un libro y que usted buscaba el libro que ofrecía la clave.

Ninomiya continuó sin responder nada.

—¿Un mensaje secreto escrito mediante un libro? —preguntó Otoha.

—Se trata de un mensaje que para descifrarlo hay que buscar la clave en un libro u otro texto. Para intercambiarse esos mensajes, ambas partes necesitan la misma edición del mismo libro y si un tercero quiere descifrarlo debe examinar una cantidad inmensa de libros mientras que, por el contrario, si pierdes el libro donde está la clave, pero sabes cuál es, puedes reponerlo. Es un sistema antiguo, pero más práctico de lo que parece.

—Qué curioso… Nunca lo había oído.

—En la carta vienen escritas solo unas cifras, que indican el número de página y de línea seguido del que marca la posición que ocupa la palabra o la letra en cuestión dentro de esa línea. Con eso se puede ir completando el mensaje.

—Entonces, para un tercero no son más que una serie de cifras, ¿no?

—Efectivamente. La señora Ninomiya, de algún modo, ha obtenido una carta que alguien… Bueno, sin duda, alguien del entorno de Takagi le escribió en clave utilizando este sistema que se vale de libros. ¿No es cierto? Entonces, para descifrar ese mensaje es por lo que venía aquí. A poco que se piense, parece evidente que no se trata de su esposa. Ella no tendría necesidad de mensajes secretos, puesto que vivían juntos.

Ninomiya continuaba en silencio, con la vista clavada en el suelo.

—¿De quién es esa carta? —inquirió Sasai.

La mujer no contestó.

—Bueno, es igual. A decir verdad, eso no nos interesa. Pero mi impresión es que ya ha conseguido descifrar el texto, ¿verdad?

Ninomiya, hasta entonces impertérrita, alzó la vista.

—¿Por qué cree eso?

—Porque lleva viniendo aquí varios años, ¿no? Por mucho que necesitara ver todos los libros del maestro Takagi, ha tenido tiempo de sobra para ello. Habiendo sido su amante y hallándose siempre cerca de él, más o menos sabría dónde buscar. Porque lo normal es que Takagi hubiera escogido como clave un libro que le gustara especialmente o que leía a menudo. Un libro con un significado especial para él.

La mujer guardó silencio unos segundos y, de pronto, se echó a reír. Otoha y Sasai se miraron. Parecían un poco asustados, pensando que quizá la mujer había terminado por enloquecer.

—Pues el caso es que no fue así… —contestó Ninomiya cuando acabó de reírse.

—¿El qué no fue así?

—Me llevó muchísimo tiempo. Estaba en el último libro que miré.

—¿En el último?

—Pensé: «En este seguro que no», y lo fui dejando para el final. Por eso tardé tanto tiempo.

—Vaya… Entonces, ¿no era un libro que le gustara a Takagi?

—No, todo lo contrario. Era, quizá, su favorito, su libro más querido. Se lo había regalado yo. Es más, lo conoció gracias a mí. Le dije: «Lee este, que está muy bien». Y ahí encontré la clave.

—¿Qué libro era? —preguntó Otoha no como un interrogatorio, sino con verdadera curiosidad.

—*Amor y muerte*, de Musha-no-koji Saneatsu.

—Ah, sí… —asintió Sasai al momento.

Otoha no lo conocía.

—¿En ese libro tan corto?

—Sí. Si es que la carta no era más que un que si te quiero, que si moriría por ti y cosas por el estilo. Con ese libro había de sobra. Me resultó tan insoportable que me llevé ese libro y lo tiré a la basura. Entonces dejé otro como sustituto…

—El libro de Osamu Dazai.

—Sí. Justo lo llevaba en ese momento y eran más o menos del mismo grosor.

Así que a partir de ahí cuando comenzó a traer libros, pensó Otoha.

—Pero entonces, como temíamos, sí que ha robado también de esta biblioteca —le espetó Sasai.

—De ningún modo. Ese libro se lo había regalado yo. Era mío.

213

—¿Qué quiere decir?

—La carta en clave se la escribía una nueva amante. Después de que falleciera la esposa de mi querido Takagi, él y yo comenzamos a vivir juntos la mayor parte del tiempo.

Por increíble que parezca, Takagi usaba el libro que le regaló una amante para intercambiarse cartas de amor con otra amante. Debía de ser un hombre espantoso. Seguramente usó ese libro porque pensó que parecería el menos sospechoso.

—Más que eso, lo que yo querría saber es por qué continuó viniendo aquí después de haber descifrado la clave —la acosó Sasai—. Ya no lo necesitaba, ¿no?

Sasai se mostraba esa noche inusualmente implacable. Interrumpía a la mujer sin ningún recato, con objeto de ir al grano. Ninomiya, en cambio, parecía querer explayarse más.

Otoha pensó que quizá la mujer deseaba contarle su historia a alguien. Sus quejas y sus recuerdos. Pero Sasai no se mostraba dispuesto a consentírselo.

—Porque no tengo otro sitio a donde ir… Me siento sola. Aquí hay libros y hay gente joven.

Otoha, inconscientemente, apartó la vista.

Se trataba de eso. La mujer carecía de otro lugar al que ir. Otro lugar donde pasar las largas noches. Durante muchos años había sido la amante de un hombre casado, luego había comenzado a robar libros y no tenía familia. Y por último esa noche, seguramente, perdería también su último refugio.

CAPÍTULO V

La comida enlatada
de Yoko Mori

Tras el incidente de Kimiko Ninomiya, la biblioteca nocturna pasó por un largo periodo de cierre al público.

A propuesta de Sasai, los empleados hablaron varias veces entre ellos y decidieron que las tres primeras semanas las dedicarían a reorganizar y comprobar todos los libros. Después, disfrutarían todos de unos días de vacaciones. Cuando el dueño decidiera el día de apertura, se lo comunicaría con tiempo a Sasai para que avisara a los demás. Sasai explicó a los empleados que, como mucho, se trataría un periodo de un mes. El motivo esgrimido para tan largas vacaciones fue que «hay que recuperarse del cansancio de la reorganización de los libros y, además, el dueño desea comprobar por sí mismo toda la biblioteca». Aparte, les prometió que durante ese tiempo seguirían recibiendo el salario.

La librería nocturna, silenciosamente, cerraba sus puertas al mundo.

Esa fue la impresión que se llevó Otoha.

Como es natural, hubo peticiones de algunos estudiosos o escritores que deseaban usar la biblioteca. Sasai se encargó de devolver el importe total de los pases mensuales y de contestar educadamente por correo electrónico que facilitaría la información que necesitaran por ese mismo medio. De ese modo, explicando las cosas lo mejor posible, consiguió que todos aceptaran la situación de buen grado.

Decidieron entre todos que durante los días que dedicaran a reorganizar los libros el horario de trabajo permanecería invariable, de cuatro de la tarde a una de la madrugada. No faltó quien opinaba que, dado que no acudirían visitantes, se podría trabajar de nueve de la mañana a seis de la tarde, pero al final se impuso el motivo que esgrimió Masako: si después de tener el cuerpo hecho a ese horario, se volvía solo por un mes a un horario corriente para luego volver al nocturno, la salud se resentiría.

Por lo que respecta a los miembros ajenos a los libros, como Mai Kitazato de la taquilla, el detective Kuroiwa y el cocinero Kinoshita, se les dejó libertad de horario y de vacaciones. Los dos últimos escogieron tomarse un mes de vacaciones.

—Desde que me retiré del cuerpo de policía, nunca había tenido unas vacaciones tan largas, así que creo que me iré de viaje con mi mujer. Tenemos a un hijo viviendo en Hokkaido, así que igual aprovechamos para verlo.

Cuando Kuroiwa terminó de decir aquello, se extendió un murmullo por la sala de reuniones. Otoha nunca había pensado que Kuroiwa tuviera esposa e hijos y, probablemente, lo mismo les sucedía a los demás a juzgar por la sorpresa que delataban.

Kinoshita no esgrimió ninguna razón en particular. Muy propio de él.

Kitazato optó por venir a trabajar.

—Si no existe inconveniente por parte de ustedes, en general yo también vendré. Sigue siendo necesario abrir y cerrar las puertas y puedo ayudar en algunas tareas de la reorganización de libros.

A Otoha le extrañó un poco. No se esperaba que aquella mujer, siempre tan distante, se ofreciese a trabajar con los demás.

Todos los asistentes a la reunión coincidieron en que Masako, que era quien contaba con mayor experiencia como bibliotecaria, fuera la responsable de dirigir las operaciones. Masako, a su vez, nombró a Minami como vicerresponsable. Así, bajo las directrices y la guía de Masako, comenzó el trabajo de reorganización de libros. Ya se había realizado con anterioridad, pero para Tokuda y Otoha era la primera vez, así que les explicó con detalle el proceso.

—Esto es algo que hacen en todas las bibliotecas al menos una vez al año —comenzó Masako frente al resto del personal el primer día de trabajo—. No tiene nada de especial, pero es una labor importante. Para que los libros de la biblioteca respondan a las necesidades de los clientes, deben estar colocados en su lugar correcto, de manera que se los puedan proporcionar de forma rápida, esmerada y certera. Debido al incidente pasado, quizá encontremos ejemplares ajenos o también algunas ausencias.

Masako paseó la vista por los presentes.

—A decir verdad, localizar las pérdidas apenas presenta dificultad. Basta con cotejar los títulos de las listas con los volúmenes de las estanterías. En cambio, si aparecen volúmenes que no constan en el índice, que es algo muy raro en una biblioteca, es necesario ir con cuidado.

—Por eso, a cada autor le hemos asignado dos encargados, de manera que puedan comparar bien los documentos con los índices —anunció Minami tomando el relevo con voz vibrante al lado de Masako—. Al final, se cuentan otra vez todos los ejemplares del autor en cuestión y se ve si es la misma cifra de los registros.

Minami parecía muy tensa, lo cual daba un tono inusual a su voz, y también se sonrojaba un poco por la falta de costumbre.

Tras carraspear para aclararse un poco la garganta, finalizó con las siguientes palabras:

—Lo ideal es que esta última comprobación del número de documentos la haga alguien que no sea ninguno de los encargados. Eso es todo. Muchas gracias y vamos a hacer un buen trabajo.

Al terminar, las dos hicieron una reverencia y el resto contestó con un aplauso.

Una vez comenzada la tarea, no resultó una mala forma de pasar los días. Por lo menos, eso le pareció a Otoha. Entraban a trabajar a las cuatro de la tarde e iban revisando los libros en pareja, contando la cantidad al final. Al principio, las parejas se formaron de esta manera: Ako y Masako; Minami y Otoha; Sasai y Tokuda; y por último, Tokai con Kitazato. Sin embargo, varios días después, se cambió la composición.

—Si se trabaja siempre con la misma persona, se van creando vicios y es más fácil cometer errores —justificó Masako.

Aparte de la cuestión de los sellos identificadores, estaba la cuestión de los números de registro o la clasificación de aquellos libros que carecían de código de barras, por lo que Masako y Minami calculaban que llevaría el doble de tiempo que en una biblioteca ordinaria.

—Normalmente, si se incluyen las estanterías del almacén que no está abierto al público, en una biblioteca se revisa un tercio de los volúmenes cada año. Es decir, que se organiza el calendario de manera que la revisión total se lleve a cabo a lo largo de tres años. Pero en esta ocasión, nosotros tenemos que hacerlo todo de una vez.

Uno de los días de vacaciones, las mujeres se reunieron en la habitación de Minami para ver la continuación de la serie *Ana la de Tejas Verdes*. Otoha se dijo que le gustaría que la situación se prolongara por siempre.

Durante ese periodo, Sasai y Otoha se fueron un día solos para hablar con cierta persona. Tenían que reunirse con la hermana menor de Mizuki Takashiro para decidir el diseño del sello con que identificarían sus libros. La hermana dijo que iba a vender aquel piso y a mudarse a otra parte, así que la reunión debía celebrarse antes. No lo dijo claramente, pero Sasai intuyó que se iría a vivir lejos de la región de Kanto.

Otoha llegó con Sasai a la vivienda del otro día a la hora estipulada por la hermana. Como ya no había necesidad de cargar libros, fueron en tren, haciendo un par de transbordos, hasta que llegaron al barrio de Musashi Kosugi.

En el vagón de tren hablaron solo el mínimo imprescindible, pero tampoco se creó un ambiente enrarecido ni se respiraba nerviosismo. Otoha sentía que, desde que solucionaron juntos el asunto de Kimiko Ninomiya, Sasai y ella seguían, por supuesto, siendo compañeros de trabajo, pero había nacido entre ellos un peculiar espíritu de colaboración que superaba la mera relación laboral, que tampoco era exactamente la que se da entre hermanos u otros familiares.

Pero, aun así, a Otoha le entristecía un poco pensar que quizá se tratara solo de su impresión y carecía de medios para verificar los sentimientos de Sasai.

En la casa de Mizuki Takashiro reinaba una calma absoluta y aquella hermana que dijo que la llamasen Mone estaba en chandal y como en las nubes. Al igual que la otra vez, les hizo pasar a la sala de estar.

Las estanterías ya vacías seguían allí. El hecho de que no hubiera nada debería de contribuir a dar una sensación de que la casa estaba ordenada, pero, como, por una parte, no había ni un libro y, por otra, la habitación estaba sucia, lo que parecía es que habían entrado ladrones.

Sasai le mostró una serie de posibles diseños que había traído. Le explicó que, si no deseaba nada en especial, existían una serie de modelos para incluir el nombre completo del autor. Básicamente, si las letras irían en negro sobre blanco o al contrario, o si se disponían en vertical o en horizontal y, aparte, el tipo de letra a emplear.

—No me convence ninguno en particular —dijo tras echar un vistazo.

—Este sería el modelo más simple —explicó Sasai sin arredrarse—. Si desea añadir a este algo especial, como un dibujo, también puede hacerse. Por ejemplo, alguna ilustración que le gustara al difunto.

La hermana ladeó la cabeza pensativa.

—No se me ocurre ninguno…

Otoha, que hasta entonces guardaba silencio, decidió intervenir.

—Una vez que empecemos a sellar los libros, ya no se puede cambiar. Mejor elegir uno del que luego no se arrepienta.

—¿Arrepentirme?

Como era de esperar, Mone miró hacia ella con desconfianza. Al ver aquella expresión con el ceño fruncido, Otoha sintió ganas de recular, pero decidió echarle valor y proseguir.

—Los visitantes que acuden a la biblioteca primero toman el libro en sus manos y, a menudo, lo siguiente que hacen después es abrir el interior de contraportada y mirar el sello, algo que influye bastante en la impresión que se llevan del libro y del autor…

Ya temía que la otra le espetara un «¿Qué más da?» o «¿A mí que me importa?», cuando, curiosamente, la hermana asintió.

—Sí, entiendo…

—Todo el mundo suele alegrarse si ve un sello que, de alguna manera, le recuerde al autor en vida —siguió Otoha.

—Pues… le gustaban los libros. Pero bueno, eso es normal en un escritor, ¿no?

—Se puede incluir en el diseño un motivo alusivo a los libros y combinarlo con su nombre —propuso Sasai.

—¿De verdad?

Sasai agarró un lápiz y, junto al modelo más sencillo de todos, dibujó rápidamente un libro. En lo que sería la portada, escribió el nombre de Mizuki Takashiro.

—No es un buen dibujo, pero podría hacerse, por ejemplo, algo así.

—Hmm…

Mone clavó la vista en el ejemplo.

—¿Qué le parece? También podría ser una flor o una fruta que le gustara, quizá un animal… Pueden hacerse diseños con cualquiera de esos motivos.

—Le gustaban los gatos. Aunque, como le daban alergia, no podía tenerlos.

—¿Gatos? Por supuesto que se puede hacer un diseño que incluya un gato. En ese caso, como necesitaríamos su visto bueno final, voy a proponerle al diseñador que haga una muestra. ¿Puedo remitírsela por correo electrónico?

—Ah, ahora que lo pienso. ¿Podría ser un gato como el del libro de Soseki Natsume?

—¿El de la primera edición de *Soy un gato*?

—No, no me refiero a ese tan famoso que es como un hombre-gato desnudo, sino al que aparecía en la parte de abajo de la portada en laminilla de oro combinada con color naranja.

—Ah, sí, ese tan mono. Es muy bonito.

Viendo que la conversación entre Sasai y Mone avanzaba con fluidez, Otoha sacó enseguida su teléfono móvil y buscó la portada en cuestión de aquella primera edición de *Soy un gato* y mostró la imagen de la pantalla.

—Sí, algo así —asintió Mone mirando la pantalla del móvil de Otoha—. ¿El tipo de letra puede ser también uno que se acerque a estas?

Ahora señalaba las letras del texto de la cenefa del libro.

—Sí, es una buena idea… —contestó Otoha—. Creo que quedaría bien.

—Bien, entonces, como ya me he hecho una idea, voy a consultar con nuestro diseñador.

La mujer asintió con aire satisfecho. Era la primera vez que la veían de tan buen humor. Por eso Otoha se confió y se dirigió a ella.

—Perdón, ¿puedo preguntarle algo?

—¿El qué?

El tono de Mone no fue especialmente duro. Más bien, como se había establecido cierta confianza, hablaba sin formalidades. Otoha notó que, en cambio, Sasai la miraba con preocupación, pero decidió ignorarlo.

—La otra vez que estuvimos aquí me habló sobre la limpieza de los retretes, ¿recuerda? Eso de que se consideraba natural que fuéramos las mujeres quienes lo hiciéramos.

—¿Eso dije?

—¿Fue algo que escuchara de labios de Mizuki Takashiro?

—Pues… la verdad es que no me acuerdo.

La mujer parecía haberse turbado. Otoha escrutó su rostro con detenimiento. Intentaba no dejar escapar ningún detalle de su expresión.

—¿Era así como pensaba Takashiro-san?

—¿Por qué lo pregunta?

—Porque me parece una frase muy propia de Takashiro-san.

Otoha ponía buen cuidado en no utilizar el apelativo de «Takapon».

—Todas mis ideas no tienen por qué estar influenciadas por sus libros…

—Es que en un blog de los primeros tiempos de Mizuki Takashiro venía esa frase.

—Pues será una casualidad.

—Vaya…

—Somos dos personas por completo diferentes —dijo Mone con tono seco.

Sasai y Otoha salieron juntos de la casa. Dentro del ascensor de bajada, Otoha inició la conversación.

—¿Realmente esa mujer, Mone, se llevaría mal con Takapon? No me da en absoluto esa impresión. Por lo menos a veces.

—¿Qué? —preguntó Sasai desconcertado por el repentino comentario—. ¿Eso crees?

—Me parece que, o se llevaban muy bien, o son personas que piensan de manera muy parecida.

—¿Ah, sí…?

—Takapon era alguien que, fuera de sus novelas, no escribía nunca nada donde hablara de sus opiniones personales, ni ensayos ni comentarios en redes sociales. Pero, como he dicho antes, en su primera época, únicamente en esa época, cuando escribía alguna obra en internet, tenía a la vez un blog propio. Se trataba de una estrategia para promocionar sus novelas de internet y ganar dinero incrementando el número de accesos. Pero como enseguida se hizo un autor muy popular, dejó las redes.

—Interesante…

—Realmente fueron solo unas pocas semanas. Pero hubo quien hizo capturas de pantalla de aquellas entradas y parte de ellas siguieron circulando por internet.

—Ah…

—Tal y como he dicho, una de las frases que aparecían allí, me la repitió Mone tal cual. Esa hermana suya.

Era aquel comentario sobre la limpieza de los retretes. «¿Te has presentado voluntaria para encargarte del retrete porque eres mujer?». Después Mone comenzó a repetir lo que había escrito Takashiro. «En sus países, la limpieza de los retretes es trabajo de mujeres y esclavos».

En su comentario de internet, Mizuki Takashiro mostraba indignación. Decía que era una vergüenza considerar a una mujer igual o peor que a un terrorista.

—Y, sin embargo, lo ha negado de modo tan tajante. Eso, por el contrario, lo hace muy sospechoso, porque no hacía falta ponerse así.

A continuación, ya en un murmullo, Otoha añadió:

—Eso sin contar aquella frase de «somos dos personas diferentes», cosa tan evidente que no debería resultar necesario decir.

—Bueno, puede que por ser su hermana menor piense igual, o que alguna vez hablaran sobre ello. O que la hermana leyó también aquel blog, la observación le gustó y se le quedó grabada.

Sasai hablaba como si quisiera consolarla.

—Sí, es posible. Pero resultaría más factible si fuera por ejemplo algo que apareciese en sus novelas. ¿Hasta en un comentario tan insignificante se parecerían dos hermanos? ¿Alguien con quien se llevaba tan mal que desea deshacerse cuanto antes de sus propiedades y convertirlas en dinero?

—A veces las relaciones entre las personas más próximas son las más complicadas.

—Es verdad, pero…

En esas, el ascensor llegó a la primera planta.

Aun fuera ya del edificio, Otoha continuó elucubrando sobre el particular.

—Perdone que insista. Pero es que no me lo puedo creer. Es realmente seguro que Mizuki Takashiro ha muerto, ¿verdad?

—Pues, eso creo. No es que yo haya visto su cadáver ni su certificado de defunción, pero, en caso contrario, ¿podrían escribir artículos al respecto los grandes periódicos y realizar la editorial semejante anuncio?

—Normalmente, no…

—Y, además, ¿por qué iba a necesitar fingir su muerte? Si quería dejar de escribir, bastaría con anunciar un retiro temporal o definitivo, nada se lo impedía.

—Sí, lo sé —contestó Otoha alzando la cabeza y siguiendo los pasos de Sasai.

Tras un rato caminando en silencio en dirección a la estación de Musashi Kosugi, Sasai se dirigió a ella.

—¿Por qué no me cuenta qué es lo que piensa en realidad? Acerca de la relación entre Mizuki Takashiro y esa hermana…

Hablaba con voz muy amable y, más que una pregunta, parecía estar invitándola a que digiriese sus ideas y emociones.

—Pues pienso que quizá Mizuki Takashiro y esa hermana pudieran ser la misma persona…

—Entiendo —asintió Sasai sin mostrarse ni de acuerdo ni en desacuerdo.

—Pero por otra parte, como dice usted, me parece imposible que se anuncie una muerte sin que nadie haya muerto. No me imagino cómo serían los detalles de una operación similar, pero, si por una posibilidad entre mil Takashiro viviera y ello se descubriera, el asunto afectaría no solo al interesado, sino que también los medios que difundieron la noticia y la editorial que la dio a conocer en un primer momento serían objeto de fuertes críticas.

—Eso seguro.

—No obstante, ¿y si se diera el caso de que existieran dos autores compartiendo un único pseudónimo? Por ejemplo, que se repartieran el trabajo de alguna manera. Ya de por sí,

Mizuki Takashiro era conocido por ser muy versátil, capaz de escribir novelas de todo tipo de géneros.

—Ya voy viendo lo que quieres decir.

—Entonces, como uno de los autores ha muerto, se hace publicar un artículo sobre el fallecimiento y, de momento, se termina con la vida de ese ficticio Mizuki Takashiro. Pudiera ser.

—Bueno, imposible no es. Pero me parece que sería un desperdicio abandonar de esa manera la «marca» Mizuki Takashiro que tantos réditos ha devengado. Claro que la forma en que piensa la gente vulgar como yo y la forma en que piensan los grandes maestros son diferentes...

—Eso tampoco...

—También resulta un poco raro deshacerse de todos los libros de esa manera. No existe ninguna necesidad de ello.

—Es cierto, pero... —insistió Otoha—. ¿Y si se tratase, por ejemplo, de querer dar un giro de 180 grados a su vida? Algo así...

—No menos extraño resulta que la hermana se mostrase tan enfadada hacia el difunto...

—¿Estaría haciendo teatro?

—Creo que ese enfado era auténtico. Yo mismo, si perdiera de esa manera tan repentina a alguien que quiero, me sentiría no solamente triste, sino, quizá, también enfadado.

—Sí, supongo que sí...

Otoha no esperaba que Sasai dijera una frase como «alguien que quiero» ni se imaginaba a nadie cuya pérdida le haría enfadar.

Mientras hablaban, llegaron a la estación y Sasai compró los billetes para ambos. Dijo que los desgravaría como gastos de la biblioteca.

—¿Tanto desearía que siguiera con vida? —preguntó Sasai girándose hacia Otoha en la escalera mecánica que los conducía al andén—. Entonces, ¿qué tal si continúa pensando que Takashiro vive?

—¿Haciendo como que vive?

—Nada le impide pensar así. Han dado la noticia de su muerte, pero en realidad vive. Continúa viviendo en alguna parte y un día volverá a escribir. ¿Por qué no?

Otoha volvió a pensar en la casa donde habían estado. Lo sintió como un lugar muy lejano.

—¿Puedo seguir pensando así?

—Claro que sí. Cada uno puede pensar como quiera. Somos libres de hacerlo.

—Muchas gracias —dijo Otoha de todo corazón.

Ahora se sentía un poco mejor.

—No hay por qué dar las gracias... —replicó Sasai con expresión de extrañeza.

—Es que ha conseguido animarme.

—¿Ah, sí? Pues me alegro.

—Sus palabras siempre me ayudan mucho. Desde que llegué a la biblioteca.

—¿Eh? —se sorprendió Sasai, agarrado a una correa de mano del vagón—. Nunca me habían dicho algo así.

—¿De verdad? Creo que todos los compañeros piensan lo mismo.

—Eso sería muy de agradecer. Nunca pensé que pudiera servir de ayuda a nadie.

—¿Sí? Eso sí que es una sorpresa. A mí me encantan las cosas que dice.

Otoha se sorprendió a sí misma de lo que estaba diciendo. Decir algo así a alguien con quien solo le unía una relación laboral... Sintió en las mejillas el calor de la vergüenza y dirigió la vista hacia el suelo. Sasai debía de haber notado algo, porque guardó silencio.

Pasadas ya varias estaciones, se atrevió a levantar un poco la cabeza y mirar con disimulo el rostro del hombre. A lo mejor era porque le estaba dando la luz del sol, pero le pareció que él también estaba un poco sonrojado.

—¿Puedo preguntar una cosa más?

—¿De qué se trata?

—Es sobre las próximas vacaciones. ¿Cuánto tiempo está pensando el dueño que duren?

Otoha llevaba unos días dándole vueltas al asunto.

—Pues, como les dije el otro día a todos, calculen entre dos semanas y un mes.

Al ver que había cambiado su tono, Otoha no pudo evitar mirar directamente su rostro. Había hablado como si estuviera frente a todos los empleados de la biblioteca, de una manera en extremo formal. Aquellas facciones que antes parecían sonrojadas, habían recuperado su color blanco. Casi parecía que quisiera ocultar algo.

Otoha había formulado su pregunta sin mayor intención, pero el resultado la asustaba un poco.

—Es un poco inusual que no haya un número concreto de días decidido. ¿No estará pensando el dueño en cerrar definitivamente la biblioteca, verdad?

Pretendía decirlo medio en broma, como para disipar su inquietud.

—Eso no —negó Sasai con firmeza.

Sin embargo, la respuesta sonó demasiado rápida. La suave corriente de calidez que parecía haber circulado unos minutos antes entre los dos se desvaneció por completo. La manera de responder guardaba cierta similitud con la negativa expresada por la hermana de Mizuki Takashiro que acababan de escuchar.

—¿No confía usted en la palabra del dueño? Es una lástima.

Otoha se asustó todavía más. Ahora Sasai le parecía alguien tan ajeno como la primera vez que pisó la biblioteca. Por eso se apresuró a justificarse.

—No, no es que no confíe en el dueño… Pero si fueran dos semanas, pensaba en volver a casa de mis padres, mientras que, si se tratara de un mes, me gustaría visitar la isla de Cebu, en Filipinas, como un corto viaje de estudios, e ir allí a una academia de inglés.

Era una idea que tuvo hace tiempo, pero ahora la presentaba como si se le hubiera ocurrido para esta ocasión. Hace unos años vio que una amiga de los tiempos de estudiante ponía en Facebook que se había matriculado en una academia de inglés en la isla de Cebu, y le dio mucha envidia. Por eso lo recordaba. Sin embargo, mientras lo utilizaba para justificarse ante Sasai, sintió como si siempre hubiera deseado ir.

—Ah, la isla de Cebu... Yo fui una vez. Y también estudié un poco allí.

—¿Eh? ¿De verdad?

A continuación, Sasai dijo el nombre de varias escuelas de inglés y, con un detallismo sorprendente, le explicó las particularidades y el nivel de cada una.

—Realmente lo conoce muy bien...

—Antes de ir a la universidad en los Estados Unidos, decidí repasar allí mi inglés.

Otoha, que solo pretendía preguntar el periodo de vacaciones, se sorprendió de cómo había evolucionado la conversación.

—Por eso, si supiera los días concretos de vacaciones...

—Bueno, si el motivo es ese, no se preocupe por cuántos días vayamos a estar cerrados. Puede irse de todas formas. Aunque reabramos a la mitad de sus vacaciones, no hace falta que vuelva enseguida. Ya se lo explicaré yo al dueño. Creo que no habrá problema en contabilizarlo como días de vacaciones.

—Oh... Muchas gracias.

Era una sensación extraña. A pesar de que lo que le decían era algo sumamente generoso, la intranquilidad de Otoha iba en aumento. Le pareció que si seguía preguntando, terminaría envuelta en algo todavía más inquietante.

Regresaron a la biblioteca sin apenas cruzar palabra el resto del tiempo.

Había transcurrido cerca de una semana desde que comenzaron la revisión de los libros de la biblioteca. Cierto día, tras levantarse al mediodía, Otoha se encontraba desayunando mientras veía la televisión. Es decir, a la hora en que la gente suele almorzar. Estaba viendo un drama que había dejado grabándose el día anterior, cuya trama mezclaba ingredientes de suspense en una historia de amor. En ese momento se desarrollaba una escena en que la heroína comenzaba a sospechar que quizá el hombre del que se estaba enamorando pudiera ser un criminal.

—¿Pero no te das cuenta? El criminal no es él, sino su hermano.

En cuanto Otoha terminó de dirigir estas palabras a la protagonista del drama, oyó que alguien llamaba con los nudillos a la puerta.

Fue a mirar por la mirilla convencida de que sería alguna vecina del apartamento o un paquete de sus padres que le traían, pero se encontró con el rostro de una mujer desconocida, más o menos de su edad. Preguntándose con desconfianza quién podría ser, optó por no abrir y preguntar a través de la puerta.

—¿Quién es?

Sintió que la otra contestaba algo, quizá un nombre, pero no se oía bien. Resignada, entreabrió la puerta sin quitar la cadena de seguridad.

Era una joven de apariencia corriente, aunque bastante alta y de complexión fuerte, con el cabello semilargo y ataviada con una chaquetilla y una falda larga. Quizá por su sobriedad y aspecto físico, daba una impresión de firmeza y de persona capaz de ayudar a los demás. A Otoha le recordó a una de esas subcapitanas de los equipos deportivos del colegio.

—Perdone pero ¿quién es usted? —le preguntó de nuevo.

—Me llamo Iwasaki. Soy una amiga de Saho Oda, la mujer que vivía antes aquí. Me dijo que se había dejado unas cosas aquí y he venido a recogerlas en su lugar.

—Ah…

Otoha recordó que el día que se instaló en la casa, Sasai le dijo que la caja de cartón que había en el armario era de la anterior inquilina y que vendría un día a recogerla.

—Me dijo que era una caja grande de cartón, originalmente de mandarinas…

La descripción se ajustaba a aquella caja.

—Sí, hay una caja como esa, pero ¿le importa que pida el visto bueno de mi superior?

—De acuerdo. En principio, he traído también un documento de identidad de Saho.

La joven mostró a Otoha el permiso de conducir de su amiga. Por la foto le pareció una chica formal. Un año mayor que ella.

—Si le da la vuelta, verá que consta la dirección de este apartamento. Y más abajo el apunte de cambio de domicilio a la casa de sus padres.

Tal y como decía la mujer, por detrás del permiso constaban los domicilios.

Otoha pensó que debería ser suficiente con eso y que quedaba demostrado que acudía en su nombre, pero aun así pidió tiempo para verificar con Sasai y cerró la puerta.

—Ya veo —contestó Sasai al escuchar la explicación de Otoha—. Ciertamente, parece claro que acude en representación de Oda. Creo que le puede entregar la caja.

Otoha sacó la caja del armario. No la había tocado ni una vez. Debía de estar casi vacía, porque se quedó boquiabierta al comprobar lo ligera que resultaba.

Abrió la puerta, esta vez descorriendo la cadena, y entregó la caja.

—Aquí tiene.

—Muchas gracias —contestó la mujer, que se identificó como Iwasaki haciendo una reverencia antes de aceptar la caja.

—Por lo visto son algunas ropas de temporada…

—Ah, ya —asintió Otoha sin saber qué más podía añadir.

—Gracias por su ayuda y por guardar la caja —agredeció la mujer una vez más con una inclinación de cabeza.

—Bueno, hasta otra… —contestó Otoha comenzando a cerrar la puerta.

—Oiga…

—¿Sí?

—¿No sucede aquí algo extraño?

—¿Cómo?

¿Algo extraño? ¿Se referirá al edificio de apartamentos o quizá a la biblioteca? Si se tratara de la biblioteca, bueno, sí, puede decirse que suceden un montón de cosas extrañas.

—Aquí, en su habitación.

Iwasaki, con la caja en las manos, señaló con la barbilla el suelo frente a la casa de Otoha.

—¿Algo extraño, dice? ¿En las instalaciones o en la distribución de las habitaciones? ¿Quizá fantasmas o algo así?

—Bueno, más que fantasmas…

Iwasaki se acercó un poco a Otoha y bajó la voz.

—Saho dice que en esta habitación había algo, que sentía una presencia y por eso vivía todo el tiempo asustada. Le daba la sensación de que cuando ella se encontraba ausente, había otra persona en la habitación, que alguien había entrado. Que en cierta ocasión en que había olvidado algo, vino un momento del trabajo para recogerlo y que oyó ruidos en la habitación de al lado.

—Curioso…

La habitación de al lado era la de Minami.

—Dice que habló el asunto también con los compañeros de la biblioteca y que presentó una queja, pero apenas la creyeron. Como, además, no le había desaparecido nada, carecía de pruebas. Entonces, Saho se encontraba tan asustada, que dejó el trabajo.

—No lo sabía…

—A ella le gustan mucho los libros y cuando comenzó a trabajar aquí estaba muy ilusionada.

—Pues yo no he notado nada. Pero es que no soy una de esas personas que pueden sentir los espíritus.

—¿De verdad? —contestó Iwasaki ladeando intrigada la cabeza—. Quizá fueran imaginaciones de Saho… Fue también por eso que hizo la mudanza a toda prisa y entonces se produjo el olvido de esta caja. Pero tiene tanto miedo de volver aquí, que me pidió que viniera en su lugar.

—Ahora lo entiendo. Debe de haber sido una molestia…

—Bueno, así que, como es lógico, no pasaba nada… —dijo Iwasaki como apenada antes de despedirse.

Parece que ella tampoco terminaba de creerse lo que había dicho su amiga.

Cuando fue ese día a trabajar, algo hizo que Otoha, sin pretenderlo conscientemente, fuera hacia la polilla enmarcada en la pared de mármol de la entrada y le hiciera una foto con su teléfono móvil. A fuerza de pasar todos los días, ya apenas experimentaba el miedo de la primera vez.

—¿Para qué quieres una foto de eso? —le preguntó Kitazato desde la taquilla.

Viéndola allí sentada, daba la impresión de que la biblioteca continuaba abierta.

Otoha apenas había hablado hasta entonces con Kitazato, pero, uno de los días en que trabajaban en la revisión de libros, le tocó emparejarse con ella y ahora le resultaba más fácil que antes la conversación. Cuando trabajaron juntas, comprobó que era una persona muy formal, que escribía con letra muy cuidada y que se ofrecía sin reparo a realizar tareas incómodas.

—Pensaba buscar con calma qué clase de insecto es.

—¿Entiendes de eso?

—No, pero se puede pedir una búsqueda a partir de la foto.

—Ah…

Kitazato no parecía tener mayor interés.

Mientras se adentraba en la biblioteca, Otoha probó a hacer la búsqueda a partir de la foto.

Aparecieron unas fotos de polillas del mismo color verde berilo y se acobardó un poco. Aunque se hubiera acostumbrado, al ver tantas fotos de polillas posadas en troncos de árboles, no pudo evitar un estremecimiento.

Localizó las fotos donde más se parecía el insecto al de la biblioteca y, con un golpecito del dedo, conectó con la página donde venía la explicación. Sin embargo, fijándose bien, todas las que escogía presentaban ligeras diferencias con la del recibidor o, al leer la descripción, advertía que los tamaños eran diferentes.

Estaba a punto de darse por vencida, viendo que no le iba a resultar tan fácil, cuando, al pulsar sobre la última foto, se paró en seco.

«KOUKO KOBAYASHI».

En el texto de explicación ponía que se trataba de una especie originaria de Malasia y que presentaba la particularidad de que su nombre científico era el de una mujer japonesa. Había quien sostenía que su descubridor, un profesor japonés llamado Kozo Ida, le puso el nombre de una amiga suya.

Kobayashi… Otoha recordó que alguna vez había oído ese apellido en la biblioteca. ¿Tendría algo que ver con la biblioteca aquella Kobayashi, *kouko kobayashi*?

Otoha, todavía parada, alzó la vista. Estaba en la sala descubierta que permitía ver hasta la segunda planta, con las estanterías llegando hasta el lejano techo.

¿Sería esa Kobayashi quien diseñó las estanterías de la biblioteca? Pero Kobayashi es un apellido muy frecuente…

Andaba Otoha perdida en tales pensamientos, cuando oyó que alguien a su espalda la llamaba.

—Higuchi-san…

Se dio la vuelta con un sobresalto y vio que se trataba de Sasai. Se apresuró a guardar el teléfono móvil como si la hubieran sorprendido haciendo algo malo.

—¿Sí? ¿Qué sucede?…

Entre el sobresalto y el incidente del otro día se sentía un poco culpable y por eso le salió un tono ligeramente agresivo.

—Nada, es que me preguntaba por qué estaba ahí parada —contestó Sasai como quien recula.

—Ah, sí, no es nada. Perdón.

—¿Está usted bien?

—Por supuesto.

Forzó una sonrisa.

—Disculpe la molestia de antes. Lo de Saho Oda.

—No, no hay de qué. Solo ha sido darle una caja. Pero, esa mujer que vino en representación de ella me contó algo extraño.

—¿Algo extraño?

—Me dijo que, según Oda, en aquella habitación sentía una presencia. Que al llegar sufría la impresión de que allí había estado alguien. Y que por eso dejó el trabajo.

—Sí... —asintió Sasai—. Oda era una persona un poco nerviosa y creo que no se adaptaba bien a este trabajo. Yo tampoco supe hacer nada por mejorar la situación... Lo sentí mucho por ella.

—Así que eso fue...

—¿Y usted, qué tal, Otoha-san?

—¿Eh?

Era la primera vez que Sasai la llamaba por el nombre en vez del apellido, por lo que, más que la pregunta, eso fue lo que concentró su atención.

—Quiero decir que si usted siente algo inquietante en aquella habitación.

—No, nada en particular...

—Menos mal —contestó Sasai con una sonrisa.

Miró unos instantes a Otoha en silencio y luego prosiguió:

—Que todos ustedes se encuentren aquí trabajando y viviendo a gusto es cuanto pido.

—Entiendo.

Otoha se entristeció un poco al ver que la englobaba en ese «todos ustedes», sin ninguna distinción.

—Si sucediera algo raro, avíseme cuanto antes. Ah, por cierto, otra vez me ha contactado la hermana de Mizuki Takashiro.

—¿Eh? ¿Y qué dice?

—Que, pensándolo bien, nos olvidemos del gato y que prefiere el diseño más sencillo de todos.

—Ah...

Otoha pensó que, por una parte, era una lástima, pero que, por otra, parecía más propio de Takashiro algo así.

—¿Vamos a ir otra vez a aquella casa?

—No —repuso Sasai negando también la cabeza—. Ya solo queda el visto bueno del sello definitivo y eso lo haremos por correo electrónico. Además, parece que ya hay comprador para aquella casa.

—Así que ya la han vendido...

Sasai se rió al ver el compungido rostro de Otoha.

—Cuando terminemos la revisión y la reorganización de los libros, tenemos que empezar también a clasificar los libros de Mizuki Takashiro. Otra vez Masako-san y usted, Otoha-san, van a estar muy ocupadas.

—¿Vamos a exponer sus libros tan pronto?

—Bueno, al igual que hacemos con los de los demás escritores, los expondremos cuando llegue su turno. Creo que no hay problema en tratarlos igual que el resto. La hermana también está de acuerdo con que se proceda así. Lo podemos volver a hablar entre todos más adelante.

—De acuerdo.

Otoha miró en derredor con cautela y luego preguntó:

—Oiga... La mujer de la limpieza... Esa señora llamada Kobayashi que viene siempre a limpiar, ¿qué está haciendo ahora?

—¿Cómo?

Sasai se quedó mirando a Otoha.

¿Serán imaginaciones mías o se ha quedado como petrificado?, se dijo ella.

—La señora Kobayashi hoy tiene el día libre. ¿Por qué lo pregunta?

—Por nada... Es que con los otros... Por ejemplo, el señor Kuroiwa o el señor Kinoshita dijeron que se iban a tomar vacaciones, pero me he dado cuenta de que ninguno preguntamos nada sobre la señora Kobayashi.

—A ella le pregunté yo mismo. Básicamente, está de vacaciones, pero acordamos que vendría nada más que una vez por semana a limpiar.

—Ah, entiendo. Y una cosa más…

—¿De qué se trata?

Otoha quería preguntarle a Sasai por aquella polilla, pero no se atrevía. Porque, de pronto, recordó que Sasai le había dicho el primer día: «Creo que no le traerá nada bueno intentar averiguar cosas acerca del dueño». No quería disgustarlo una vez más.

—No, no es nada.

—¿Ah, sí? Bueno, pues, hasta luego.

Acto seguido, Sasai se alejó a buen paso y se metió en la habitación reservada al personal.

Mi nombre es Yuzuru Sasai.

El dueño de la biblioteca es mi tía.

Mis padres fallecieron juntos cuando yo estaba en primer curso de la escuela primaria. Fue en un accidente de tráfico.

Mis tíos por parte paterna me llevaron a su casa. Con motivo de aquello, se produjo un litigio entre mis tíos por el lado paterno y mis tíos por el lado materno acerca de quién se quedaría con la patria potestad. Ambas partes insistían en que viviera con ellos y ninguno cedía. Por eso el asunto acabó en los tribunales. Al final, ganaron mis tíos por lado paterno, con lo que me instalé definitivamente en su casa y ellos, además de la patria potestad, quedaron como custodios de la herencia que yo debía recibir.

Me lo contaron bastante después, pero mis tíos por el lado materno, a grandes rasgos, accedían a que yo viviera con los otros tíos y se quedaran también ellos con la patria potestad, si bien ponían algunas condiciones. Solo pedían permitir que yo me viera con ellos al menos una vez al mes y que, durante las vacaciones largas del colegio, pasara unos días con ellos. Sin embargo, mis tíos por el lado paterno adoptaron una posición intransigente, diciendo: «No vamos a entregar a nuestro hijo», y rechazaron incluso esas visitas. Entonces, por lo visto, se produjeron también algunos malentendidos, con lo que la situación degeneró en una cuestión de cabezonería.

Pero, después de haber luchado de modo tan desesperado por la patria potestad, unos años más tarde, mis tíos tuvieron que admitir que, con ellos ya mayores, no podían controlar a un adolescente como yo. Entonces, me internaron en un colegio donde se podía cursar Secundaria y después el Bachillerato. Estaba en medio de la montaña y era un centro famoso por su capacidad de encarrilar a jóvenes que iban por mal camino. En realidad, sus maneras eran más propias de un correccional o de una prisión para pequeños maleantes. En suma, un colegio donde ningún padre normal metería jamás a sus hijos. Yo no había sido un chico especialmente gamberro, pero mis tíos desconocían la fama de aquel colegio y me matricularon allí. El maltrato por parte de los profesores o el acoso de los compañeros estaban a la orden del día y mis días allí fueron un infierno.

Cuando acababa de comenzar el Bachillerato, mis tíos paternos fallecieron también. Por entonces, ya había perdido el contacto con los tíos maternos. No me quedaba nadie que pudiera hacerse cargo de mí y lo único que recibí fue una comunicación de que los gastos escolares y de alojamiento se deducirían de la herencia de mis padres.

En el otoño de mi segundo año de Bachillerato, el director del colegio me llamó a su despacho. Con él, sentado de espaldas a mí, estaba un hombre de mediana edad.

—Sasai, este es...

El director, que siempre andaba malhumorado y que solo parecía animarse cuando en el saludo matutino lanzaba arengas a los estudiantes, esta vez reflejaba tal alegría que parecía que se frotara las manos.

—El señor Makoto Sunagawa, abogado. Ha venido a petición de tus parientes.

El abogado se giró hacia mí. Sobre la mesa, delante suyo, había un café, pero enseguida me di cuenta de que ni lo había probado. En cuanto que me vio, el hombre se puso en pie. Debía de medir 1,80 y su pecho tenía mucho fondo. Hasta un alumno de Bachillerato como yo percibía a primera vista que el traje que envolvía aquel cuerpo era de una calidad infinitamente mayor que la del traje del director del colegio o el de los profesores (de hecho, muchos iban en chándal).

—¿Eres tú Yuzuru Sasai?

—Sí.

Entonces el hombre se volvió hacia el director.

—¿Podría usted salir de la habitación? Me gustaría hablar con él a solas.

—¿Eh? No, yo...

El director del colegio se hallaba tan sorprendido que se quedó mirando al otro fijamente.

—Pero, es que el chico, además, es un menor de edad y...

—Acabo de mostrarle el documento donde consta que soy su tutor, ¿no?

El abogado hablaba separando las palabras algo más de lo habitual e imprimiendo fuerza en ellas, como si deseara hacerlas comprensibles a alguien de pocas luces.

—Sí...

—¿No le he explicado que se trata de un documento oficial? He venido a petición de la persona que ostenta la patria potestad de este muchacho, así que también me reconoce como su tutor, ¿no?

—Sí, bueno, eso sí...

A pesar de todo, el director continuaba titubeando y resistiéndose a abandonar su sitio, pero como el abogado Sunagawa no dejaba de observarlo sin mover un músculo, al final vio que no le quedaba más remedio y salió de la habitación. En otras palabras, el director del colegio nos dejaba libre su propio despacho.

—Bien, siéntate por favor —dijo el abogado señalándome sin ningún recato el asiento que hasta entonces había ocupado el director.

Se comportaba como si fuera su propio despacho. Me senté sin hacer ningún comentario.

—Tal y como acabo de explicar, puesto que han fallecido también tus abuelos, la patria potestad ha pasado a un pariente más lejano. Se trata de una persona que se ha encargado de localizar nuestro despacho de abogados y nuestro cliente ha realizado todos los procesos necesarios.

—No sabía nada…

—Traigo también un mensaje de nuestro cliente. Dice que lamenta mucho no haber venido a buscarte desde que fallecieron tus abuelos.

—Entiendo.

—Entonces, dado que ya ostenta la patria potestad de manera oficial, parece que desea que vivas en su casa.

—Entendido —contesté tras unos segundos.

Después me quedé otros segundos en silencio escrutando su rostro.

—¿No me preguntas nada? —preguntó con una sonrisa rompiendo por fin el silencio.

—Y, por ejemplo, ¿qué podría preguntar?

—Pues que cuál es el nombre de nuestro cliente o qué clase de persona es.

—¿Cuál es el nombre de su cliente? —pregunté repitiendo sus palabras al pie de la letra.

—Ahora no te lo puedo decir.

Pues entonces no me pidas que te pregunte, pensé.

—Si estás dispuesto a ello, la idea es que salgas de aquí y vengas conmigo a reunirnos con dicha persona. Te garantizo que, como mínimo, es un lugar preferible a este y también que te permitirán recibir la educación que tú desees. Si no quieres recibir ninguna clase de educación o ves que no congenias con esa persona, dentro de tres o cuatro años cumplirás los veinte y con eso serás libre de hacer lo que quieras.

—Ya.

—Entonces vienes conmigo, ¿no? —preguntó sonriente.

—Pues no sé.

No sabía qué debería hacer, así que ladeé el cuello dubitativo.

—En pocas palabras, este lugar es un infierno, ¿no?

—¿Por qué lo sabe?

—He estado buscando un poco en internet. Los alumnos que se han graduado en este colegio sueltan toda clase de improperios acerca del centro.

—Lógico, ya me imagino…

—No sé por qué dudas. Creo que cualquier otro lugar será mejor que este, ¿no?

—Pero no sé si usted es realmente un abogado o quizás sea el jefe de una banda que se dedica al tráfico de menores, y también puede que su cliente sea un pedófilo.

En este centro apenas nos dejaban ver la televisión, pero uno de los alumnos ya graduados había dejado aquí su tableta, ya antigua, que iba pasando de mano en mano y que, por aquel entonces, tenía yo. Gracias a que, aunque muy débiles, nos llegaban las ondas de un hotel de citas próximo, podíamos ver internet. Con eso, yo veía a menudo videos sobre leyendas urbanas del mundo entero.

El hombre se echó a reír a carcajadas.

—Pero tú hace tiempo que has dejado atrás los trece años, ¿no?

—Sí. ¿Tiene eso algo que ver?

—Pues que normalmente se considera pedofilia la atracción por los menores de trece años.

—Sí, pero es que me dicen que parezco más joven. Y su cliente, aunque no sea un pedófilo, bien pudiera ser... ¿cómo se dice? Un amante de los jovencitos. Cualquiera sabe.

—Hace un buen día... —comentó el hombre mirando por la ventana hacia el exterior.

La verdad es que así era. Bajo el cielo intensamente azul podían distinguirse algunos alumnos en chándal haciendo deporte desperdigados.

—Y no tenemos mucho tiempo. No me apetece perderlo hablando contigo sobre pedofilia o qué sé yo. No va a quedar otra que contarte algo más.

El hombre sacó su teléfono móvil, tecleó algo y me enseñó una filmación que aparecía en internet. Lo que se veía ahí era a un extranjero rodeado de una montaña de periodistas y, junto a él, a este supuesto abogado que, a modo de protección, le ayudaba a meterse en un coche.

—¿Conoces a este hombre? Fíjate bien, es el presidente de Japan Electric, el señor xxxx.

A continuación, pronunció el nombre de un extranjero famoso, un presidente de empresa que hacía poco había sido detenido por una sospecha de evasión de impuestos.

—Su abogado soy yo. Dentro de lo que cabe, soy un abogado bastante conocido en Japón.

—Ah, ya...

—Yo escojo a mis clientes. Soy conocido por no moverme únicamente por dinero.

—Y, si no es por dinero, ¿por qué otra cosa se mueve?

—En primer lugar, por esto —contestó dándose unos golpecitos sobre el corazón—. Por el corazón. Antes que nada, tiene que tratarse de un caso que a mí me convenza. Después, si ese caso es un trabajo que me va a beneficiar, quiero decir, si me va a permitir crecer, formarme.

—¿El caso de la monumental evasión de impuestos por parte del presidente de la Japan Electric le ha permitido crecer y mejorar su imagen?

—Bueno, en aquella ocasión influyeron diversos motivos. De todas maneras, lo que quiero decir es que en principio soy un profesional que merece confianza y que no voy a entregarte a alguien de quien no esté seguro.

—Comprendido.

—¿Qué es lo que has comprendido?

—Que me conviene ir con usted.

—Vaya, un tanto repentino…

—Bueno, hemos quedado en que no hay peor lugar que este, ¿no?

El hombre volvió a sonreír.

Menos de media hora después, ya me dirigía con él hacia el aeropuerto de Narita. Prácticamente, iba solo con lo puesto.

En cuanto que acepté ir con él, llamó otra vez de vuelta al director del colegio.

—Bien, entonces, con esto nos marchamos. Reúna usted después sus pertenencias y envíelas a mi oficina, por favor.

Tanto el director como yo nos quedamos boquiabiertos de la sorpresa.

—Total, no creo que haya gran cosa, ¿no? —añadió con el tono despreocupado de quien está acostumbrado a tratar con toda clase de gente.

—¿Nos vamos? Tengo al coche esperando.

—Pero es que… todavía estamos a mitad de la segunda evaluación y los demás alumnos también se sorprenderán, quiero decir que se entristecerán —protestó el director con nerviosismo.

Entonces Sunagawa se volvió hacia mí.

—Es verdad. ¿Hay algún compañero de quien te quieras despedir?

Hice un gesto negativo con la cabeza. Mi clase era un lugar de lo más inhóspito (bueno, todo el colegio lo era), y la vida escolar transcurría a diario temblando de miedo por ver quién era el siguiente en sufrir acoso, sospechando todo el tiempo unos de otros. No había ni un solo compañero al que pudiera considerar buen amigo.

—Bien, entonces, por favor, haga los trámites para considerar que Sasai ha dejado el curso a la mitad. A nosotros nos importa que conste así.

Ignorando las protestas del director del colegio, Sunagawa me condujo hasta el coche. No era un taxi, sino un automóvil pintado de negro.

Dentro del vehículo, me contó algunas cosas más.

—Suena un poco raro que lo diga yo, pero mi cliente ha tenido que hacer algunos sacrificios y desembolsar no poca cantidad de dinero hasta que ha conseguido localizarte y obtener la patria potestad sobre ti. Ha requerido tiempo y deber favores a otras personas. Y también ha existido peligro.

—¿Tanto dinero ha costado? ¿Solo por mí?

—Por supuesto. Igual que cualquiera de esas —contestó señalando por la ventanilla unos edificios de viviendas—. Calculo que con ese importe se hubiera podido comprar uno de esos pisos.

—¿Eso incluye lo que le ha pagado a usted?

El hombre forzó una sonrisa y asintió.

—¿Y qué pasa por eso?

—Nada. Pero como mi cliente no va a decirlo, he pensado que, en principio, debería contártelo yo.

Recuerdo que en aquel momento ya me empezaba a sentir nervioso. Me preguntaba si yo valdría el dinero que aquella persona había pagado por mí. No tenía la menor idea de cómo comportarme para que dicha persona no se arrepintiera de lo hecho. Habíamos tardado unas tres horas en llegar a Narita y nos disponíamos a entrar en uno de los reservados de un restaurante de comida japonesa de uno de los hoteles cercanos al aeropuerto.

Cuando Sunagawa descorrió la puerta del reservado, vi que dentro había una mujer de pie junto a la ventana, mirando el paisaje.

—Vengo con él.

La mujer se giró hacia nosotros.

Debía de tener unos cincuenta años y se parecía bastante a mi madre.

—Cuánto tiempo sin vernos... ¿Te acuerdas de mí?

Al escuchar su voz, poco me faltó para que derramase unas lágrimas. Quizá porque, efectivamente, había estado todo ese tiempo embargado por la inquietud. Todavía no entendía por qué me habían estado ocultando que quien pedía sacarme de allí era un pariente, en concreto mi tía. Si me lo hubieran dicho desde un principio, no me habría subido tan cargado de preocupaciones a aquel coche ni sentido tan nervioso durante todo el viaje.

Mi tía era la hermana mayor de mi madre y se llevaban doce años. Hasta que fallecieron mis padres, la veía más o menos una vez al año. Según escuché, era soltera y vivía en Tokio. Cuando venía a visitarnos, siempre me compraba lo que quisiera. Que yo recuerde, la última vez que la vi fue en el funeral de mis padres.

—¿Por qué? —pregunté sin especificar ninguno de los muchos interrogantes que se acumulaban en mi interior.

Quería saber por qué no me habían dicho que se trataba de mi tía, por qué aparecía precisamente ahora y otros muchos porqués.

Sin embargo, mi tía se limitó a contemplarme unos segundos y volverse luego hacia Sunagawa.

—¿No tiene más ropas que estas?

El abogado asintió. Yo iba vestido con el uniforme del colegio. Camisa blanca de manga corta y pantalón negro.

—Bueno, entonces ¿puede comprarle unas ropas cualquiera en las tiendas del aeropuerto o del hotel? Con esta pinta no puede viajar a Singapur. A ver... con un par de camisetas y unos pantalones vaqueros valdrá. Y algo de ropa interior.

¿Vamos a Singapur? ¿Ahora? Me llevé una sorpresa tal, que fui incapaz de hablar. Hasta se me pasaron las ganas de llorar.

Sunagawa torció el gesto.

—Yo no me dedico a ir por ahí haciendo esa clase de compras. Aunque quizá no lo parezca, soy el abogado más famoso de todo Japón.

—Pues, si es así, ¿podría pedírselo a alguno de los jóvenes que trabajan en su despacho?

—Por desgracia, no ha venido ninguno. Como sabe, este es un caso en el que no se debe implicar a demasiadas personas.

—Bueno, entonces hágame el favor de ir usted. Yo tengo que hablar unas cosas con este chico entre tanto.

Mi tía abrió un bolso color carmesí que tenía sobre la mesa y, sacando un monedero, le entregó a Sunagawa unos cuantos billetes sin mayor ceremonia. El hombre se resignó, me preguntó mi talla y salió del reservado.

—Me perdonarás, ¿verdad?

Una vez que se marchó el abogado, la tensión que hasta entonces reinaba en la sala se esfumó y mi tía se disculpó con franqueza.

—Ha pasado tanto tiempo que habrá sido toda una sorpresa. Pero existen varios motivos para haber hecho las cosas así que ahora no te puedo contar. Te lo iré explicando poco a poco. Aparte, como acabo de decir, vas a tener que viajar a Singapur.

—¿Por qué?

—Porque es donde vivo yo ahora.

—¿Que vives en Singapur?

—No es un mal sitio. Es un país seguro, la comida es buena y se puede llevar una vida tranquila.

—¿Y qué voy a hacer yo en Singapur?

—Lo que tú quieras. Podemos buscar un colegio o pensar en otra cosa que te interese hacer. Si te parece bien.

—Pero, además, no hablo inglés…

—No te preocupes. Tampoco es que yo lo hable muy bien.

—¿Eh?

—¿Qué piensas acerca del Bachillerato?

—Pues así, de repente…

—Claro, es lógico. Bueno, tómate tu tiempo en Singapur y lo piensas allí.

—Pero, entonces, ¿qué pasa con mi segunda evaluación?

—Aunque pierdas uno o dos años sin ir al colegio, se puede salir adelante en esta vida.

Tras un tiempo hablando esa clase de cosas, regresó Sunagawa con la ropa y cambié mi uniforme por los vaqueros y una camiseta. Todo lo que llevaba puesto hasta entonces lo tiré en la papelera de aquel cuarto. La sensación fue mucho más refrescante de lo que esperaba. Poco después, con el pasaporte y el billete de avión que ellos habían tramitado, me dirigía a Singapur.

Tal y como había dicho mi tía, Singapur resultó ser un lugar excelente. Me instalé en un apartahotel con cocina en Orchard Road, que mi tía alquiló a través de una conocida suya. Pasaba los días yendo al Parque Zoológico o al Botánico, y también echando una mano a veces en el café que tenía otro conocido de mi tía, japonés. Aparte, aunque poco, también fui a una academia de inglés. En el café no podían pagarme un salario, porque las condiciones de mi visado no permitían trabajar. A cambio, me daban de comer gratis al mediodía y me regalaban granos de café de primera calidad para llevarme a casa.

Cuando mi tía se dio cuenta de que yo no mostraba especial interés por escolarizarme, me llevó a la sucursal de la librería Kinokuniya en Singapur. Allí me compró muchos libros japoneses.

—Si lees muchos libros, más o menos puedes llegar a aprender todo lo necesario. Si no piensas ir al colegio, léete al menos un libro por semana y en la cena de los domingos me explicas su contenido.

A mi tía le encantaban los libros. Siempre que tenía un rato libre, se la veía con un libro en las manos y, si de libros se trataba, me compraba todos los que quisiera.

Sin embargo, varios días después, mi tía se dio cuenta de que yo apenas estaba leyendo.

—¿Por qué no lees? —me preguntó con aire extrañado.

—Es que me aburre…

—¿Qué libros has leído hasta ahora?

Ladeé la cabeza intentando recordar algunos.

—Dime algunos títulos, los que sean.

—¡*Corre, Melos!*[6]…

—Ah, ese está incluido en los libros de texto del colegio, ¿no?

—*El restaurante de los muchos pedidos*[7]…

—Ese también es de los libros de texto del colegio.

A continuación, fue mi tía quien mencionó los títulos de varios libros.

—¿Y *El jardín de medianoche*? ¿Y *Recuerdos entomológicos de Fabre*? ¿Y *Ana la de Tejas Verdes*? ¿Y *Las aventuras de Sherlock Holmes*? ¿O cualquier otro de la serie de Holmes?

Tras unos segundos esperando respuesta, mi tía suspiró.

—Así que apenas has leído libros… No tienes costumbre de leer, ¿verdad?

—La verdad es que no...

Desde que perdí a mis padres cuando estaba en el primer año de primaria, nadie a mi alrededor me había dicho que leyera libros.

Aquella noche, cuando terminamos de cenar, mi tía decidió que, en adelante, nos sentaríamos los dos por la noche en el sofá durante una hora para leer sendos libros. Pero, por más que me esforzaba, no disfrutaba con ello. No conseguía concentrame en la lectura y, aunque llegase a leer el texto, no me producía ninguna alegría. Enseguida me distraía, levantaba la vista del libro y me ponía a pasear la vista por la habitación con la cabeza en las nubes.

Mi tía se dio cuenta de mi comportamiento y entonces decidió que, sentados igualmente en ese sofá, sería ella quien me leyese el libro a mí.

El primero fue *El dragón de mi padre*. Mi tía leyó el comienzo, cuando Elmer se sube a una barca tras hablar con un gato callejero, y después cerró el libro.

---

6. De Osamu Dazai.

7. De Kenji Miyazawa.

—Y entonces, ¿qué? —pregunté mecánicamente.

—¿Qué de qué?

—¿Hasta dónde va Elmer con la barca? ¿No le ha visto nadie subir?

Entonces mi tía me leyó un poco más.

Desde entonces, antes de dormir, todas las noches me leía un libro durante una hora. Así, por fin comprendí lo entretenidas que podían llegar a ser las historias.

Quería conocer como fuese lo que iba a suceder a continuación. ¿Podría Elmer llegar hasta el dragón? ¿Podría escapar de la jungla sin toparse con otras bestias feroces?

Varios días después, cuando mi tía se encontraba fuera durante el día, comencé a abrir el libro y a leer la continuación por mi cuenta. Cuando lo terminé, me leí toda la serie de Elmer, después *Las aventuras de Sherlock Holmes* y, al terminar ese, me puse a leer literatura contemporánea japonesa. Por fin había conseguido adquirir el hábito de la lectura.

Una mañana, cuando ya llevaba unos tres meses en Singapur, mi tía, mientras miraba la pantalla del ordenador, me dijo:

—Oye, ¿qué te parece si nos vamos a Europa? Italia, por ejemplo.

—¿Italia?

—Bueno, o a París.

Yo estaba preparando café en esos momentos. A mí no me gustaba demasiado el café, pero el dueño del lugar donde trabajaba me había enseñado a prepararlo. Cuando lo probó mi tía, me felicitó con un «buenísimo, buenísimo», así que desde entonces me convertí en el encargado de preparar café, la única tarea doméstica que realizaba.

A decir verdad, no me apetecía nada ir a Europa. Me gustaba el ambiente de país tropical de Singapur y había comenzado a gustarme una chica japonesa que desde hacía unos días trabajaba también por horas en el mismo café que yo. Ella me estaba enseñando inglés y, cuando teníamos tiempo libre, me llevaba a conocer barrios como Katong o Bugis.

—Si hubieras decidido ir al colegio, no me hubiera importado quedarme más tiempo aquí, pero ya que no es así, me gustaría marcharme a otro lugar.

Mi tía hablaba con absoluta seriedad.

—Estoy segura de que te gustará mucho. En el caso de Italia, estaría bien algún pueblo de provincias y nos podríamos alojar en algún hotelito propiedad de una familia campesina o también en un piso de los que alquilan para turistas. La comida allí es muy buena.

Como me dijo que al año siguiente podríamos venir otra vez a Singapur, terminé aceptando a regañadientes.

Pero Italia, al igual que Singapur, me pareció maravilloso. Una vez más trabajé sin cobrar, en este caso ayudando en un viñedo de las cercanías y, también una vez más, intenté estudiar el idioma, yendo de vez en cuando a una academia. Aparte, un campesino del lugar me enseñó a conducir.

A mi tía parecía dársele mejor el italiano que el inglés, y ella también me enseñaba un poco el idioma. Por lo visto, en sus años jóvenes estuvo un breve tiempo estudiando Bellas Artes en una universidad italiana.

Sin embargo, a los tres meses, otra vez mi tía empezó a querer marcharse.

—Oye, ¿por qué no probamos ahora a ir a Camboya? Podríamos estudiar sobre la historia y el arte de Angkor Wat.

Así, mientras fui saltando por todo el mundo de un país a otro con mi tía, llegué a una conclusión: ella pertenecía a esa clase de personas conocidas como «eternos viajeros». En casi todos los países del mundo surge la obligación de pagar impuestos si vives más de seis meses. Por tanto, valiéndose de ese sistema para subvertir su espíritu, permanecía solo el máximo tiempo que se pudiera estar sin visado en cada país, sin llegar nunca a los seis meses, y, puesto que además carecía de casa o de residencia fija, no incumplía la ley por el hecho de no pagar nunca ni un céntimo de impuestos.

Sin embargo, ya por la época en que comencé a vivir con mi tía, empezaban a verse en muchas partes del mundo intentos de acabar con la impunidad fiscal de estos «eternos viajeros» y obligarlos a pagar de alguna manera. Debido a ello, el seguimiento de estas personas se volvió cada vez más estricto y en países como Japón comenzó a ser posible exigir el pago de impuestos. Entonces, mi tía procuraba que nadie tuviera conocimiento de sus movimientos y, cuando volvía a Japón, solo se veía con la gente imprescindible y nunca decía dónde se quedaba.

—Pero, cuando te decía que, si querías hacer el Bachillerato, podíamos residir de modo fijo en alguna parte, lo pensaba de verdad.

Eso me dijo una vez en que me explicó su modo de vida.

—Sin embargo, como parece que tú no tenías ningún interés en estudiar el Bachillerato...

—Pues te aprovechaste de ello, ¿no?

—Ja, ja, ja. ¿Así que me has descubierto?

Sin embargo, de una manera por completo inesperada, cierto día descubrí que aquellas palabras eran la pura verdad.

Llevaba varios años dando vueltas por todo el mundo con mi tía. Había estado en Hawaii, en París, en Tailandia o en la India. En Londres, pasamos una larga temporada alojados en un hotel de cinco estrellas que ha salido en varias películas, mientras que en Malaca estuvimos en unos dormitorios que solo costaban mil yenes la noche. Pero, la mayoría de las veces vivíamos en segundas casas de conocidos de ella o en pisos turísticos.

Cuando me quise dar cuenta, yo hablaba inglés mejor que ella y a veces incluso era yo quien proponía el siguiente país de destino.

El punto de inflexión llegó cuando me faltaba poco para cumplir los veinte años de edad. Una mañana, me encontré con que, de pronto, no me podía levantar de la cama.

—Seguro que es que tienes cansancio acumulado —me dijo mi tía riéndose.

En aquel entonces vivíamos en la isla de Hawaii.

Mi tía llamó por teléfono a la plantación de café donde yo ayudaba para decir que ese día descansaría. Como si el asunto le divirtiera mucho, dijo: «Hoy Yuzu se siente mal. En Japón decimos que hasta los demonios enferman alguna vez, ja, ja». Yo estaba escuchando desde la cama y todavía hoy recuerdo aquella voz.

Sin embargo, al día siguiente tampoco pude levantarme. Ni al otro ni al otro.

—Hmm... ¿Qué rayos te pasará? ¿Quieres que, por si acaso, vayamos al hospital?

A mi tía, que al principio se lo tomó a la ligera, se le iba ensombreciendo el semblante.

No tenía fiebre, ni tampoco tos. Pero sentía todo el cuerpo extenuado y carecía de fuerzas para levantarme. Parecía como si estuviera continuamente mareado después de un largo viaje en barco. Me recordaba a la sensación del año anterior, cuando pasamos un mes a bordo de un crucero de lujo.

Con todo, tampoco es que tuviera ganas de vomitar ni que sintiera mareo al mirar las cosas. Pero sí se parecía al malestar general que me acometió en aquella ocasión mezclado con la desesperación de saber que no me podía bajar del barco. No sé expresarlo bien, quizá «mareo psicológico».

Pedimos prestado el automóvil a un vecino y fuimos al hospital general de la isla. Me diagnosticaron depresión.

—¿Qué podríamos hacer? —dijo mi tía mientras conducía en el camino de vuelta.

Hasta entonces, apenas había mostrado nerviosismo o prisas por el asunto, pero por primera vez su tono revelaba verdadera preocupación.

—Creo que se curará durmiendo, pero me han dado también medicinas —continuó.

En cambio yo estaba tranquilo.

Sin embargo, el asunto no se resolvió con facilidad. Pasé cerca de un mes sin salir de mi habitación.

Mi tía me llevó a la isla de Oahu y allí me miraron en el hospital más grande y reputado de todo Hawaii.

El resultado fue que entré en un periodo de largos cuidados médicos. Encontramos también un buen psicólogo y un buen psicoanalista que hablaban japonés.

Según explicaron, mi enfermedad, como era de esperar, arrancaba del hecho de que hubiera perdido a mis padres cuando estaba en el primer curso de primaria, seguido de las continuas disputas entre parientes y de mi ingreso en aquel colegio tan anormal, todo lo cual fue minando mis nervios a diario.

—¿Será también culpa mía? —se preguntó mi tía derramando unas lágrimas—. Por haber estado llevándolo por todo el mundo de un lado para otro…

—No lo creo —contesté yo—. Además, aunque hubiera enfermado por eso, lo he pasado muy bien, así que no importa.

—Sí que importa.

—Más que eso, deberíamos salir dentro de poco de Estados Unidos ¿no?

Los plazos con que trabajaba «la eterna viajera» se acababan.

—Tú no te preocupes por eso.

Mi tía no se inclinaba a resolver aquella inquietud.

—Después de todo este tiempo viviendo juntos, me he dado cuenta de que tú eres para mí lo más importante en este mundo. Así que tú no te preocupes de nada. A mí se me dan muy mal los papeleos, pero de las cosas complicadas ya se encarga Sunagawa.

—Pero Sunagawa es caro, ¿no?

—Las cosas que se pueden solucionar con dinero son las menos preocupantes.

Mi tía empezó a mover sus contactos y conseguimos quedarnos a vivir más tiempo en Hawaii.

Estoy seguro de que no solo por la cuestión del pago de impuestos, que resultaba inevitable, sino que también por el trámite del permiso de residencia, los gastos de hospital y las abultadas cifras de los psicólogos, debió de suponerle un esfuerzo tremendo. Pero en aquel entonces mi tía estaba dispuesta a tirar la casa por la ventana con tal de curarme.

Mi tía también comenzó a asistir a sesiones con el psicoanalista, porque fue una petición que nos hizo él. Había concluido que mi enfermedad no era solo una cuestión mía, sino que guardaba relación con la complicada situación familiar en que yo había vivido a lo largo de los años. Mi tía aceptó también aquella petición y acudía en un horario diferente del mío a la consulta del psicoanalista, a quien, por lo visto, le pedía toda clase de consejos.

Transcurrido un año, ya fui capaz de salir normalmente a pasear por la calle. El día en que por fin me sentí capaz de salir, fuimos los dos a desayunar a Halekulani. Mientras contemplábamos el mar, mi tía dijo lo siguiente:

—Estoy convencida que eres el mejor regalo que me dejó mi hermana menor.

—¿De verdad?

—Gracias a ti, hasta yo me he curado mentalmente.

Aunque el tratamiento había terminado, nos quedamos a vivir un tiempo más en la isla Oahu. Mi tía parecía temer que si nos marchábamos a otro lugar, quizá yo volviera a enfermar.

Entonces, cierta mañana, mientras preparaba el café, le dije así:

—He pensado que me gustaría estudiar en algún colegio, o mejor aún en la universidad.

Mi tía sonrió muy lentamente, con una sonrisa que se le extendió poco a poco por el rostro.

—Me parece bien.

Tuve la sensación de que estaba esperando que en algún momento yo dijera eso.

—Y una cosa más...

Para lo que iba a decir, necesitaba reunir algo más de valor que para lo de la universidad.

—Quiero convertirme en tu hijo. Quiero que seamos madre e hijo.

Desde que cumplí los veinte años, la patria potestad que había ostentado mi tía sobre mí se había extinguido.

Mi tía negó con la cabeza.

—Te agradezco mucho que digas eso. Pero quiero que conserves el apellido de Sasai que tenía tu padre. Estoy segura de que es lo que hubieran querido mi hermana y su marido. Además, ya es como si fuéramos madre e hijo, ¿no?

Mi tía, tan flexible en otras cosas, no quería ceder en esta cuestión. Por eso, no me convertí en el hijo adoptivo de mi tía, pero para mí era como si fuera mi madre y me comportaba como si lo fuera. Yo tampoco quería ceder en ese aspecto.

Regresé yo solo a Japón e hice el examen para licenciarme de Bachillerato. Después, viajé a Filipinas para refrescar mi inglés y me matriculé en una universidad de los Estados Unidos. Los gastos, ni que decir tiene, los pagó mi tía.

Verdaderamente, fue aquí cuando se acabaron los viajes con mi tía alrededor del mundo. Ella se marchó otra vez por su cuenta. No volvimos a vivir juntos. Mi tía, como de costumbre, continuó saltando de país en país y, de vez en cuando, contactábamos el uno con el otro. Sin embargo, hace unos cinco años, me hizo el siguiente anuncio:

«He pensado que voy a volver a Japón».

Desde hacía un tiempo, las medidas hacia los «eternos viajeros» como mi tía se habían vuelto todavía más estrictas. Ya no era tan fácil seguir viviendo sin pagar impuestos.

—Eso también influye, pero es que además empiezo a cansarme de viajar. Quiero vivir pudiendo ir tranquila a la vuelta de la esquina en sandalias para comer unos fideos de *soba* sin tener la sensación de estar huyendo. Por otra parte, se me ha ocurrido algo que me apetece mucho hacer.

Justo por aquel entonces acababa de licenciarme en la universidad y trabajaba en una empresa de informática sita en Tokio.

Lo que mi tía quería hacer era, en pocas palabras, la «biblioteca nocturna». Mi tía había estudiado Bellas Artes y, gracias a eso, había descubierto la importancia de conservar el pasado.

—Oye, ¿no te parece que es una actitud demasiado soberbia considerar que el presente es más avanzado que el pasado? Quizá en la industria, en la ciencia o en la química sea así, pero no hay por qué considerar que en las Bellas Artes o en la Literatura se produzca una evolución.

Me dijo eso cuando estábamos delante de la estatua de David de la Galería de la Academia de Florencia.

—Creo que, seguramente, una obra como esta no se podría realizar hoy. Una réplica por supuesto que sí.

—Ya…

—Por eso, estoy pensando en conservar el pasado.

Entonces, me contó su idea sobre la biblioteca nocturna y yo le respondí lo siguiente:

—Me gustaría que me dejaras ayudarte en ese trabajo.

Había algo que me atraía en esa idea. Me pareció, aun de un modo muy difuso, que entendía por qué mi tía quería dedicar su vida a ese proyecto. Y también me pareció que, de algún modo, con eso podría devolverle todo lo que había hecho por mí hasta entonces, como una muestra de agradecimiento.

Cuando escuchó esa respuesta, mi tía asintió. Una vez más, sonrió de aquella manera en que, muy poco a poco, la sonrisa se iba extendiendo por su rostro.

Seguramente, ya esperaba que le contestara como lo hice.

—¿Habéis decidido qué vais a hacer durante las vacaciones? —preguntó Otoha cuando terminaron de ver la serie de *Ana de las Tejas Verdes*.

Era la segunda ocasión en que tenían un día libre desde de que la biblioteca se cerrara al público. Al oír la pregunta, Minami miró los rostros de Ako y Masako. Quizá no fuera intencionado, pero Masako había bajado la vista y Ako desviado la mirada.

—A mí se me ha ocurrido que vengan mis padres a verme —continuó Otoha sin que pareciera afectarla el silencio de las demás.

La verdad era que, más que interés por lo que fueran a hacer las otras, abrió el tema porque tenía ganas de hablar de lo que iba a hacer ella.

—Oh, creo que es una buena idea —respondió Masako alzando la vista de nuevo—. ¿Lo habéis hablado ya?

Otoha asintió mientras alargaba la mano hacia un trozo de pizza que había cocinado Ako. Últimamente, cuando se reunían, Ako siempre preparaba cosas que le gustaran a las mujeres jóvenes, como curry o pizza y, a veces, también quiche.

—Aunque como mis padres también trabajan, me han dicho que solo pueden venir un fin de semana.

—¿Has pensado ya a dónde llevarlos?

—Pues es que ahí está el problema... Les pedí que me dijeran a dónde querían ir y me contestaron que les daba igual. Pero aun así... Ya puede ser el parque de Ueno que la Torre de Tokio o Roppongi Hills, todos están bastante lejos de aquí. Y, si les enseño lo que tenemos cerca, que no es más que montaña y campos, se van a llevar una desilusión pensando que es igual que donde viven ellos.

—Claro, pero es que para ellos lo importante es estar contigo —observó Ako sonriente mientras le servía té con hielo—. Por eso dicen que les da igual.

Ese té también lo había preparado Ako. Era muy aromático y tenía además un suave olor a menta muy refrescante. Al parecer, cultivaba menta en una maceta del balconcito.

—Los padres son así —continuó—. No tienen interés por ver nada en especial. Les basta con verte y poder hablar contigo.

—No, mis padres no son así de dulces. Siempre ponen pegas abiertamente a mi trabajo y se niegan a reconocer que sé valerme por mí misma. Estoy segura de que cuando vengan otra vez comenzarán a sermonearme.

El rostro de Otoha se ensombreció.

—Nada de eso —dijo Ako—. Yo creo que, si ven el apartamento donde vives y la biblioteca, se tranquilizarán. Simplemente estarán preocupados pensando en qué clase de lugar trabajas.

Masako asintió.

Otoha ya les había hablado de cómo sus padres se opusieron a que viniera a trabajar a este lugar.

—No sé yo...

—Pues claro que sí. Los alojas en tu casa, los llevas de compras por la callecita comercial del pueblo que arranca de la estación y, luego, lo mejor es que pidas permiso para que puedan ver también la biblioteca por dentro.

—Ya, pero es que va a estar cerrada...

—Podrías pedir que te prestaran la llave solo por ese día.

—¿Y me la iban a dejar? Seguro que durante el periodo de vacaciones la guarda todo el tiempo Sasai.

—Sasai vive en un sitio al que en bicicleta no se tarda nada. ¿Por qué no pruebas a preguntarle? Seguro que si le dices que vas tú a por la llave y que se la vas a devolver unas horas después, te la presta.

—Lo pensaré.

Otoha asintió porque vio que no le quedaba más remedio, pero también ella misma había empezado a pensar que quizá Ako y las demás tuvieran razón en lo que decían. Además, con un plan como ese, apenas le costaría dinero. Había pensado que después de estar un par de días con sus padres se podría ir dos o tres semanas a estudiar a la isla de Cebu, pero, aunque reunió una serie de folletos al respecto, todavía no se decidía.

—Si los quieres alojar en tu casa, dímelo y te presto un futón o cualquier otra cosa que necesites —se ofreció Masako.

—¿Eh? Pero, entonces, ¿dónde vas a dormir tú?

—No te preocupes. Es que tengo intención de viajar unos días a alguna parte.

—Oh... Qué bien... ¿Vas a ir tu sola?

Minami había preguntado de manera espontánea, pero enseguida se sintió incómoda por la indiscreción. La pregunta no tenía mayor importancia, pero no dejaba de inmiscuirse en el ámbito privado de Masako.

—Pues sí —respondió Masako con rostro alegre como para borrar la preocupación que empañaba la expresión de Minami.

—Estaba pensando ir a unos baños termales.

—¿Varios días en unos baños termales? Eso sí que son unas vacaciones elegantes…

—Tanto como elegante… Es un pequeño *ryokan* que hay en la montaña. La habitación es de suelo de tatami, con solo cuatro esteras y media, y lo único que hay en ella es el futón y una tele. Antiguamente lo usaba la gente que iba a pasar largas temporadas con propósitos curativos, por lo que tiene una cocina para compartir donde, si quieres, te puedes preparar tu propia comida. Si te alojas pidiendo solo la habitación, puedes quedarte por unos cinco mil yenes la noche.

—Antes había muchos sitios de ese estilo, ¿verdad? —asintió Ako.

—Pero, como prepararme yo tres comidas diarias es un trabajo tremendo, tengo intención de pedir que me incluyan algunas comidas sencillas. Me han avisado de que es un sitio donde apenas puede usarse internet o teléfono móvil.

—Vaya… ¿Y qué vas a hacer tanto tiempo en un sitio semejante? —preguntó Otoha sin poder contenerse.

—Pues, por supuesto, pasarme el día leyendo. Tengo intención de llevarme varios libros que todavía tengo pendientes y leérmelos todos.

Masako miraba sonriente cómo todas hacían comentarios del tipo de «Uy, qué bien…», «Qué vacaciones más distinguidas» o «Muy propio de ti, Masako». Y, cuando se apagó el eco de aquelllas voces, añadió lo siguiente:

—Y allí voy a tomar una decisión.

—¿Eh? ¿Acerca de qué?

Pero Masako se negó a aclararlo.

—Secreto —se limitó a contestar con una misteriosa sonrisa.

—¿Y tú, Ako, qué vas a hacer? —preguntó Minami.

—Pues yo tengo pensado ir a hacer los trámites para vender mi casa.

Otoha y Minami dejaron escapar a un tiempo exclamaciones de sorpresa. Masako no dijo nada, pero se quedó mirando fijamente el rostro de Ako.

—Llevaba mucho tiempo dudando sobre la casa que tengo en el pueblo, bueno, en realidad, es una tienda. Es una librería muy muy pequeña y no sabía qué hacer con ella. Desde que la gente comenzó a comprar por internet, apenas se vendía nada y la cerré hace tiempo. Pero no me decidía a venderla ni a deshacerme de todo lo que había dentro.

—¿Y ahora ya estás segura? —preguntó Masako sin dejar de clavar la vista en ella.

—Sí, ya me he decidido. Es un lugar donde no hay nada, es pequeña y antigua, pero, como, al menos, está en la plaza frente a la estación, me han hecho una oferta para que la venda. Dicen que quieren abrir allí una tienda 24 horas. Y el precio que me ofrecen no está mal. Así que…

Ako hizo una pausa y se relamió los labios.

—Aunque, una vez que dividamos entre la familia el dinero que reciba, solo dará para pasar un poco más holgadamente el tiempo de jubilación…

—¿La familia también está de acuerdo en vender? —preguntó Otoha cayendo en la cuenta de que hasta entonces nunca había oído hablar de la familia de Ako.

—Pues no lo sé. Vamos a ver… Bueno, más bien creo que nunca ha pensado acerca de qué quiere hacer con esa tienda. Por lo visto, lo único que decidió es que no volvería a ese lugar. Por eso creo que está bien que lo decida yo. Es más, seguro que se alegra de que lo haga.

En las frases de Ako faltaba el sujeto. Quizá el padre, quizá un esposo... Pero el ambiente no invitaba a preguntar.

—Bueno, pues si a ti te parece bien, ya está...

—Cuando la venda y le envíe su parte por transferencia bancaria, seguro que a ella le resultará muy útil. Esa cuenta de ahorro es prácticamente la única relación que mantengo ya con esa chica...

Ahora Ako parecía estar hablando para sí misma.

—¿Esa chica...? —preguntó Otoha incapaz de seguir aguantándose.

—Sí, mi hija.

—Pero ¿tenías una hija?

—Sí. Creo que ahora está trabajando en la región de Kansai. Debería. Quizá incluso se haya casado. Me alegraría que así fuera. Bueno, no quiero decir que tenga que ser necesariamente matrimonio, pero sí me gustaría que hubiera encontrado alguien que la quisiese y que viveran felices juntos.

Ako asintió ante sus propias palabras.

—¿Te sientes bien, Ako? —preguntó Minami con rostro preocupado.

—Sí, no pasa nada. Fue culpa mía que mi hija y yo dejáramos de llevarnos bien. Todo fue culpa mía. Esperaba demasiado de ella. Mi marido murió cuando la niña era pequeña y desde entonces no paré decirle: «Quiero que hagas esto», «Quiero que hagas lo otro». Quería que estuviera todo el tiempo cerca de mí y por eso el colegio de Bachillerato o la universidad donde la matriculé estaban también por los alrededores. Mi idea era que ella continuase el negocio de la librería y que, si se casaba, fuera con un hombre que viniera a vivir con nosotras. No pensé que estuviera poniéndome tan insistente con el asunto. Creí que únicamente le hacía comentarios sobre qué era lo que a mí me gustaría. Pero parece que aquello suponía una pesada carga para mi hija. La chica acabó hartándose de lo que le decía y un día, antes de que me diera cuenta, dijo que estudiaría en una universidad de Tokio y se marchó de casa. Desde entonces, no la he vuelto a ver. Con su prima sí que contacta a veces y por eso sé que al menos sigue viva. Pero dice que no quiere hablar conmigo.

—Así que fue eso...

—Esa cuenta de banco se la abrí cuando ayudaba en nuestra librería para pagarle las horas que hacía, y le dije que ahorrase ese dinero para cuando se casara y necesitase cubrir los gastos de la boda. Por eso conozco el número de cuenta. Las transferencias que hago a veces ahí son ya lo único que me mantiene unida a esa chica.

Todas guardaban silencio, sin saber qué podían decir.

—Pero no importa. Todavía puedo seguir trabajando aquí, así que tengo que darme por contenta. Y ahora ya estoy decidida. Voy a vender esa librería para librar a mi hija de la responsabilidad de tener que decidirlo ella algún día.

Ako pareció darse cuenta de que Minami la miraba como si estuviera a punto de echarse a llorar, porque añadió:

—Además, después de trabajar este tiempo con dos chicas como vosotras, Minami y Otoha, me he dado cuenta de lo siguiente. Las chicas jóvenes que tenéis un empleo sois personas con buen juicio, amables y además se os ve felices. Estoy segura de que es el caso también de mi hija. Así que yo también puedo vivir sola. Os lo debo a vosotras.

Otoha se preguntó si aquello sería cierto. Por supuesto que Ako hablaba con sinceridad, pero ¿no estaría haciendo dicha venta movida también por una ligera esperanza? Por la esperanza de que, al ver que la transfería tanto dinero, su hija contactara con ella. Otoha misma deseaba que así fuera y le daba mucha lástima ver cómo Ako se aferraba a esa débil esperanza. Pero, por otra parte, sentía más que nunca que las relaciones entre padres e hijos es algo que solo pueden comprender los propios interesados. Ako pensaba que hacía las cosas bien y que todo iba excelentemente entre ellas, y, en cambio, su hija estaba ya harta de vivir juntas.

La gente cambia de cara dependiendo de frente a quién esté.

—Yo… estaba dudando de si contarlo o no… —empezó Minami con voz temerosa—. De hecho, pensaba no deciros nada.

—¿Qué es? —preguntó Masako—. ¿Alguna confesión impactante?

La mujer parecía usar aquella expresión tan exagerada para descargar el ambiente de pesadumbre que empezaba a formarse.

—No, es que… Bueno, quizá un poco sí. Durante estas vacaciones, pensaba hacer unas entrevistas en Tokio…

Minami bajaba cada vez más la voz.

—¿Cómo? —preguntó Otoha—. ¿Entrevistas? ¿Quieres decir para cambiar de trabajo?

—Sí, por eso no pensaba decir nada —contestó Minami mirando a Ako—. Pero, como Ako sí ha confesado algo impactante, he sentido que yo también debía contar lo mío.

—Anda, ¿por mi culpa?

Ako parecía haber vuelto a su despreocupado carácter habitual.

—¿Pero y eso por quéééé? —estalló Otoha en una voz tan alta que le sorprendió a sí misma—. Si siempre se te veía tan contenta…

—No es que esté a disgusto con el trabajo de aquí. Es agradable y todos los compañeros son buenos. Pero es que he pensado que, en el fondo, quizá no me gusten tanto los libros. No puedo sentir la misma pasión que vosotras cuando estáis frente a una novela u otra clase de libro. Y, siendo así, se me ocurre que debería ceder este puesto de trabajo a alguien de ese estilo…

—Cómo puedes… —murmuró Otoha.

—No creo que sea necesario que todo el que trabaja en una biblioteca sea un amante de las novelas —observó Masako con voz tranquila—. De hecho, creo que es necesario que haya alguien así para poder tomar decisiones con sangre fría acerca de la biblioteca.

—Muchas gracias —contestó Minami con una leve reverencia.

—Pero en otro trabajo… Por así decir, empleada en una oficina corriente, ¿no? He pensado que me gustaría probar aunque fuera una vez cómo es trabajar en una oficina. Desde que me licencié en la universidad, comencé a trabajar en la biblioteca y no he hecho otra cosa que estar rodeada de libros viejos. No sé cómo explicarlo, pero me ha parecido que me gustaría probar a ver los libros «desde fuera».

—Entiendo… —murmuró Otoha.

Para ella suponía un tremendo golpe y, si Minami se marchaba, desaparecía también la única compañera de su generación, lo cual la intranquilizaba. Pero, a pesar de ello, pensó que debía apoyarla en cuanto quisiera hacer.

—Pero todavía no sé lo que va a pasar. Puede que me rechacen en todas las entrevistas. De hecho, es bastante probable que suceda eso. O que pase alguna entrevista, pero, finalmente, decida que es mejor quedarme aquí.

A pesar de lo que decía, Otoha tuvo la impresión de que Minami ya estaba casi decidida a dejar la biblioteca.

Cuando regresó a su habitación se dio cuenta de una cosa.

Se le había olvidado contar a las demás el incidente de Saho Oda y lo de la polilla *kobayashi kouko*.

Fue también durante mi periodo de restablecimiento en la isla de Oahu cuando mi tía me reveló el secreto de la procedencia de su capital.

De joven, ella estuvo estudiando Bellas Artes en Italia, en concreto en Bolonia, pero antes de entrar en la universidad estuvo un tiempo estudiando el idioma en una academia local. Allí conoció a gente venida de muchos países y entre ellos había un grupo que procedía de Arabia Saudí. Según se rumoreaba, se trataba de un miembro de la familia real y de sus guardaespaldas. Eran cinco o seis y siempre se movían juntos.

Se comportaban de un modo muy arrogante, como si la academia fuera suya y el resto de los alumnos, sus siervos. En particular, ese supuesto miembro de la familia real que actuaba como cabecilla era aborrecido por todos. Echaba un vistazo por la clase y hacía comentarios como «gasto yo más dinero en un año del que va a ganar toda esta gente junta en su vida». O también: «Cuando aprenda italiano, me llevaré de vuelta a una italiana para que sea mi cuarta esposa». Con eso consiguió que también el profesor le odiase y, cuando cometía algún error de pronunciación, por pequeño que fuera, le hacía repetir a propósito la palabra una y otra vez.

Sin embargo, cierto día mi tía vio que, en el comedor de la academia, uno de aquellos hombres estaba en problemas y lo ayudó.

—Si no recuerdo mal, se le había estropeado la tarjeta de crédito y no conseguía pagar, así que yo le presté dinero en efectivo. Como todo el mundo les tenía manía, a pesar de que los demás también veían que estaba en problemas, nadie movía un dedo por ayudarlo.

Aquel hombre era el más joven del grupo de los árabes y el más tranquilo. Por eso mi tía se había fijado en él desde antes. Cuando estaban en clase y todo el mundo dirigía miradas de frialdad hacia el grupo, él era el único que parecía apenado.

En agradecimiento por aquello, un día, el joven invitó a comer a mi tía. Ni que decir tiene que sin el resto de sus compañeros.

El joven hablaba muy mal italiano, pero sí tenía un buen inglés. Según le contó, de niño había estudiado en un colegio de Inglaterra. Después, le dijo que la invitación se la había hecho en uno de los momentos en que quedaba libre de sus obligaciones de guardaespaldas. En los pocos meses que duraba aquel curso de idiomas, mi tía estableció una relación con él.

En aquel entonces, mi tía ya había cursado la universidad en Japón y trabajado también unos años como oficinista, por lo que, cuando fue a Italia en viaje de estudios, andaba en torno a los treinta años. Él, en cambio, acababa de graduarse en la universidad de su país, así que era mucho más joven.

—Pero, como los japoneses aparentamos tener menor edad de la real, por lo visto él pensaba que éramos más o menos iguales.

El último día de clase en la academia, el joven se declaró a mi tía. Y, para mayor sorpresa, le confesó que, en realidad, el miembro de la familia real era él y no aquel individuo desagradable que tanto presumía. Le contó que ese viaje de estudios formaba parte de los regalos que le habían hecho para felicitarlo por su licenciatura universitaria y que ya se había decidido que, cuando regresara al país, desempeñaría un cargo importante en el Gobierno.

—Menuda sorpresa me llevé. Resulta que, por motivos de seguridad, simulaba ser un guardaespaldas. Y me dijo que también era porque la gente cambiaría de actitud si supiera que pertenecía a la familia real. Al parecer, él quería tratar con el resto de las personas como si fuera uno más. Más aún porque, una vez que empezase a trabajar, apenas podría salir del país.

A mi tía no le disgustaba aquel hombre, pero rechazó su oferta. Ella se había propuesto estudiar en una universidad italiana y, además, odiaba la idea de convertirse en su segunda esposa, porque él ya se había casado con una mujer con quien le prometieron cuando eran niños. Por si fuera poco, sus acompañantes habían informado al Gobierno acerca de la relación con mi tía y sus padres se habían opuesto con virulencia. Al fin y al cabo, es lógico que no les gustara la idea de que su hijo regresara con una japonesa bastante mayor que él.

Él se entristeció mucho, pero no existía ninguna solución. Así que el hombre regresó a su país y mi tía se quedó en Italia.

Después de aquello, puesto que el joven en cuestión se quedó sin poder viajar por el extranjero, mi tía fue a visitarlo varias veces. Cada vez que iba, el hombre le entregaba a ella un dinero «para sus gastos». A ella no le gustaba demasiado esa relación, porque era como si le estuviera pagando los viajes por ser su amante, pero para él resultaba una cantidad insignificante y, cuando le decía con aquella expresión tan triste que tampoco tenía nadie más a quien dárselo, se sentía como obligada a aceptarlo. Al parecer, se sentía culpable porque, después de haber sido él mismo quien hiciera la propuesta de matrimonio, sus padres se negaran a aceptarla a ella.

Con el paso del tiempo, el hombre tuvo una segunda esposa y, después, una tercera. Por lo visto, en el mundo donde él se movía, se trataba de inevitables prácticas por una cuestión de intereses políticos. Pero mi tía terminó por no saber si eran cosas realmente necesarias o es que él era un mujeriego. Con todo, según iba aumentando el número de sus mujeres, crecía también la cantidad que entregaba a mi tía.

Después de su tercer matrimonio, volvió a declararse a mi tía. Por entonces él ya tenía treinta años y a mi tía le faltaba poco para alcanzar los cuarenta. Le dijo que, si no se casaban entonces, ya le sería difícil volver a contraer matrimonio y que se trataba de la última oportunidad. En aquel momento él tenía ocho hijos, así que se había convertido en el patriarca de una numerosa familia.

—Bueno, no me apetecía entrar como si nada a formar parte de semejante familia y, seguramente, si me casaba con él, no podría volver a salir del país.

También existía el problema de la cuestión religiosa. Si se casaban, tendría que convertirse a la religión musulmana, vestir el velo integral *burka* de la cabeza a los pies y vivir encerrada en la casa que él dispusiera para ella. En un país en el que, prácticamente, no conocía a nadie. Mi tía no tenía la menor intención de criticar en particular la religión musulmana, pero, puesto que era atea, no creía en la existencia de Dios, ya se presentara la cuestión bajo el credo que se presentase.

Así que, una vez más, ella rechazó su oferta.

Cuando escogió otra mujer como cuarta esposa, una vez más entregó a mi tía una gran cantidad de dinero. Con eso, ella ya había reunido suficiente dinero como para vivir toda la vida sin trabajar. Además, aquel hombre ostentaba en su país un cargo relacionado con las finanzas, por lo que enseñó a mi tía acerca de cómo invertir y le dio un par de ejemplos de buenas inversiones, con lo cual ella pudo sustentar su vida de «eterna viajera».

Fue más o menos por entonces cuando terminó la relación sexual entre mi tía y él.

El hombre había continuado progresando sin parar y llegó a convertirse en uno de los ministros del país, lo cual, unido a sus obligaciones familiares, lo convirtió en un personaje tremendamente ocupado. Así que cada vez le resultaba más difícil verse como si nada con una mujer de Extremo Oriente que nadie sabía muy bien quién era.

Por su parte mi tía ya se había acostumbrado a vivir saltando de país en país. Debían de haber pasado como mínimo unos diez años desde que no se veían.

Pero aun así, el la tenía contratada como una especie de consejera y, de vez en cuando, mantenían reuniones por Skype. Y, puesto que se mantenía esa relación, seguramente él continuaba remitiéndole importantes sumas de dinero. Pero además, el hombre se relacionaba también con ella por el hecho de ser uno de los patrocinadores de la biblioteca nocturna.

Mi impresión es que todavía hoy sigue queriendo a mi tía y que, probablemente, para ella supone también una especie de apoyo psicológico.

Al principio, cuando se producían cada dos por tres robos en la biblioteca y venía toda clase de gente extraña, fue él quien, preocupado por mi tía, se encargó de que contratásemos a Kuroiwa. Contactó con una empresa de seguridad japonesa para que buscaran a un hombre adecuado y así fue como les presentaron a aquel expolicía. Y también fue él quien presentó a mi tía al abogado Sunagawa.

Mi tía encontró en las afueras de Tokio aquel viejo edificio en desuso de la biblioteca, procediendo a renovarlo y adaptarlo para su propósito, pero, durante el proceso, el hombre de mediana edad que dirigía la inmobiliaria que estaba haciendo de intermediaria comenzó a merodear en torno a ella y se asustó muchísimo. Cuando se veía frente a alguien con malas intenciones o especialmente obseso, mi tía se sentía extenuada.

Mi tía se iba haciendo mayor.

Me di cuenta de que, a diferencia de cuando comenzamos a vivir juntos, se había vuelto tozuda y que ya apenas deseaba relacionarse con nadie. De por sí, algo de eso había también en su carácter original, pero, según aumentaban los años y se acumulaban las penurias por las que pasaba, dichas particularidades se acentuaban.

De un tiempo a esta parte, ya solo hablaba de manera directa conmigo.

Después de mantener por Skype o un medio similar entrevistas con posibles candidatos a personal de la biblioteca, pasaba acostada un par de días. Decía que le fatigaba mucho hablar con la gente o: «No es que me parezcan mala cosa las emociones o las palabras en vivo, pero me resulta duro enfrentarme a ellas».

En cuanto a mi juicio, creo que, simplemente, mi tía se preocupa demasiado por los demás.

Después de alguna de esas entrevistas, pasaba un tiempo farfullando a solas. «Tenía que haberle dicho esto en aquella ocasión», «Tenía que haber reaccionado de tal manera cuando xxx», «A lo mejor esa respuesta que le dí le ha dolido». Pasaba un buen rato agobiada por los remordimientos.

Para recuperarse, necesitaba estar acostada varios días hasta que el recuerdo se difuminase.

Una vez le pregunté si podía saberse cuál era el criterio que seguía para escoger a los empleados.

—En primer lugar, que se encuentre dolido por algo, cansado —me contestó al instante.

No pude evitar una sonrisa. Me pareció un propósito magnífico el querer ayudar a la gente que había pasado por una dura experiencia a la hora de trabajar con los libros. Sin embargo, cuando escuché lo que dijo a continuación, se me borró la sonrisa.

—Aparte, que lleve a cuestas algún secreto. Porque, valiéndome de eso con un poco de habilidad, puedo conocer su punto débil y conseguir que obedezca con docilidad.

—Pero ¿qué necesidad hay de eso?

—La gente cambia. No se sabe lo que puede pasar en el futuro. Hay que estar preparado para actuar enseguida cuando suceda algo. Para proteger este lugar y también a ti.

Mi tía no era en modo alguno una persona meramente amable y caritativa. Lo sabía desde antes, pero una vez más me lo hizo recordar.

En aquel momento pensé lo siguiente. ¿Podría yo, de la misma manera que había hecho mi tía, seguir protegiendo esta biblioteca y a todos los que trabajaban en ella? No era nada fácil, pero tenía que conseguirlo como fuera.

Aparentemente, ella se encontraba satisfecha con su actitud de evitar la primera línea y limitarse a vivir como encargada de la limpieza de la biblioteca y de los alrededores de los apartamentos. De vez en cuando presumía de que, aunque no hablara con los empleados, ella era quien mejor los conocía.

—Me basta con saber qué libros lee este o aquel para conocer qué clase de persona es.

—¿Tú crees?

Para mí no resultaba tan evidente.

—Y, aparte, ver los libros de su estantería. En las estanterías se aprecian los anhelos de cada cual. Qué clase de persona aspira a ser. Todo puedes verlo ahí.

Lo cierto es que ella poseía una llave maestra de todos los apartamentos. Hasta cierto punto podía entenderse, porque era la encargada de la limpieza y, además, la casera del lugar. Pero la cuestión es que, de vez en cuando, entraba en los apartamentos de los empleados y miraba sus librerías.

—No hago nada malo ahí. Solo me dedico a comprobar los libros que tienen.

Me preocupa que mi tía se esté encerrando cada vez más en su cascarón y volviendo tan terca. Debo tener mucho cuidado en adelante con este asunto.

Quizá mi tía amaba a aquel hombre más de lo que creía y ahora a lo mejor la torturaba que el destino ya no le permitiera vivir junto a él o lamentaba su negativa de entonces.

Aunque, si le preguntara eso, seguramente ella lo negaría.

Aquel hombre había escrito dos libros. Uno lo firmó con su propio nombre y era un libro para especialistas acerca de la economía de su país. El otro lo había escrito en secreto bajo pseudónimo y se había publicado solo en Inglaterra. Se trataba de una novela de amor.

Y ese libro era precisamente otro de los motivos por los que mi tía levantó aquí esta biblioteca.

Quería tener cerca suyo los libros de ese hombre en calidad de escritor.

Al parecer, hace muchos años mi tía pasó largas horas en el cuarto habilitado como biblioteca que aquel hombre tenía en su propia casa. A veces, ella sola y, a veces, los dos juntos. Por lo visto, fue allí donde comenzó aquella novela de amor, para la que mi tía le iba sugiriendo cosas. El hombre escribió en su testamento que deseaba que, tras su muerte, sus libros fueran donados a una biblioteca japonesa. Por eso, una simple mujer oriental a quien nadie conocía no podía recibir aquella donación.

Así que ese y no otro fue el motivo por el que nació la biblioteca nocturna. El deseo de mi tía.

Cuando le pregunté por qué solo abríamos por la noche, me contestó:

—Porque durante el día la luz del sol daña los libros. Además, la diferencia de horario que hay con el país de ese hombre son seis horas. Cuando él me contacta, siempre es de noche aquí. Por eso es mejor estar activa durante la noche.

Pero la verdad es que durante el día era ella quien usaba la biblioteca.

Se dedicaba a sumergirse en el mundo de este o aquel libro y pasar el día leyendo.

Creo que, como, al fin y al cabo, empleaba todo su capital en esa biblioteca, se podía permitir el lujo de usarla a placer.

Pero el incidente de Kimiko Ninomiya la dejó extenuada.

—Quiero cerrar la biblioteca durante un tiempo —me dijo sosteniéndose la cabeza con ambas manos cuando terminé de contarle el asunto.

—¿Hasta cuándo es «durante un tiempo»? —le contesté con voz temblorosa.

Al igual que Otoha Higuchi parecía comenzar a sentir, a mí también me preocupaba la posibilidad de que la biblioteca no volviera a abrir sus puertas.

—Durante un tiempo significa durante un tiempo.

Eso fue todo lo que me contestó frunciendo el ceño. No solo cerraba la biblioteca, se cerraba ella también. Durante el periodo de vacaciones, tengo que conseguir sea como sea que mi tía vuelva a abrirse.

La verdad es que ahora mismo ese asunto ocupa por completo mi cabeza. Tengo que proteger la biblioteca del peligro que supone mi tía.

La polilla del recibidor es un ejemplar que aquel hombre le regaló a mi tía. Donaba numerosos objetos a universidades y fundaciones, pero, como, además, le gustaba investigar acerca de los insectos, una vez le ofrecieron que pusiera nombre a una nueva especie. Entonces, propuso el nombre de mi tía, Nijiko Kobayashi. Los ideogramas de Nijiko, la hija del arcoíris, pueden pronunciarse también como *Kouko*.

Unos dos días antes del periodo vacacional previsto, la reorganización y revisión de los libros prácticamente había finalizado. Por fortuna, no faltaba ningún volumen y los libros sin sello localizados fueron solo dos, probablemente ejemplares dejados por Kimiko Ninomiya.

Se decidió que el último día lo dedicarían a tareas de limpieza y a dejarlo todo preparado para recibir a los visitantes en cuanto reabrieran.

Otoha, Masako y Ako, las encargadas de clasificar las colecciones y poner a los libros su correspondiente sello, trasladaron las cajas de Tadasuke Shirakawa y Mizuki Takashiro desde la sala de reuniones y de visitas hasta la de clasificación. Sería el trabajo con que comenzarían una vez se reabriera. También les ayudaba ocasionalmente en el transporte algún compañero que en ese momento tuviera las manos libres.

—El señor Kinoshita ha venido a la cafetería —susurró Minami al oído de Otoha cuando esta pasaba a su lado empujando una carretilla de plataforma cargada de libros.

—¿De verdad?

—Dice que va a preparar cena para esta noche.

Otoha sintió que recobraba fuerzas.

Cuando terminó de llevar los libros, Otoha avisó a Ako y Masako de que se iba a cenar y se encaminó a toda prisa a la cafetería. Al llegar vio que, efectivamente, la luz estaba encendida y que Kinoshita se encontraba trabajando tras el mostrador.

—Señor Kinoshita, cuánto tiempo sin verlo…

—¿Verdad? —se limitó a contestar asintiendo.

Como de costumbre en él, una breve respuesta. Quizá por timidez, quizá por pereza.

—¿Ha preparado algo que se pueda cenar hoy?

—Sí. Siéntate ahí y espera.

Casi al mismo tiempo llegaron Minami y Tokuda, así que se pusieron a hablar entre los tres. Enseguida se acercó Kinoshita con el delantal puesto.

—La verdad es que no tenía intención de venir, pero recordé que hoy era el último día de la revisión de libros y me entraron ganas de preparar algo para todos como colofón.

—¡Muchas gracias! —contestó Otoha con una profunda reverencia—. ¿Y qué nos ha preparado?

—Pues, como cuando se me ocurrió ya anochecía, no tenía ingredientes para preparar nada. Así que, si no hay objeción, se trata de algo que puede preparse con las latas que guardaba aquí de antes. ¿Está bien?

—¡Por supuesto!

—He enchufado la arrocera hace un rato cuando he llegado, así que todavía va a tardar un poco en cocerse. Unos diez minutos, calculo.

—¿Cómo para cuántas personas ha preparado?

—Arroz he puesto bastante y latas hay también un montón, así que puede venir todo el que quiera.

—Entonces, ¿puedo ir a llamar a los demás?

—Sí, claro. Ah, y también quedan cervezas locales de las del otro día, así que podrían hacer una fiesta entre todos.

—¡Maravilloso!

Minami y Otoha salieron corriendo y bajaron al primer piso, invitando a Sasai, Masako y los demás. Por supuesto que también a Kitazato, la recepcionista.

—¿No les importa que vaya con ustedes? —contestó.

Ako, a su vez, reconoció como si se sintiera culpable que apenas había comido en la cafetería, pero pareció alegrarse ante la idea de comer todos juntos.

Cuando Minami y Otoha regresaron a la cafetería, la comida de los tres ya estaba preparada y dispuesta sobre las mesas.

—Adelanto que, realmente, está hecho solo con las latas que había por aquí. No esperen gran cosa.

La comida consistía en un tazón de arroz sobre el cual había cuatro o cinco pescaditos y cebollino picado. Aparte, un tazón más pequeño con una sopa.

—¿Esto qué es? —preguntó Otoha.

—Primero pruébelo.

Otoha acercó los palillos al cuenco más grande y tomó a la vez un poco de arroz junto a uno de los pescados.

—Está bueno, señor Kinoshita. No sé lo que es, pero aunque su aspecto es extremadamente simple, tiene un sabor delicioso.

—Pues he utilizado unas sardinas en aceite enlatadas que luego he calentado en la sartén. Les he echado salsa de soja por encima y luego he puesto todo encima del arroz. Bueno, el cebollino sí que lo he comprado de camino hacia aquí, en una tienda veinticuatro horas, porque de noche no hay otro sitio abierto. No está mal, ¿verdad?

—Ya lo creo. Con este acompañamiento, puedo comer todo el arroz que sea.

—Este plato lo mencionaba Yoko Mori en uno de sus ensayos. La sopa está hecha a partir de alga *wakame* seca mezclada con huevo batido.

Mientras Otoha y los otros dos comían, poco a poco iba llegando el resto de los miembros de la biblioteca.

Kinoshita iba de uno a otro preguntándoles la cantidad que querían comer y si había algún ingrediente del menú que no les gustara. Después, fue trayendo por orden los cuencos de arroz con sardinas. Una vez que todos tuvieron sus platos delante, sacó los botellines de cerveza.

—No está mal como fiesta de fin de trabajo, ¿no? —susurró Minami a Otoha.

—Eso creo. Oye, Minami…

—¿Sí?

Minami, que acababa de beber un trago directamente de la botella, miró hacia Otoha. Todos parecían haberse puesto de acuerdo en beber de la botella para reducir lo más posible la vajilla que debería de lavar Kinoshita.

—Olvídate de esa idea de dejar la biblioteca. Te echaría mucho de menos.

Lo dijo en voz muy baja, para que nadie más lo escuchara.

—¿No te parece que momentos como este son muy agradables? Creo que en una empresa corriente no podría hacerse algo así.

—Bueno, mi intención es pensar el asunto desde diversos ángulos antes de tomar una decisión.

«Pensar el asunto». Otoha sintió que ahí se concentraba toda la cuestión. Sin duda, a lo largo de la próxima semana, Minami haría varias entrevistas de trabajo, visitaría alguna que otra empresa y, mucho o poco, pensaría sobre el asunto. Hubiese dado la respuesta que fuera, esto sería así. Ni Otoha ni los demás poseían medio alguno de detenerla ni razón para negar sus motivaciones.

Ako y Masako estaban cenando en una mesa un poco alejada de la de ellas y Kinoshita les estaba contando algo. Esa noche podía verse una escena tan inusual como aquellas tres personas reunidas, pero no era la única. Tokuda estaba hablando muy animado con Sasai mientras que Tokai y Kitazato escuchaban sonrientes. Estos dos últimos hacían tan buena pareja, que un tercero podría pensar que se trataba de dos enamorados, a pesar de que resultaba algo muy improbable. Otoha pensó que sería bonito que en un futuro así fuera.

En cualquier caso, Otoha estaba decidida a no dejarse influir por las decisiones de los demás compañeros.

Pensó en cómo evolucionaría su propia relación con Sasai. Le gustaría que fuera más próxima, pasar más tiempo junto a él. Que le hablase más a menudo.

Dentro de un rato, voy a sentarme a su lado. Me gustaría hablar un poco con él mientras come.

Pero, lo hiciera o no, sintió que el ambiente reinante en esos momentos era algo muy valioso, un tiempo muy agradable que, sin embargo, no duraría eternamente.

Otoha salió de la cafetería sin llamar la atención. Se giró con disimulo para asegurarse de que nadie se fijaba en ella y bajó al primer piso.

Echó una ojeada a los lavabos femeninos que había cerca de la recepción y vio que la señora Kobayashi se encontraba limpiándolos. Estaba de rodillas en el suelo y con la cara medio metida en un retrete mientras que frotaba el interior vigorosamente con un trapo. Otoha pensó que, ahora que no había visitantes, tan sucio no podía estar.

Tras unos segundos mirando fijamente cómo trabajaba, una extraña emoción comenzó a brotar en su interior.

—Si me lo permite, puedo ayudarla...

En realidad, pensaba decir otra cosa, pero las palabras que se escaparon de sus labios fueron esas.

Kobayashi se volvió lentamente hacia ella. Llevaba un pañuelo anudado sobre la cabeza en forma triangular que le tapaba hasta la frente y, por debajo, ocultaba su rostro con una mascarilla, con lo que, prácticamente se le veían los ojos y poco más. La mujer, sin decir una palabra, se limitó a negar con la cabeza. Después, volvió a su tarea de fregar el retrete.

—De verdad, déjeme ayudarla.

Eso es. ¿Por qué no se me habrá ocurrido antes?

Otoha escogió uno de los trapos que había en el carrito de la limpieza que siempre llevaba Kobayashi consigo y abrió la puerta del retrete contiguo al que estaba limpiando ella. Al ver que era un retrete casi a ras del suelo, al estilo japonés, dudó unos segundos, pero al final se puso de rodillas e, inclinándose todavía más que Kobayashi, comenzó a limpiarlo.

Kobayashi no dijo nada.

—No, deje usted esto, por favor —rogó Otoha con la mirada fija en el retrete.

Al igual que antes, la mujer no dijo nada. Pensando que quizá no la hubiera oído, Otoha volvió a repetir lo mismo.

—Creo que es usted la dueña de esta biblioteca. Para mí, este es un lugar muy importante. Por favor, no lo cierre…

—Usted, cuando trabajaba en aquella librería, provocó cierto incidente, ¿verdad? Antes de venir aquí.

Por primera vez oía con claridad la voz de la señora Kobayashi. Tenía mayor firmeza de la que hubiera imaginado e incluso podía calificarse de una voz joven y bonita. Pero, más que eso, le sorprendió el contenido de lo que dijo.

—¿Por qué sabe eso?

—En cierta ocasión en que se encontraba sola, desapareció una cantidad importante de la caja registradora y le echaron la culpa a usted.

—Pero no era cierto. Yo no lo hice.

—Pero ese fue el motivo por el que le obligaron a dejar la librería, ¿no? Y sigue sin poder contárselo a nadie. ¿Le importaría que lo hiciera yo?

—¿Eh?

—Por ejemplo, que se lo contara a sus padres o a Sasai…

—Pero, algo así…

—Bueno, pues entonces no se meta donde no la llaman y mantenga la boca cerrada.

Otoha, sin soltar el trapo, se puso de pie y se retiró a la espalda de Kobayashi. Se quedó mirándola fijamente. Durante la entrevista, el dueño nunca le preguntó por qué había dejado la librería. No necesitó hacerlo porque ya lo sabía.

—Lo de ese dinero no fue culpa mía. Se lo aseguro. Yo no lo hice.

Otoha sospechaba que fue el propio jefe de la librería quien se llevó aquel dinero. No obstante, carecía de pruebas y aquel hombre tenía familia. No quiso provocar un revuelo.

—Pues si quiere usted ir contando por ahí ese asunto, puede hacerlo. O mejor aún, seré yo misma quien se lo cuente a todos. Pero, por favor, no cierre este lugar. Tanto yo como los demás necesitamos esta biblioteca. Si desaparece esto, hay gente que no tendrá ningún sitio a donde ir. Además, no le diré a nadie que el propietario es usted.

Kobayashi volvió a girarse muy despacio hacia Otoha. Después, se quedó unos segundos mirándola fijamente a los ojos.

—No hace falta que me lo digas.

—¿Qué?

—Sé que no fuíste tú quién robó aquel dinero. Te contraté precisamente porque confiaba en ti.

Otoha sintió de pronto en torno a los ojos la tibieza de las lágrimas que pugnaban por salir.

—Márchate ya. Vuelve con los otros.

—Pero…

—No te preocupes, que no voy a hacer nada que les perjudique. Porque yo soy responsable de haberles traído a todos aquí.

—¿De verdad?

—Si digo que me hago responsable, es que me hago responsable.

—Comprendido.

Otoha devolvió el trapo a su sitio y se lavó las manos en el lavabo. Entonces, se dio cuenta de que tenía húmedas las mejillas y estaba temblando.

Cuando regresó a la cafetería vio que todos seguían charlando amigablemente en torno a la comida, igual que antes.

Su mirada se cruzó con la de Sasai, que continuaba hablando con Tokuda. Parecía querer preguntar algo a Otoha, pero, como Tokuda no dejaba de dirigirle la palabra, se volvió otra vez hacia él.

Otoha volvió a sentarse junto a Minami.

—¿Qué ha pasado? —le preguntó ella echando otro trago de cerveza.

—¿A qué te refieres?

—¿A dónde te has ido? Has tardado mucho…

—He ido un momento a los lavabos nada más.

No era mentira.

—Ah, ya.

Todos continuaron charlando y comiendo sin saber lo que Otoha había hecho y hablado.

¿Continuaría funcionando la biblioteca? ¿Cumpliría la dueña la promesa que había hecho a Otoha?

Otoha cerró los ojos. Sintió las voces de sus compañeros como algo muy lejano. ¿Sería el efecto del alcohol? Entonces pensó:

Nadie sabe hasta cuándo continuará existiendo este lugar. Pero, precisamente porque no va a ser eterno, es por lo que es tan hermoso.

¿TE HA GUSTADO
ESTA HISTORIA?

Escríbenos a...

plata@uranoworld.com

Y cuéntanos tu opinión.

Conoce más sobre nuestros libros en...

 plataeditores

 PlataEditores